我的大学 我的校友

WO DE DAXUE
WO DE
XIAOYOU

主　编 郑生勇
副主编 王忠平 周 旋

浙江工商大学出版社
ZHEJIANG GONGSHANG UNIVERSITY PRESS

图书在版编目(CIP)数据

我的大学我的校友 / 郑生勇主编. —杭州：浙江工商大学出版社，2017.6

ISBN 978-7-5178-2227-1

Ⅰ. ①我… Ⅱ. ①郑… Ⅲ. ①新闻报道—作品集—中国—当代②杭州师范大学钱江学院—校友—生平事迹 Ⅳ. ①I253②K820.7

中国版本图书馆 CIP 数据核字(2017)第 119583 号

我的大学我的校友

郑生勇 主编 王忠平 周 旋 副主编

责任编辑 张婷婷

封面设计 林朦朦

责任印制 包建辉

出版发行 浙江工商大学出版社

(杭州市教工路 198 号 邮政编码 310012)

(E-mail：zjgsupress@163.com)

(网址：http://www.zjgsupress.com)

电话：0571－88904980,88831806(传真)

排　　版 杭州朝曦图文设计有限公司

印　　刷 杭州五象印务有限公司

开　　本 710mm×1000mm 1/16

印　　张 18.75

字　　数 296 千

版 印 次 2017 年 6 月第 1 版 2017 年 6 月第 1 次印刷

书　　号 ISBN 978-7-5178-2227-1

定　　价 56.00 元

编委会

钱江学院校友办联系方式：hzqjxyb@126.com；0571－28867308

序

校友是学校发展的重要财富，钱江学院历来重视校友工作。近一年来，学院组织寻访了历届校友中的近百名校友代表，编辑成这册《我的大学我的校友》。其中，校友亲自撰写的回忆与感悟题为“我的大学”，在校学生采访校友的记录称作“我的校友”。

翻览这册书，可以看到钱江学院的校友中，有初露头角的政界精英，有驰骋商场的企业高管，有潜心学术的科研学者，有甘为人梯的教育名师，更有许多扎根基层、爱岗敬业的行家里手。他们从事的工作虽然不尽相同，但都同样辛勤地践行着共同的“钱江梦”。整个书册，图文并茂，充溢着美丽。读者可以从中感受到校友们对母校深深的眷恋。昔日的师生情、同学情，经过岁月的沉淀，愈久弥香。

杭州师范大学钱江学院1999年创办至今，已有两万余名学子相继毕业。今天，钱江学院撷取众多优秀校友中的部分代表，编辑成册，希望能记录下校友们对母校的亲切回忆与美好祈愿，激励后来学子们以优秀校友为榜样，珍惜时光，发奋进取。其心敬诚，其愿宏大。主事者嘱我为序，谨从命题其首。

何俊

丁酉端午后一日于杭师大恕园

目 录

意气以左　踏实以右

贝林峰
BEILINFENG

杭州师范大学钱江学院电子信息工程专业2008届毕业生。现任浙江省水电建筑安装有限公司副总经理。

青春本是不撞南墙不回头

记忆中的画面总是经不起岁月的冲刷，对于数年前我大学时青涩的模样，我已是渐渐模糊了。但霎时回想起，秋季的树梢上不知不觉早已挂满流年，我仿佛还能依稀听见下课后学生们嬉笑的声音，看见篮球砸向地面时扬起的细沙，还有那个快马平剑、不知落寞的少年。

不得不说，大学的我和“好学生”这个词语完全搭不上关系。在老师心中，我是个十足的“差生”。和大多调皮的男生相似，我宁愿在被炙烤的水泥地上顶着烈日打球，也不愿安分地坐在图书馆学习。也会在某个寒冷早晨在被窝里做着关于要不要去上课的天人斗争，最后还是被睡意打败。但和大多数人不同的是，当校园的社团组织如火如荼地招募时，我逆着争相参加学校组织的人潮，毅然走向与校园相反的方向——社会。尽管大人们都感叹着社会的残酷和无情，但我认为相比于毕业后一头雾水接受社会严厉的教导，我更愿意提早去感受它。

母校宽松的创业氛围给了我很多帮助，让我有更多机会到社会这个大熔炉里历练。大三暑假，带着对世界的好奇，我以“感受社会”为由一个人跑到上海“闯世界”。我在上海从事了金融行业的工作，短期内的小成就让年少气盛的我有些得意忘形，以为当时拥有的就是未来。就在社会给我尝了些甜头后，2008 年不景气的经济环境让我吃了不少亏。在感受到现实的残酷后，我意识到成功并非一蹴而就，一步步踏实脚下的土地才能让成功更加扎实。醒悟之后，我决定安心做实业，选择了在工作中接触到的水利工程行业重新出发。

曾有位名人谈及他的过去。年轻的时候，好奇并且渴望想明白每一件事，看透每一个人。但事事怎能如此轻易明白，对有些事情不明白就是生活里慌张的原因。到后来我才发现，这慌张的另一个名字，叫青春。年少时的肆意轻狂为我指引的路虽然蜿蜒曲折，但是我依然感谢那段时光的挣扎与义无反顾。我想对学弟学妹们说：“不挣扎，不青春。”青春本就容易不撞南墙不回头，因时光尚好；成功的滋味谁都沉醉，但不能孤有一腔热血，而是要一步步脚踏实地，选择适合自己的，不做偌大社会里的一颗浮尘。

保持始终的鲜活和沉着

从贝林峰的身上，最能够感受到久经沙场的沉着与魄力，但谈吐间又常常可以感受到他的谦虚和鲜活。成熟老到与赤诚谦和，这组看似矛盾的词语放在这个三十岁男生身上适合无比。

谈起几年前在金融行业碰壁后的失落，贝林峰也只是淡淡的几句带过，曾经的迷茫挣扎都会因为时间的流逝而淡化为嘴边的谈资。当上帝为你关上一道门，必定为你打开一扇窗，他因在过去的工作中曾接触水利行业，对该行业依然抱有兴趣，于是通过朋友的介绍进入了一个水利工程项目。工作初期，凭着不怕苦不怕累的精神，他深入工地进行实地学习。在同龄人享受生活时，他毅然忍受工地的嘈杂和枯燥，正是因为这样的实地体验，他在这个行业得到了卓越的提升。直到现在，他依然奔波于各个工地间，亲自下工地指导工作，他大学时的老师更是用“在飞机上的时间比在地上多”来形容他。水利工程项目往往涉及浩大的财力及人力，一经投入便不能轻易放弃；工作中常常需要和政府打交道，更是需要谨言慎行。因为工作的复杂和庞大，他需要保持十足的谨慎和魄力才能够面对每一个决定所需承受的压力。

今年已是贝林峰进入水利工程行业的第八个年头了，曾经误打误撞踏入行业的毛头小子，如今已经成为运筹帷幄的领导。尽管现实让他褪去了少年时的无所畏惧，但并没有夺走他对事业的新鲜感。和爱情友情一样，人们对一份事业的感受同样也需要“保鲜”，而贝林峰的方法便是：保持学习的态度。在面对工作时，带有探究精神就能随时发现新知识，而任务完成后如解出难题般的喜悦感便会让自己有兴趣进入下一项工作。这样的循环往复如同能量守恒一般，让他对工作始终保持新鲜感。贝林峰每年都要迎接许多毕业生加入水利行业，但他发现如今年轻人都有浮躁、怕吃苦的问题。“有些年轻人不能踏踏实实做事，总是想着能有多少的年薪，跳槽到下一家单位会不会更好；比起深入工地多接手项目一定能有所收获，他们更多地想着怎样坐办公室。”贝林峰表示，因为被安排进入工地学习无法忍受恶劣的条件而离开的新人比比皆是，“铁打的公司，流水的员工”这样的现象也是屡见不鲜。但若离开后碌碌无为还想再回头，公司的大门早已向他关闭。对此，贝林峰也建议即将走向社会的学弟学妹们，保持谦逊，踏实肯干；眼光放远，姿态放低。不要因为一时的艰难和眼前的利益而轻易言弃。

“毕业代表的只是一个阶段的学习结束，但社会的学习和挑战，才刚刚开始。”贝林峰用自己的经历证明，脚踏实地，才能仰望星空。校园外的世界必定有着漂泊沉浮，保持沉着与鲜活，我们的征程必是星辰大海。

采访记者：朱方宇

践行渐远 学着强大

蔡高小碧
CAIGAOXIAOBI

杭州师范大学钱江学院社会工作专业2009届毕业生，毕业后考取上海财经大学研究生。现任职于浙江音乐学院学生工作部。

记忆里的母校

学妹邀我回忆大学生活并给母校的同学们送上寄语，内心诚惶诚恐，实在觉得自己离“优秀”差距甚远。但转念一想，自己也可作为及时醒悟的反面教材，若能以自己的经历给学弟学妹们一些参考，也算发挥了些光和热。

上大学那会儿，我身上是充满标签的。浙江省优秀毕业生，浙江为数不多的北京奥运会100名志愿者之一，钱江学院当时最大的社团——青鸟义工协会的创始人之一，等等。毕业后顺利考入211、985大学继续深造，虽然毕业后我没有从事与社会工作专业相关的职业，但也希望所提的建议能为学弟学妹们提供一些参考。

第一，如果你真的爱它，建议继续深造学习，或从事与之相关的工作后再继续学习，有条件的话建议出国学习。找到自己喜欢的事真的很不容易，而且做社工真的是对社会有贡献的事。最近刚习得的一个观点：对社会真正有意义的事，价值是巨大的，至于价格是否趋向价值，那是早晚的事。

第二，如果你不爱它，又实在培养不出感情，赶紧转行，但你要知道，本科时期所习得的社工精神将对你的工作及为人处世都有潜移默化的影响，这一点我深深地感受到了，也看到了自己与他人的一点点不同。

硕研毕业后，我通过报考进入大学做了辅导员，开始了自己波澜不惊的人生新历程。但从那之后，我的人生似乎就"停止"了。我以为自己已经完成了学习的使命，以为可以就此一劳永逸了。然而每年在总结时，我的内心总是有人大的失落感，觉得这一年收获甚微。

我常常和我的学生们讲些大道理：有三点你们一定不能忘记，一是学习，二是思考，三是执行。我的领导也经常教育我们说："在工作岗位上一定要学会给自己充电，一定要学会思考。"然而就是这些大多数人都懂的最简单的道理，我竟然花了四年多才顿悟。道理谁都明白，但有多少人能真正不折不扣地践行呢？在最近半年的行动中，我终于找到了每年年终时那种缺乏收获的失落感的根源！

"以学习者的心态不断践行，更好地成长！"——是我最近顶喜欢的一句话，来自央视的一位新闻人。每个人都有一颗上进的心，然而你仅凭有一颗上进的心是不够的，你必须通过不断的学习、实践，才能真正找到那个我们发朋友圈时常说的"更好的自己"，否则"更好的自己"只是一个空想和笑话。

或许你会说，这么简单的道理，谁不明白啊。是啊，就是这么简单的道理却难住了许多人的一生，验证着许多人止步不前的一生啊。

你真的认真"学习"了吗？

你真的没有逃避"思考"吗？

你真的一直都一边学习，一边思考，一边践行吗？

你和自己死磕过这三个问题吗？我多么希望早点有人和我死磕这三个问题，让我早一点明白我一直在逃避那些需要动脑思考的事，让我早一点明白自己一直都嚷嚷着要做更好的自己却在行动中原地踏步。你和"优秀"之间或许就差一个行动的距离！

如何更好地成长

人生总在不断地遇见和错过，很庆幸，我能够采访到 2005 级社工专业的一位优秀学姐——蔡高小碧。

尽管我们没能进行面对面的交谈，但她还是让我感到无比亲切，这次对话也让我收获颇多。

刚开始，我怀着忐忑的心情，试着与她联系、接触、交谈。自打知道她是钱江学院青鸟义工协会的创始人之一，我心中瞬间感慨万千，这让作为青鸟义工协会一员的我，更加迫切地想要深入了解她的经历以及她的想法。

正如她所说的，要尽早地和自己死磕那些有价值的问题，从而不断地催促、激励自己前进。大学的这 4 年光阴，是我们磨炼自己最好的时间，也正是为我们真正进入社会打下良好基础的最佳时间，因此，不要总觉得时间漫漫，该怎样度过每一天，该怎样完成每一件事，该怎样利用好身边的每一份资源，我们都要熟虑深思。

蔡高小碧的言语间，时刻在提醒着我们，要以十二分的努力对待过程，但也要以“不以物喜，不以己悲”的心态去对待结果。学着渐渐地放低自己的姿态，才能强大自己的内心。《礼记 · 大学》中说，所谓大学乃“修身、齐家、治国、平天下”。也许包括我或是蔡高小碧在内的大多数人，都难以达到治国平天下如此高的境界，但我们能做的就是在修身之路上不断提升自我，朝着“优秀”的目标走一步，再走一步。

仅从一个采访者的角度出发，或者说是作为一名普通的钱江学子，我并不优秀，也不出众。但我愿意和蔡高小碧一样，用自己的亲身体验和感受散发些许光和热，为着给和我们一样永不停歇奔跑在接近优秀路上的每一位钱江人一点点启迪。

采访记者：李　珍

不畏前路　且行且歌

蔡兆泉
CAIZHAOQUAN

杭州师范大学钱江学院市场营销专业2011届毕业生。毕业后就职于美赞臣营养品（中国）有限公司，现创建宣城永锦金属铸造有限公司。

重在实践，长于积累

我很愿意在阳光明媚的日子里做些阳光明媚的事情，所谓大学，就是要大大地学。那段浸满汗水的时光，那个遍布身影的校园，那个勇敢追寻的自己，我会永远感激与铭记。

创业实践占据了我绝大部分的大学时光。首先我所就读的专业是市场营销，作为一门商科，获取知识不应该仅仅是通过单一灌输，更多时候是要自己学会融会贯通，所以对比而言实践是最佳的途径。大学四年我一直创业，参加了许多相关比赛，如经管的“财富人生”、校级乃至全省的“创业挑战杯”、全国的市场营销大赛等。其中印象最深刻的是临近毕业时参加的一个由绿盛集团组织的杭州市大学生创业挑战赛。大赛进程中，我们的创业团队主要是协助绿盛集团铺货以及分析整个市场的占有率等工作。赛事结束后，在老师的指导下，我通过后期毕业论文的总结撰写，成功地将大学所学课程中的主要知识点与此次实践进行融会贯通，得出了许多宝贵的经验，并且意外的是这篇毕业论文拿到了我们这一届市场营销专业学生毕业论文最高的分数。

成功不会是一帆风顺的，路途中会遇到重重困难，但最终这些经历都会成为成功的垫脚石。记得大一懵懂时做了一个关于环保材料包装的项目，结果输得惨烈，在学校老师的帮助完善下才如拨云见日，拥有新的发展方向，并且荣获了杭州市委的创业基金。可惜的是在落实环节中我们又发现了项目的局限性——缺少工科的背景，因而要真正把产品推向市场是十分困难的。尽管那次的创业无疾而终，但这段经历带给我求而不得的经验。

难忘的是经历，还有一起经历的人们。那些年帮助过我的老师们我永远难以忘怀。感谢在参赛项目进入瓶颈时悉心与我们沟通、交流并且提供指导意见的老师们，使得我们半个月的努力不至于付之东流；感谢老师当年对我的启蒙与任用，使得我在极大程度上锻炼了自己；感谢精品课程令我对市场营销产生无穷的兴趣。

大学四年，是能走就走、能动则动、能干就干，而非能混就混。这是一个极好的时代，“大众创业，万众创新”正风生水起，一定要好好把握时机，多多实践历练，争取满足营销中的人才需求理论。此外，大学的环境是开放与公平的，有想法有兴趣就完全不必受专业的限制，勇敢认真往前走就行。最后想告诉你们的是：珍惜现在无忧无虑的生活。在学校里作为学生做错事情大不了就挨一顿骂，但是走出校园成为社会的一个独立个体之后，就必须拥有对待工作、对待员工的一份责任与担当。

笑着坚持，踏实追求

蔡兆泉很爱笑，一副乐观开朗的模样，示人以积极向上的正能量，就像他本人历经重重挑战才变得闪闪发光，既使自身实现价值，又对他人有所帮助启迪。

他对于专业的热情与认真使我万分敬佩。蔡兆泉认为，市场营销是一个注重实践的专业，学习固然重要，实践更为重要，蔡兆泉当年兴致满满地想要创办公司，却听工商局的工作人员说大学生无法进行注册。百般辗转，他和伙伴通过和团市委、工商局的多次沟通，终于拿到了公司的营业执照。作为学生团队创业的先驱者，他们经历过许许多多的困难挫折。但值得庆幸的是，现在已经是一个“大众创业，万众创新”的时代了，大学生的天马行空都能够付诸实践！蔡兆泉希望大家能够更多地去接触社会，勇敢去行动，吸取经验教训，珍惜这人生中无比宝贵的一段经历、一份财富。

活跃得停不下来，这大概就是蔡兆泉大学的真实写照了。参加青鸟义工协会，感悟体验志愿者的生活；担任班级的班长、团支书，组织团结班集体；参加各种创新创业比赛，锻炼强大自己。因为拥有目标，所以执着追求。经历过充实的大学生活后，蔡兆泉又通过不懈努力，考取了浙江大学工商管理专业的硕士研究生。蔡兆泉表示，大学中遇到的困难有时令人沮丧，但是令人激动万分的时刻更加多。他想要告诉同学们的是：“大学锻炼的是一种多元思维，这与专业无关，只与经历有关。从事经管专业的你也可以培养文学素养、拥有法律知识、锻炼身体素质，这些都将转化为你的底蕴与素养。总之不要将自己局限于小小的专业平台之上，应该更好地运用大学这个公平开放的平台。”对于蔡兆泉而言，四年的大学生活可以说是无悔了。

踏实如他，灯光之下咬文嚼字、书写创意；坚韧如他，失败之下不言放弃、再接再厉；认真如他，实践之后及时总结、归纳整理。用脚步追随，用心灵体悟，这就是他，蔡兆泉。

采访记者：林钇岐

做一个闪闪发亮的人

陈　江
CHENJIANG

杭州师范大学钱江学院数学与应用数学专业2010届毕业生。澳门智慧星教育有限公司CEO，美国圣达菲心理发展学会NLP执行师、ICNLP专业执行师、AIE国际注册心理咨询师。

锤炼成长，为爱前行

下雨的天空，总是充满着故事。

这两幕，相信所有2006级的同学都印象深刻：报到和毕业，也就是踏入母校的那一天和离开母校的那一天，竟都下着瓢泼大雨，如出一辙。

带着无限美好的遐想，我开始了我的大学生活。我的母校，使我把对大学的美好憧憬都投入每一天的生活中。这种美好的想象，成了我强大的驱动力，在前行道路上给予我源源不断的能量。

母校"勤慎诚恕、博雅精进"的校训，塑造了我热衷于学生工作的个性，培养了我参与社会实践的能力。我活跃于学校各式各样的社团组织活动中，也积极投身于班级工作。无论是参与学生会，还是竞选班干部，我都倍感快乐和充实。

在学生会外联部的日子，我至今仍印象深刻。大学四年，我在外联部待了两年。这两年时间的磨炼，为我之后的工作能力打下了坚实的基础。

外联部的主要工作就是给学生会的活动拉赞助。在拉赞助过程中会遇到各种困难。记得我拉到的第一笔赞助来自一家理发店。尽管赞助费非常少，我的成就感却溢于言表。即便在多年后的今天，我依然享受这份多年前来之不易的欣喜。正是通过这样不断的锤炼，毫无商业经验的我，慢慢有了一套自己的工作方法。更为重要的是，我更深切地感受到了人性，知道了怎样去尊重他人，怎样去付出爱。就是在这样的体验中，我开启了人生新的篇章。

可能正是出于我的积极与乐观，我有幸当选为我们数学 062 班的班长。作为班长，我的第一想法就是用我活跃外向的性格，感染班里的同学们，营造更加活跃的班级氛围。我会定期地策划组织班级文体比赛，积极组织与其他班级的联谊活动，以班级名义向全校发起为贫困山区孩子献爱心的活动，等等。

如今的我以爱为初心，投资教育事业，希望可以通过自己的绵薄之力，把爱传递给更多的孩子以及更多的家庭。我深知，学校的教育能让我更好地在社会中工作。所以，从进入母校的那一刻起，我就立志在努力完成学业之余，尽早接受社会实践的洗礼。于是，怀着一点理想，一点期待，一点激情，我开始了我大学期间的社会实践生涯。

在大一的时候，我做起了卖牛仔裤的小生意。我到批发市场买入了一批牛仔裤，在男生宿舍里挨个寝室兜售。这应该算是我人生的第一桩生意吧。之后不久，我又在文一路的小区里摆起了地摊。大二的时候，我又去做了家教，开了服装实体店。大三的时候，我开了一家淘宝店，还兼职做起了平面模特。这些创业的经历让我积累了许多宝贵的社会经验，为日后进行商业运作打下了扎实的基础。所以当我毕业之后，进入社会，直至在澳门创业，每一步都像是无缝对接，显得得心应手，水到渠成。

这就是我的大学生涯，这就是那段我无比怀念的大学时光。它简单却又丰富，漫长而又短暂。能成为钱江学子，是我一辈子的骄傲！

秉持闯进，勇敢去拼

陈江身上有着一种特别的亲和力，交谈过程中的他像是一位大哥哥，和我们谈着过去发生的事情，讲述着他的成长。他也和我们一样，对未来充满着期待，对生活满载着热情。他的一个表情，一句鼓励，都能给予我们很大的力量。

陈江在大学毕业后，本打算回绍兴老家当辅导员。在等待工作安排期间，他开了一家教育中心，负责做课外辅导。怎料就这样一个小小的尝试，彻底改变了他的人生轨迹。机缘巧合下，陈江来到澳门。在这个中西方文化激烈碰撞的城市，他察觉到了幼儿教育的缺失。他在觉得很不可思议的同时也为这群孩子深深地担忧。因为他认为一个好的教育环境对孩子的成长非常重要。从那时候起，他就开始留意起了幼儿教育。他渐渐地了解到，在这个遍地都是酒店、名品店、高级餐厅的城市里，高成本的生活迫使人们将目光聚焦于高效率、高回报的行业。而教育，又恰恰是一个需要耐心付出且回报偏慢、偏少的行业，这才导致了幼儿教育的缺失。陈江深深地知道创业的不易，但他更加清楚自己内心的渴望。他希望用自己的能力，做一些有意义的事情。在当时看来，澳门，这个他喜爱的充满机遇与挑战的城市，成了他实现理想的不二之选。凭借自己的用心和一点一滴的努力，他成功地经营起了自己的早教机构。在这里，他实现了自己的梦想，也完成了对自己的承诺。

陈江是一个闲不住的人，他平时总是喜欢做一些有趣的事情。对他来说，大学生活是特别丰富且有意义的。正是因为有了大学这个平台，他有足够大的空间去接触各种新鲜事物，慢慢与社会接轨，以至于当他毕业踏入社会时，他没有手忙脚乱，没有无所适从。回顾过往，他觉得在大学中收获的成长、拼搏、担当与爱是于他而言最为宝贵的。当然，这一切的收获，都是出于他的奋斗努力，出于他对生活的热爱，出于他秉持的一股想做就做的闯劲。

享受当下，勇敢去拼，无惧前行。世界那么大，我们还年轻，只要怀揣着热情与希望踏上追梦的征程，每一个人都可以做一个发光发亮的人。

采访记者：俞心岚

无畏惧　心向阳

陈倩茹
CHENQIANRU

杭州师范大学钱江学院法学专业2011届毕业生。现任浙江省台州市黄岩区人民检察院侦查监督科助理检察员。

回忆里的那四年

2007年夏天，于我来说，是灰暗的。高考的失利，让我自责、懊恼，顿时觉得自己的人生可能就此跌落谷底。在父母的鼓励下，我选择了法学作为第一专业，家人也很支持。选学校时，我的第一志愿就是杭州师范大学钱江学院。

很幸运，我来到这里。可是，在得知被调剂录取的专业是高分子材料与工程后，我内心是崩溃的，一想到大学四年还要继续与理科打交道，我就开始打退堂鼓。怀着忐忑的心报到，不料被班主任“钦点”为临时班长，和团支书一起打点着新生报到的各项事宜，瞬间有了寄托，对专业的畏难情绪也开始消散，看着老师、同学们的笑脸，我顿时有了迎难而上的信心，美好的大学生活就这样开启啦。

我们自豪地称自己为“高材生”。在同学们的厚爱下，我由临时班长转正成了班里的团支书。我努力学习、踏实工作、积极参加各项活动，理科的不足也在我的认真听讲、刻苦练习中得到了弥补。在融入了高分子这个大家庭后，我接到了可以申请转专业的通知，而我突然对这个集体充满不舍，不过，在理性考虑后，我还是提交了转专业的申请。经过了笔试、面试，加上不错的期末成绩，我顺利转入法学专业学习。

法学专业，一直以来是我心仪的专业。大一第二学期，即将进入新集体学习、工作、生活，担心害怕必不可少，但更多的是感恩。感谢学校的转专业制度，使我可以在更适合自己的专业中汲取知识。靠着老师、同学的帮助，我顺利完成了落下课程的学习，和同学们一起，听着生动的法律课程，感受着不同老师的专业魅力，憧憬着自己未来的法律职业，我们一起成长、进步。

现在的我会感谢高考的那次失利，让我在大学四年中格外努力，明白了付出才有回报这个硬道理。我对自己的大学生涯是满意的，因为那时的我是一个特别阳光向上的我，让我回想起来没有遗憾。看到自己大学期间的成绩单、荣誉证书，现在还有些小自豪。四年以来，我在学习上一直比较用心，有 6 个学期平均学分绩点在本年级中排名第一；在工作上，曾经担任班级团支书和分院学生会的自律部部长；在生活中，与同学相处十分融洽。我还积极参加各种院系活动、比赛，丰富自己的生活，也留下了许多难忘的回忆；通过了英语四级、浙江省计算机三级、普通话“二级甲等”考试，获得一次特等奖学金、四次一等奖学金、一次二等奖学金，被授予“校优秀毕业生”“浙江省优秀毕业生”等荣誉证书。

大学，提供给我们更大的学习平台，培养了我们宽容的胸怀气度。大学，岂止是大！它又像一个小社会，我们开始接触形形色色的人，收获挚爱好友，是梦开始的地方，也是弥补过往遗憾的地方。大学，是象牙塔，因为它有实现各种梦想的可能性，但绝不会天上掉馅饼，必须经历风雨才会遇见彩虹。也许，我的大学四年过得并不轻松，但我却乐在其中。感谢我的大学四年！

不必抱怨你的不顺遂，不必对前路感到迷惘，只要克服恐惧、乐观向上，回忆绝对超值。祝愿学弟学妹们享受大学时光，拥有更美好的未来！

向阳开花

一身整齐的蓝色检察制服，英姿飒爽，胸前的检徽，散发着正义和威严的光芒。陈倩茹身上散发着端庄素净的美。清爽的妆容，简洁又不失大方，阳光般的笑容点亮了空气，温暖明媚。

幸得学校的转专业政策，陈倩茹如愿从高分子材料与工程专业转到法学专业，开始努力学习，铺垫自己的法律之路。在学校党建中心工作过的她养成了细心的好习惯。2011 年是陈倩茹的幸运年，她先后通过了公务员考试和司法考试，进入了台州黄岩区人民检察院。

回忆起多年来的工作经历，一切还历历在目："刚开始的时候是在公诉科，那时候压力挺大的，因为公诉工作对能力要求不仅是公文写作，还有审查案件的专业素养、口头能力。对于当时的我来说，虽然学的是法律，但是学习跟实际工作还是有些不一样，都得从基础学起。"那时陈倩茹很羡慕一些业务能力强的前辈，自己也在不断学习，起诉书上都是密密麻麻的修改痕迹。在公诉科待了半年之后，陈倩茹被单位调到了侦查监督科，她很快就适应了新的环境。无论是大学的专业调剂还是工作上的岗位调整，她都没有抱怨，而是用努力笑对挑战。

2011 年毕业的陈倩茹工作将满五年，克服了刚开始时不熟悉业务、缺乏自信所带来的巨大压力，现在的她从容自信。一路走来，她觉得自己在专业这方面有待提高，因为法律知识经常更新，如果不及时学习的话是很难跟上的。"虚心学习，少说多做，勤恳踏实"，短短 12 个字，精辟地概括了陈倩茹的工作态度，这也是她对学弟学妹们的寄语。

目前陈倩茹是一名助理检察员。对于自己未来的职业规划，她有非常清晰的目标：尽量提高自己的业务能力，更成熟、更专业地处理案件。期待自己在满足检察官考试条件时顺利入额，成为一名真正优秀的检察官。法院是战斗的前线，家庭是休憩的港湾。谈及生活，陈倩茹一脸幸福。

心向阳，无畏惧。希望钱江学子都可以如她一样，碰到困难不抱怨，不沮丧。从心底里开出一朵花，笑对人生，使自己的内心越来越强大。以一种谦逊的姿态对待生活。路漫漫其修远兮，而陈倩茹的脚步从不曾停止。

采访记者：孙贝贝

“往前走就是了！”

陈 鑫
CHENXIN

杭州师范大学钱江学院护理学专业 2009 届毕业生。现任宝盛集团涵翔医疗副总裁。

钱江，历练我的地方

曾经的学生会主席，现在的海归、创业者。这就是我！回顾四年本科生活，除了感激，我最大的感触，那就是幸运。幸运成为“钱江人”，有机会去尝试、经历、感受不同的身份、场景、角度；幸运和那些老师、同学们一起度过了宝贵而不可复制的四年时光；幸运勤奋与执着让我们都有了自己比较满意的结果。

从担任学生会的新闻部部长、主席，到系刊主编，再到临床实习，在钱江学院四年间的每一种身份转变，对我的影响都是深刻而绵长的。那时的努力换来的成果，现在看来，多少还是带着学生时代的青涩和懵懂，但那些经历确确实实使我开始思考：在遇到挑战的时候，要敢于尝试，而不是心生畏惧。没尝试前，可能觉得做晚会主持很难，做系刊主编也不易，做学生会主席好像更是不简单；经历过后，明白了貌似艰难的事情，在努力之下，假以时日，其实并没有那么难。所谓的“高大上”，很多时候都是自己吓唬自己。以上这些都是我在大学课堂之外受到的最好的教育。

所以,我到现在都一直很感激母校,四年时光,诸多历练,让我从一个来自小县城的青涩、惶恐以及有点自卑的男孩子,成长为一个毕业的时候,能挺着胸、抬着头、壮着胆走进多彩社会的男子汉。在钱江学院的四年历练,给了我更多的勇气与自信,使我成为一个大胆往前走的人。在我的人生字典里,经常闪现的“去试试看”“不用怕”这些词,是大学四年授予我最大的财富。

守本心，向前走

笔挺的西装,黑色的公文包,展现于眼前的是职场人士的干练与成熟;沉稳的举止,不俗的谈吐,给人以严肃感但又不失亲和力。初次见面,与陈鑫学长的交谈就十分轻松愉快。

和很多护理专业毕业的人一样,陈鑫毕业后在浙大邵逸夫医院工作过三年。三年中,有学习、有收获、有成长。可是之后他毅然地放弃了国内这份稳定的工作,背起行囊,载着激情与信心,只身前往澳大利亚留学。异国他乡,他勤工俭学,干过辛苦劳累的工作,吃过最便宜的饭菜,遇见过很多事,结识了很多人。他会孤单、会沮丧、会感叹,但是他从没有放弃。

2014 年,陈鑫接受邀请,进入现在的公司,开始着手国际转诊行业。他给自己树立的目标是成为“中美之间医疗资源的平衡者”。他工作的第一步是送中国人到美国看病,工作中他始终秉持一个原则——“只做雪中送炭,不做锦上添花”,只专注于“严肃医学”。在 2011 年,他就把“德州医学中心”作为切入点,随后展开一次次的合作。他也说过,这是为了帮助人们找美国最合适的医生,为人们更好的医学预后做努力,让这个工作创造出更多的意义与价值。接下来,他希望带美国客户来中国医疗旅游,同时也将美国医疗技术带到中国,这样就可以为中国医疗人员提供更多的交流与学习的机会。

在工作之余,陈鑫最喜欢的一项运动就是骑单车。在他看来,每次骑单车的经历也是一段属于自己的旅程。在这个过程中,可以思考,可以反省,可以更好地认识自己。另外,骑单车也是一项需要力量的运动,同时在参与的过程中也会得到力量。穿着骑行服,骑上单车,前面是未知的道路,但是也会无所畏惧地向前,这个时候,特别酷!

对于自己的工作与生活,陈鑫有着自己的想法与规划。他认准的道路,即使有颠簸,他也会学着去享受,而不是去抱怨。有时候他也需要见一些人,听一点意见,做一些思考,发一会儿愣,流一会儿汗,这样才能更好地去迎接新的每一天、每一件事、每一个人。

"吃素,行乐,爱书,骑车。"陈鑫用这八个字来描述自己,那么"追寻梦想,保持本心"则是我们从他身上所学习到的。我们会永远记住这个带着正能量的男人,带着本心,往前走!

采访记者:韩佳迈

孤独客　唯本心

陈　莹
CHENYING

杭州师范大学钱江学院护理学专业 2016 届毕业生。现为《简书》签约作者，多篇热文登上《简书》首页。

孤独客

2016 年 6 月 18 日，与美好的大学生活告别，我踏上了一条追求本心的路。弗洛伊德把人的心理分成“本我”“自我”和“超我”，大部分时候我们都是“自我”，但“本我”一直潜藏在小角落里，等着机会让你措手不及。但为什么要让“超我”不断地制衡“本我”呢？正如演艺明星范湉湉说的，不要压抑你的天性，开心就好！无论你做什么，只要是你愿意的、开心的，必然不会后悔，那便是好的。人的天性有很多的弊端，但并不代表它是不好的。我们总说天才和疯子只是一线之隔，但做疯子不也比做大众里毫无特色的一个强得多吗？所以，我立志并努力地踏上破风之旅。

初中一年级我开始尝试文学创作，那时候单纯是青春期抑郁的发泄途径，竟没有想到现如今会成为我生命中不可割舍的一部分。愈发觉得文学本身就是脱离了功利心的，一个真正的文学人，并不是为了取悦大众，成为大众。当然，不仅仅是文学,任何事情都一样。

人生本来就充满了不可思议的缘分,但其实所有的事情又都是注定的。去年大四的我无意间开始在《简书》上发表作品,并且幸运地在毕业季初成为《简书》签约作者。这也算自己通过勤奋与努力在钱江四年获得的最好回报。

虽然很多人都觉得这是一件很酷的事,但是在《简书》我并不是最热门的写手。因为写东西的人喜欢小众化,喜欢和别人不一样,所以我得到的质疑一定会比肯定和赞美多。哪怕是在大学里,我也不是没有被人冷嘲热讽过,但现在从另一个角度来说,真正高端的艺术往往只能被少数人理解并欣赏,坚持做自己喜欢的就好,虽然这是一条特别孤独而漫长的道路。

"靡不有初,鲜克有终。"大学是很孤独的,如果你干一番大事业,并一如既往的话。然而有人是怕孤独的,一些人说青春很短暂,那是因为他们把大把时间浪费了。他们为了不孤独,曲意逢迎,正如一篇文章《大学宿舍是堕落的温床》写的那样。我的大学,从内心而言是很孤独的。坚持自己所想,做出的努力很多时候看不到收获,更多的时候是遭受众人的质疑,冷嘲热讽,尖锐挑剔。无论彻夜学习也好,坚持兴趣、培养爱好也罢,始终听从本心,这一点我很肯定。

其实人在不断学习和经历中会得到很多好的东西,荣誉也好奖项也罢,自然也会水到渠成。之所以还没有得到这些,不过是付出得不够多,或者根本选错了路。我相信在拼尽全力以后,成功是必然的。

其实,我的大学就是想清楚了三件事:我是谁?我要做什么?我该怎么做!

唯本心

腹有诗书气自华,最是迷人书女香。笑意清浅,陈莹自带一种文人气息。但她的笔锋却截然相反,言辞犀利,一针见血。正如她自述:生活除了诗和远方,还有现实的丑穷,我不会甜言蜜语煲鸡汤。

陈莹是应届毕业生,谈及近一年的实习期,她说:"切勿掉书袋,其一重在培养情商!举个简单的例子,实习前两周我被分派到儿科,我清楚地知道必须提前了解这个科室将会接触的主要疾病和处理方法，比如不同年龄的小儿感冒，医治的方法也有所区别。在临床上带教老师讲到这些基础疾病时我就胸有成竹。无论什么职业，高情商都是一剂万金油，是融洽社会关系的润滑剂。其二是提高学习效率，尽快熟悉医院规则，了解整个科室的操作流程。其三练练脸皮，养成一副金刚不坏厚脸皮，敢问敢答。问题一遍不懂，再问第二遍；操作一遍不会，再做第二遍。”

她也坦言，实习过程中正如某些新闻所报道的，会遇到紧张的医患关系。虽然大多数人很和善，但是也会有一些不明事理的病人家属，这种时候如果他们拒绝让我们操作或者我们自己也不懂的情况下，应及时让老师来帮忙。像最简单的打留置针失误，应立马道歉，当然自己也不要丧失信心。

回忆起大学四年来的深刻体验，陈莹直言职业生涯规划大赛，让她将自我价值的观点提升到新的高度：“重要的不是拿奖，是真正开眼界、长见识。”因为职业规划大赛，她接触了不少大神级人物，她也意识到了自己的很多不足。她觉得一个人的舞台魅力其实大于知识体系，所以能说会道的铁齿铜牙相当占据优势，不要放过任何一个可以站在舞台上的机会，也许会发现未来人生里重要的东西会自然而然冒出来。她尝试学习新鲜的东西，掌握基本的原理，使自身运筹帷幄取得胜利的本领上升一个层次。

除了将所学应用于工作，作为《简书》的签约作者，陈莹同样相当出色。虽然多数人认为护理专业偏理性，但陈莹的很多文章都是很感性的。她认为两者并不矛盾，很多文章的选题都是思维逻辑性很强，很有争议的，而且情感也是人类区别于其他生物的重要一环，所以她的文章通常是理性与感性的结合。

谈到本心，陈莹表示心态调整非常重要，要维持护理工作和写作之间的平衡，一方是物质基础，另一方是精神来源。她认为事情因人而异，若想将兴趣发展为职业，就需要一丝不苟，付出更多的时间和努力，深入发展兴趣。要避免出现厚此薄彼的现象，权衡各种不同因素的分量，好好调整心态。工作中的隐性时间其实很充分，也正是记忆的黄金时段，学会独立思考，就可以工作兴趣双管齐下！

悦享孤独，唯爱写作。这是写作人，陈莹；这是护理人，陈莹。她用独特的笔调细细描绘，我静静欣赏着她为钱江画卷书写下属于她的绚丽一笔。

采访记者：陆飞颖

似花成长　香溢四方

陈　悦
CHENYUE

杭州师范大学钱江学院旅游管理专业2006届毕业生。现就职于太平人寿保险有限公司杭州中心支公司。

承担责任，学会坚持

2002年夏天，我成了家族里的第一个大学生，带着父母的期盼，我敲开了钱江学院的大门。

大学生活之于我而言，最难忘的是学生干部的就职经历。大学期间，承蒙班级同学厚爱和班主任老师信任，我担任了班长一职和两届学生会主席。担任学生干部锻炼了自己处理人际关系的能力、活动策划的能力、管理团队的能力等；更重要的是培养了自己乐于奉献、认真负责的态度，这些宝贵的人生财富为自己以后的职业生涯奠定了良好的基础。2003年我们大家一起经历了“非典”，颇有种患难见真情的感觉！每天填写体温表格，走访各寝室是必需的工作内容，最困难的是疏导同学们的情绪，处理好同学之间的交往交流问题很重要。一到周末，不能外出的日子，楼层的小伙伴们齐刷刷地搬桌椅凳子汇聚寝室走廊，有看书乘凉的，有唠嗑的，有打游戏的，有玩纸牌的，相当热闹。沉闷紧张的时光总是能被我们化解，按现在的话来说，正能量满格！

大四那年在杭州凯悦酒店的实习经历，让我深刻地意识到，在职场站稳脚跟最基本的是要有健康的身体与持之以恒的毅力，来承受高强度的工作量和梳理复杂的工作关系。那一刻才明白大一至大三的校园生活还是过得不够有规划和目标，书到用时方恨少！职场十年，我慢慢明白，保持良好的生活习惯和体育锻炼最重要。其次，要学会制订目标与落实规划，在大学期间要不断寻求和借助各种平台来锻炼自己这方面的能力。同时，也要善于学会寻找自己的兴趣爱好，来丰富自己的精神世界，结合生活找寻到自己的人生价值！

最后将当年老师训勉我的一句话与大家分享：突破自己的极限，就是在每次想放弃的时候，再多坚持一秒钟，无数一秒的累积就是质的飞跃！青春，从没有首页，也没有尾页。

习百胜之术，用之以道

在老师眼里，她过去是全面发展的优秀学生，现在是事业有成的优秀校友；在公司的员工眼里，她是做事追求卓越、勇攀高峰的领导；在学弟学妹眼中，她是值得学习钦佩的学长。

也许是有着酒店管理的经历，陈悦的身上有着酒店人专注、谦和有礼、能替别人着想的职业素养。与其交谈，让人如浴和煦的阳光，修养与礼貌似乎成了陈悦的行为习惯，让我感受到职场女性的魅力。她不温不火、不骄不躁，用不紧不慢的语速，淡淡地讲述着大学以来自己的经历。

回首大学四年，她认为在校的学习应分为两部分：首要的是对于各门课程的学习。每门课程基础理论知识只是表层的“术”，更重要的是通过学习，学会去分析每个事件问题背后的"道",简单理解就是学习事物先要掌握它的"游戏规则"。其次是向身边人学习如何做人。四年大学生活,多经历一些学生工作,会频繁地接触到不同的老师、同学和校友,身边的每个人身上都有闪光点,向优秀的人看齐很重要。

谈及就业,她介绍自己目前在中国太平人寿保险有限公司杭州中支从事保险外勤工作。主要工作内容是专业地、全面地传递保险知识,通过保险工具为家庭和个人做好风险管控,帮客户实现美满幸福人生。

她告诉我,之所以选择寿险业,缘于三点。第一,它不欺负勤奋的人,所有的加薪晋升取决于自己的努力;第二,相对自由;第三,公司的学习和分享文化非常浓厚与开放。这几年来,她越来越清晰明确的一点是:"如果医学解决的是一个人的肉体生命,那么保险解决的是一个家庭的经济生命,而我就是保险知识的传播者,帮助客户建立保障及获得保障,所以我们这份职业做的就是一份承诺,这份承诺承载的责任之大,唯有余生守时守信、兢兢业业、踏实为之。"谈及职业,她的眼里闪着璀璨的光芒。

天道酬勤,由于自身的努力,陈悦取得了傲人的业绩。在职场道路上,陈悦用心去闯荡,去探索,不断明确自己的目标。迎接与等待她的,是一条不断通向远方的道路,途中有曾经的脚印,也有着未来的风景。

采访记者:杨俊杰

舞文墨　真情怀

程莺超
CHENGYINGCHAO

杭州师范大学钱江学院护理学专业2012届毕业生。现为“书 in café”咖啡馆股东之一，上海书印文化传播有限公司联合创始人。

忆

人生就如一本书，有枯燥的文字，也有绚烂的图片，那段在钱江学院充满酸甜苦辣的四年青春时光，是无意间翻开的彩页。我不愿感叹光阴如白驹过隙，我努力在人生的每个阶段都留下美好回忆，所以不留遗憾。

走入大学校园，收到高年级学姐的千纸鹤留言，温暖又有归属感；邂逅四年来相互依靠的室友，感受一个新家的温暖；相识人生交叉点的同学，大家从陌生变朋友；遇见严肃又可爱的老师，在陌生的城市依然有长辈可依赖。

和学弟学妹漫步在上海梧桐树下的街道，俨然回到大学校园生活的日子——撕一张水票，人手一个热水壶，人字拖和睡衣爆款搭配的样子从此不会再有；眼红地盯着情侣们亲昵，不自觉拉起室友的小手回应他们“我也有手可拉”；抱着一本本专业书籍走进图书馆，傲娇地把书一扔，昭告大家“医学系的学生来占座背书了”；小店的冰红茶总会有“再来一瓶”，食堂的炒米线永远吃不腻，糕点房的吐司便宜又美味……

大学生活虽不及“众里寻他千百度，蓦然回首，那人却在灯火阑珊处”的喜悦，却有“犹抱琵琶半遮面”的神秘、迷惘、徘徊、惊慌失措，但更多的还是疯狂、无畏和勇往直前。

军训告诉我们：吃点儿苦流点儿汗不算什么，坚持才是胜利；禽流感让我们懂得：作为医护人员，站在最危险的一线是我们的使命和光荣；班级活动教会我们：输赢不重要，团结的那份心才是我们该保持的……大学就是这样，脱离父母之后、走入社会之前，一段谱写人生百态的青春，无须奉承他人，也不必作践自己的美好时光。

有时候觉得自己是上天眷顾的天使，有一帮互相闹腾的同学陪伴，还有如朋友般温暖存在的班主任，被我们这群没大没小的孩子直呼“鸟哥”。一个可爱、善良又有才华的老师，待我们似学生又似孩子，帮我们解决一个个烦恼，让我们懂得一个个道理。于他，感谢的话无须多说，因为我们是无话不说的好朋友。

命运留给我们一万次机会，没有哪个人会轻易放弃，摔得很痛也值得回味，生命只有一次，美好青春怎能荒废。大学生活，做最好的自己，四年，把每一个片段记录在青春的时光里。

寂静处，文艺心

“最是那一低头的温柔，恰似水莲花不胜凉风的娇羞。”如徐志摩先生诗里的女子，莹润如玉，自有风华。程莺超眉眼盈盈笑意，戏称自己是个女汉子。一路跌跌撞撞，但心里却满是滚烫。她的本心，只想寻一隅寂静之处，安放文艺的心脏。程莺超，以自己丰富而充实的经历向我们演绎了生活的真谛。

程莺超说自己大学毕业后就留在了实习单位——浙江省人民医院，然而仅工作了两年。后来她不顾父亲的反对，辞去了稳定的工作，开始慢慢地走上创业之路。

她先在一个公益组织带领十几个大学生在上海做某农村的社会调研工作。

她想往民宿这一块发展，后来结识了很多民宿圈有经验的前辈，就负责开办了几场关于“民宿主人培训”的课程，反响相当不错，也因此认识了跟她一起在枸杞岛打理“思·想家”民宿的合伙人，她们现在在上海一起创办了书印文化传播有限公司，公司主要是依靠互联网创新的方式引领图书爱好者回归深度阅读的时代。

她坦言选择放弃省级三甲医院的优厚薪资是需要经过深思熟虑的。她在辞职时不顾父母的强烈反对，但是心里却是万分忐忑的。这种不安来自内心的负担“不干护士，大学四年白读”。

“可我从来不后悔。”程莺超目光明亮，“这样的感觉太强烈了，我想开一间属于自己的民宿，里面有很多自己喜欢的书，按照自己的规律把每本书摆放好，过着自己想过的生活，每天接待一些朋友，闲时拍拍照聊聊天看看书，过这种理想的生活。”现在，她的民宿坐落在枸杞岛——岛屿的森林覆盖率达 53%，面朝大海，春暖花开。

程莺超辞职后进入民宿的圈子，才发现这份事业其实并没有自己当初设想的那么简单美好。遇到很多的困难：民宿的发展资金、基础设施的完善、规划的方向、文化特色的引导，因此也会对自己未来的路到底该怎么走感到迷茫。

没有一马平川的坦途，正因为知道“自己做的决定自己承担”，张莺超说现在每个阶段她在做决定之前都会先问问自己“这是我想要的吗？我将要怎么做？”遇到低潮和瓶颈，她更愿意独立地思考，用看书和摄影来平复心情；甚至会在寒冷的室外捧着相机至手指通红僵硬，让自己安静下来，与自己和解。生活赋予了她什么，她便接受它，并且努力让自己生活得更好。

当谈及生活的时候，程莺超变得严肃而认真。在金钱和梦想面前，有时候其实很难抉择，但她很庆幸自己现在不需要做这样的选择，此前，整个团队也很苦恼到底以哪个选择为主，那段时间有过争吵也想过解散，但幸运的是，大家依然坚持着珍贵的本心，才有现在的模样。言语间，她十分欣赏并鼓励有创业想法的大学生，像当初的自己一样，有朝气：“现在这个时代，除了生活的苟且，还有诗和远方，我觉得作为比高晓松更年轻的一代人更应该有这样的觉悟，脚踏实地固然不错，但也要抬头仰望星空，勇敢追求自己的梦想。但是我要说的是一定要坚持，有些路你不走下去永远不知道它有多美。在选择你要走的路的时候，与其着急慌忙地不知从何开始，不如一切都慢慢来，开始并坚持了，结果一定不会太差。你最愿意做的那件事，才是你的天赋所在——这是我从摩西奶奶身上学到的。”程莺超翻开《人生永远没有太晚的开始》，黑色标记的文字赫然在目。

“无论处在什么环境，都不应该失去某些高尚的情怀。”民宿已不是一份简单的生意，喝茶、饮酒、聊天，一起走过市井小路，听风赏月。程莺超以温柔的姿态带我们体会原生态的生活方式，与“思·想家”中一场奇妙风景不期而遇。

采访记者：陆飞颖

推开那扇窗

戴 烨
DAIYE

杭州师范大学钱江学院电子商务专业2005届毕业生。目前就职于浙江网商银行。

对焦课堂知识，实践验出真知

坐着绿皮火车北漂工作的情景历历在目，毕业数年，还是忘不了钱江的一切。梦，起航的原点。

在我们那个年代，互联网经济刚刚兴起，电子商务算是个时新的专业。毕业之后，历数同班同学毕业后的走向，坚持走在互联网前端，工作专业对口的为数不多，我就是其中一个。

大学生活简单却令人怀念，那间见证欢笑悲喜的六人寝室和那句我们才懂的暗语；那晚第一次全寝室一起啃着干菜饼去通宵上网；那节在阶梯教室多个班一起上的计算机大课；那份出自某某同学的期末精华考试提纲……没有智能手机的年代，包月短信和能上网的校园卡陪我们度过了那段岁月。

有的老师睿智风趣，有的老师知性优雅，各有风采。在他们身上我感受到了大学校园视野的开阔和兼容并包。课堂中学到的不仅仅是知识，更多的是一种对待专业、对待人生的态度。

迈入大学算是第一次离家，大学校园更为我的人生打开了第一扇窗。性格算是比较内向的我，大学期间在同学老师的影响下尝试了一些以前没参与过的实践活动，收获了无数感动。记得大一和同学兼职做超市品牌促销员时还不敢吆喝的我；参与系里传化物流中心调研找物流点货运老板填问卷一脸青涩的我；班委竞选不知道哪来的勇气走上了讲台，忐忑不安的我；还有那个难忘的暑假，与同寝室娜娜一起信誓旦旦压遍文三路扫楼找见习机会的我。那都是我成长过程中，最稚嫩也是最努力的记忆。这些经历让我们很早体会到了从学校踏入社会需要去做的适应和改变，更真实地对焦大学课堂中的知识，让我明白在现实工作中更重要的是思考延伸和掌握学习的技能。尤其扫楼找工作屡屡被拒绝的场景，现在回想起来还真是一次蛮好的挫折教育。这种从失败中得到的收获让我一直受用至今，遇到困难的时候提醒自己再多坚持一下，就像那句"后上的才是好菜"的打趣话深深地激励了我。

毕业十年之际，感谢我的母校和老师们，在那段时光中帮助我推开了那扇窗。大学是自主的美好，不再枯燥地学习知识，而是主动在实践感悟中发掘知识。大学是沉淀的文化，拓展和锻炼了自我，懂得真诚，获得为人处世的能力。大学更是锻炼的起点，在各种参与和挑战中让我们学会了快速成长。感恩我的大学时光，给了我们美好的开场，让我们期待未完待续的将来。

纸上得来终觉浅

最奢侈的是年少梦，她用十年的坚持和努力换来了今天的成就。戴烨用十年去谱写青春的赞歌，去描绘出一个当代青年成长的故事，这个故事关于独立，关于梦想，关于勇气，关于坚忍。它不是一个水到渠成的童话，这个故事是坚持，是有志者事竟成。

当和我提及大学时她参加的各类实践兼职时，戴烨感慨颇多。她坦言，在大学四年的这段时间，是她的人生观和价值观形成的时期，而走出校园，在社会上实践的这段经历让她变得更加成熟。她觉得，我们不一定要局限于校内的课程，如果校外有与专业相关的培训，有机会都可以去参加。同时，要时刻谨记，无论现在还是将来，都要学会沉淀自己，忠于自己的初心。

在学习方面，戴烨认为，大学让她记忆最深刻的就是实操课，让其第一次深刻感受到电子商务的独特，老师们用一个个鲜明生动的例子教会大家如何将理论知识运用到实践中。在实践操作中，通过一次次的训练和键盘的飞速跳跃，解决那一个个突如其来的问题，才能够明白"纸上得来终觉浅，绝知此事要躬行"的真正意义。当结束实操课，再次回到课堂上，她便不再像以前那样，死记硬背各种知识，而是学会理解每个知识点，同时思考每个案例背后发生的主要原因和关键点，并及时向老师们提出自己不懂的问题。正是这样带着问题去思考、去学习，才能为自己的专业打下最坚实的基础，在学习上取得一点一滴的进步。

谈及就业，她直言，十年前的就业与现在有很大不同，那时候她们也一样迷惘，但是都相信：只要自己有手有脚，只要肯努力，前路一定是光明的。因为年轻，并不恐惧失败，所以笃笃定定地做事，反倒不受干扰。生活的各种历练，只会给未来道路奠基，任何汗水都不会白流。反倒是而今，戴烨认为现在就业情况比较复杂，比之前更有难度。她建议我们，不管是泡图书馆，还是忙碌于各个学生组织，抑或各种兼职等，都一定要给自己一个合适的定位。没有目标而终日碌碌无为是可怕的，培养属于自己的兴趣、爱好，不断充实自己，才能向目标逐步靠近。

此外，戴烨认为还要把体育运动与学习结合起来。她感慨道："参加工作之后你们就会知道有一个强健的身体是多么重要了。现在的工作压力是相当大的，事情杂而多，如果没有一个好身体，做事就会力不从心，很难取得成绩。"

成功的结果各异，但成功的经验却不谋而合——提早准备，坚持不懈。不要等待，有梦就去追吧！

采访记者：杨俊杰

踏实肯干　不断创新

董家农
DONGJIANONG

杭州师范大学钱江学院社会体育指导与管理专业2007届毕业生。杭州创元教育咨询公司负责人。

机会留给有准备的人

时间真是个奇妙的东西，它总能在我们毫无防备之时悄无声息地溜走，就像你不知道婴儿什么时候长出第一颗牙齿，秋天什么时候掉落第一片叶，它就如牛毛般的春雨，随风入夜，润物无声。但当你再回首时，陈年旧事就宛如发生在昨天，历历在目。

我是能清楚地感觉到自己的变化的。很多时候，我们确实是要站在时间之上来看自己跟周围的事情，如同佛家修行讲的“第三只眼”的道理。

我的大学，和大多数人一样，只是，在母校的那几年，多了更多实践和锻炼的机会，但这些实践和锻炼的机会是靠自己去努力、去寻找、去争取来的。有句话说，机会是留给有准备的人的，因此我时刻准备着。从大一开始我就有了目标，那就是要去创业，无论成功与否，我都想去尝试，因为那是我年少时的梦想，即使失败，我也甘之如饴，我不后悔曾为梦想拼尽全力。创业的想法我思考过很多，也让我明白：创业归根结底还是做生意。

在大学里我就想着如何去创业。渐渐地我了解到：当生意变成了长线作战的时候，就是向企业家迈出了第一步，此刻会发现，除了解决二维的事情，还需要解决时间空间人事等更多复杂的四维因素，管理难度也呈几何倍上升。

我一直觉得时间不够用，尤其是在毕业后创业的那段时间，自从创业之后，时间对于我的意义就发生了变化，以前，慢慢来的事情可能就变成必须得今天做完的事情，而深夜这样的时间则变得格外有存在感。此刻我面临的是心魔，创业归根结底是在和自己做斗争。不以物喜，不以己悲；不为胜喜，不为败悲。这是我在校期间，思考中悟出的道理。在创业中我找到了自己存在的价值，在为梦想努力的道路上，我过得充实，为自己的每一小步成功而欣喜，我想这才是我想要的人生。

走好人生的每一步

我第一次见董家农是在 2015 年体育分院开办职业生涯规划讲座的时候，当时他穿着一身帅气的西装，给我们分院 2015 级新生做了职业生涯规划的演讲。

即将走上社会的我向董家农请教了很多问题，他耐心地一一解答。他给出了很多建议，例如：一、要给自己定一个目标，无论自己当下的处境有多么糟糕，都要有一个目标并且为之努力；二、永远不要浪费时间，时间就是金钱，想要创业就应该把多的时间放在实践上；三、相信自己，自信永远都是最好的精神力量，一旦怀疑了自己，有大部分事情是做不好的。

我们需要清楚，这世界上并不存在一个万般皆好的状态和选择，如果有，那就是做梦。而我们人生下来是为梦想努力的，而不是为做梦而做梦，要想找到自己存在的价值,就要明确自己的目标,抓住生命中可以利用的每一分每一秒,为更好的自己加油。

在管理方面,董家农认为选择任何的发展方向都需要付出代价,真正的战略在于根据自己的资源和优势,去选择战术和作战目标。一切与自身情况不匹配的战略,都是不可行的。创业者最不值钱的是感动,把自己说得很辛苦,没有时间陪同家人,等等,可是社会竞争是残酷的,客户不会因为辛苦就同情你,而是看你所能创造的价值而给予你回报,资本是不相信眼泪的。你只有有所作为,才有可能让人看见你。

这就是我的学长,我的校友,我的榜样。希望愈来愈多的钱江学子也能像他一样,坚持自己的目标,不忘初心。

采访记者:潘宇超

锲而不舍　金石可镂

葛菲芸
GEFEIYUN

杭州师范大学钱江学院音乐表演专业2005届毕业生。杭州歌剧舞剧院优秀青年歌唱演员，国家一级演员。浙江省流行音乐协会理事、表演艺术部副主任。

拥有正向心态

那四年，那群人，那些事。我的大学生活，回想起来，就像是一本书，书中有最美丽的彩页，也有精彩的片段。迈进了大学的校门，人生的历程翻开了新的一页，人生的道路跨入了新的阶段，美好的大学生活也将从这里开始。

还记得初次踏入钱江学院，我的脑海里只被“热闹”二字包围，热闹的校园，热闹的室友。在还没有进大学的时候，就听好多大学里的朋友谈过有关大学里的一些生活，当自己踏入校门后，我才真切地感受到大学生活。有来自五湖四海的同学，有形形色色、丰富多彩的活动，有社会上常见的琐事俗事，有学校独有的趣闻轶事，等等，都呈现在我的面前，让我倍感希冀。我的辅导员老师和蔼可亲，眼神中充满了和气，带着友善的笑意，让我完全感觉不到陌生。大学四年，辅导员更像是我的朋友，他就像大哥哥，很贴心也很照顾我，有困难只要找到他，他都会帮助我解决。另一位我的人生导师，也是对我影响最大最深的，就是张承军教授。他不仅教会我做人的道理，而且很大程度地改变了我的人格塑造方向、价值观和世界观，也正是他带着我走上独唱演员的这条道路。在成长的道路上，有老师的正确引导，我收获了许多经验教训，这为我之后的工作做了良好的铺垫。

毕业后，自己走上社会才深刻体会到专业的重要性。我毕业后就一直在杭州歌舞团工作，将在钱江学到的丰富的专业知识熟练地运用到我的工作中，并以此取得了优异的成绩，同时我也交到了许多挚友，汲取了许多对我人生有益的经验。我最想对我的学弟学妹们说，自己在大学里必须要有目标和梦想，坚持梦想去做，我们都是有梦想有追求的人，不要因为路途艰辛就放弃了前进的脚步。追寻梦想的过程是苦涩的，但只有经过磨砺的人生才会拥有更多内涵。

人生没有彩排，对业务的一丝不苟，对专业的坚持，是收获成功的关键。正向心态是迈向成功不可或缺的要素，是成功理论中最重要的一项原则。

坚持就是曙光

总会有一些事情、一些人能在极短的时间内撼动我们的灵魂，恩赐于我们不可思议的成长。

坚持，是葛菲芸始终坚持的。2001 年，她带着未知和憧憬来到了钱江学院。学音乐的人骨子里总是透着勇敢和自信，不完全听信关于大学生活一些不切实际的描述，也不完全否定美好的、精彩的大学生活。因为正能量是环境给予的，更是自己从环境里吸收的。

“一定要坚持，只要坚持就会有收获。”我们都是有梦想有追求的人，不要因为路途艰辛就放弃了前进的脚步。也许葛菲芸学姐追寻梦想的过程是苦涩的，但也只有经过磨砺的人生才会拥有更多内涵。我们不应该让不安的心被浮躁占据，而是应该展开灵魂的翅膀在校园里汲取知识，在不同层次的人群里学着更好地做人，四年的时间里坚持很难。

“人一定要有目标梦想。”我们始终坚信冬天来了，春天就不会再远，没有度过寒冬不知春的温暖，没有走过沙漠不知水的甘甜，没有经过失败也不懂成功的喜悦。因为年少轻狂，我们很可能会失败，可也正是年轻给了我们勇往直前永不言弃的资本。只要我们满怀激情踏踏实实地走好脚下的路，我们终究会取得胜利。

这次与学姐的谈话，让我有了再一次重新规划自己人生的想法。在自己专业上的规划，以及四年后走向社会的规划，也只有自己规划自己美好的大学生活，才能保证今后能够像菲芸学姐那样笑着谈起自己的大学生活。

没错，有理想的人就像看到灯塔的船，内心总是温暖的、踏实的，不论现实有多么残酷，也都不会被打败！希望我的大学能够是我梦想的跳板，助我的梦想奋力起航。

采访记者：李　扬、林怡安

勇创新 直向前

葛欢阳
GEHUANYANG

杭州师范大学钱江学院电子信息工程专业 2009 届毕业生。现任浙江每日互动网络科技有限公司副总裁。

虚心向学，谱写青春赞歌

时光如同一条江河，浩浩荡荡地往前流去，而母校便如同一条船，它让我经历了江河的波涛汹涌，也让我欣赏了江河的风平浪静。在这条船上的四年时光里，我寻找到了属于我的分流，开辟了属于我的天地。

尽管时间一次又一次地冲刷着我的记忆，那些年的青葱岁月仍历历在目，仿佛昨日。初入大学时并没有太多学业上的压力。面对一个充满诸多选择的新世界，我拥有着向往中的自由，也面临着难以抉择的痛苦。我总认为，不明朗的前行方向绝不能成为我不去多多尝试的借口。于是，对大学充满期待的我竞选了班长一职。也因此，我能够与班主任郑静老师有更多的交流机会。我真的十分庆幸能在大学里遇见这样一位亦师亦友的前辈。学习上、生活上的许多困扰我都与她进行交流，她也总是耐心地帮助我，解答我的困惑。同时，她也十分注重学生的个性化发展，极力挖掘学生的潜能。她能从我们的角度出发思考问题，提倡我们寻求并坚持自己的兴趣爱好，为我们提供了很多展现自我的机会。她的箴言陪伴着我走过美好的四年大学时光。

作为一个学习电子信息工程的学生，专业知识的学习让我对电子信息产生了浓厚的兴趣。凭借着我的专业知识，我有幸成为杭州一家IT公司的校园代理。在校期间，校园业务的实践对我日后的工作产生了深远持久的影响。

除了在校期间的工作历程之外，同学们的笑脸，老师们的帮助，一起奋斗的青春，一起挥洒的汗水，一直追逐的梦想，更是如同一幅幅精美的画卷，在我的心中展开。时光洗尽过往铅华，也沉淀了我四年的青春。所以我对学弟学妹的期许就是：在专业课上花大功夫的同时，也要花一些时间去培养自己做事的能力，培养自己的责任心、沟通能力、对事物的敏感程度，多角度思考，有计划做事。要清楚地知道学历和专业能力只能为你敲开职场大门，而要在职场里走得更远更顺，就得看个人的综合素质了。

珍惜你们璀璨的青春，抓住来之不易的机会。正所谓实践出真知，希望你们相信自己，多实践，多思考，不断探索，不断努力。在未来的世界里，闯出一片属于自己的天地。

端正态度，无悔青春

葛欢阳带着淡淡的笑容，回忆起自己从毕业至今的心路历程。

大四时，学校开展了一个选课题的活动。他选择了软件测试作为课题方向。同时，他也找到了和这个课题相关的实习工作。短短半年时间，他就熟悉了这个领域。工作以后，从技术岗到产品岗再到销售岗，他在很多岗位工作过。而各项工作的顺利进行自然离不开大学期间专业知识的学习。在校期间的课程紧贴时代潮流、符合市场需求，这样的专业课程以及开放的校园环境对他的工作产生了极大的益处。有了大学打下的好基础，他工作时也得心应手了不少。

在第一个公司工作两年后，他从技术岗位转到了产品岗位。离开这个公司以后，他又转向销售岗进行发展，在多方面培养自己的过程中，他遇到了当时正蓬勃发展的“每日互动”。

进入新公司以后，葛欢阳迅速成为领导团队的一份子，和团队一起努力。2011 年 5 月，“每日互动”推出首个产品“个信”。作为国内第一个 IP 短信类项目，“个信”成功获得了新浪、百度等多个大型企业的投资，逐渐成为行业的领导者。对于现在处于管理层的葛欢阳而言，肩头的责任更加重了。现在的他对公司的业务更加关注，力争不断创新，谋求更好的发展。

葛欢阳表示，公司每年都会招聘毕业于母校的学弟们。对于未来，他觉得：脚踏实地是创造美好未来的最好方式。作为一个职业经理人，他希望能为公司的发展做出更大的努力。虽然公司已经在行业内具有一定影响力和规模，但他并没有因此停下前进的步伐。从葛欢阳身上，我感受到更多的并不是那种过分激进的热血，而是一份豁达的心态。

是的，在追寻人生的道路上，我们并不一定要求自己成为一个多么伟大的人。比起一味地追求伟大，我们更需要的是寻找一份适合自己的职业，然后充满热情地生活。

一个人的天赋并不是最重要的，很多时候态度决定一切。我们可以利用在校的时间养成许多良好的习惯，培养乐观积极、吃苦耐劳的品格。当未来的轮廓慢慢清晰，当我们越发明白自己想要的究竟是什么的时候，奋力拼搏，抓住社会给予我们的每一个进步的机会。只有这样，才能在多年后回首这段奋斗的青春岁月时，不后悔，不遗憾。

我来过，我记得，我相信，我坚持。

采访作者：吴思梵

“路在这，自己走！”

郭　波
GUOBO

杭州师范大学钱江学院机械设计制造及其自动化专业2010届毕业生。现任杭州拓峰科技有限公司销售总监。

与你相遇，实在有幸

大学四年，似白驹过隙。都说大学时光是人这一生中最无忧无虑的时光，但这句话我直至毕业多年后才渐渐明白。于我而言，在母校的这段时光是无法忘怀的。每次在工作的间隙，品一杯清茗之时，我总会情不自禁地回忆起那段缤纷绚丽的岁月。

大学的很多人至今还令我印象深刻：班级同学、辅导员、书记、班主任，那些年的那些人、那些事仍旧历历在目。虽然已经工作很多年了，但我还是忘不了那段青葱岁月。去下沙见客户的时候也经常会去学校转转、看看，见见还留在学校的老师、同学，回味母校风情。遇见了你们，实在有幸。

一直觉得我与钱江学院有着一种缘分。在填写高考志愿前，我曾去过钱江学院。不管是这里的校园环境还是学习氛围，都对我有一种莫名的吸引力。不同于别人填报志愿时的纠结彷徨，我毫不犹豫地选择来到这里，开始我生命中一段充满青春活力的岁月。

我对环境的适应性比较强，很快就适应了这个学校的生活节奏。如果用一个字形容我的大学生活的话，那就是“忙”！除了平常的学习，我在大学里担任了很多职务：学生会主席、党支部书记、班长、篮球队队长、副社长，从学习到课余生活几乎每一处都有我的影子。有时候甚至一天要开七八个会，忙得不可开交。每次朋友们出去聚会、看电影的时候，我都在埋头苦干。虽然忙碌，没有时间做些年轻人娱乐时常做的事情，但我在工作上做了许多实事，策划了很多活动。在这些过程中，我实现了我的价值，积攒了丰富的经验。学生会的经历、社团的学习，让我的口头表达能力和沟通能力得到了提高，也使我的思维更加开阔。这些意外的收获让我在找工作的时候轻松许多。

大学时候的我有个简单的梦想，就是留在钱江学院当辅导员。学生会的系列工作让我有了更多和老师们接触的机会。那时候特别羡慕他们，总觉得不管在学院教书还是学习，都可以让自己保持一个很年轻的心态。每天和学生打成一片，简单地生活，桃李满天下。只是各种因素的影响，留校当辅导员的愿望终究没能实现，这算是一个遗憾吧。

但庆幸的是，如今我在工作上的表现获得了越来越多人的认可，我也在这条路上越走越远。我也希望今后能有更多颇具潜力的学弟学妹和我一起并肩作战。

踏实当下，憧憬未来

对郭波的第一印象就是他很亲切，一副小框眼镜，干净利索的头发，休闲得体的穿着。郭波是一个很健谈的人，几乎抛一个话题就能马上接上来，他说这是销售的职业病。

毕业前，郭波就在杭州拓峰科技有限公司实习了。刚进公司的第一年，郭波就在所有新员工中脱颖而出——凭借自己出色的销售成绩拿到了整个公司唯一一个“最佳新人奖”。董事长亲自给他颁奖，使他受到了莫大的鼓舞，于是他便更加努力地工作。虽然工作期间经常会有世界500强外企来邀请他，但都被他婉言拒绝了。郭波选择一份工作很相信缘分。他觉得工作就像谈恋爱，在对的时间遇上对的公司。中意一家单位就像钟情一位佳人，你会为“她”朝思暮想、辗转反侧。他总对别人说：“做生不如做熟，跳槽不一定能做好。”

工作中总有很多难言之语，这一长串的足迹中，会有笑声、成功，也会有彷徨、伤痛。做销售的总是要靠成绩说话，激烈的竞争、强大的压力都曾让他透不过气来，甚至一度因为精神压力过大而掉头发。但现实就是这样，压力总是不可避免的，一切都要靠你自己来调节。如今的郭波会把大量的工作细分成小块，按照难度一一处理。他说，只要你有打不死的“小强”精神，再多的问题都可以迎刃而解。

郭波和很多年轻人不一样，他对工作很较真，当天的事情郭波一定要在当天做完，以此提高销售的反馈效率。这是他对待工作的一种态度，是一种敬业精神的体现，也是每一个从业者必须具备的素养。其次，不为胆怯找借口。很多刚来公司的实习生都没有思考过行不行就放弃了。他对此总是很痛心：为什么还没做事情就要先想困难？为什么都没有尝试过就给自己“我不可以”的心理暗示？人生的退路是永远找不完的，克服胆怯冲上去试试，或许你会看到一片不一样的天空。这些忠言，也正是他想对我们钱江学子说的话。

六年，郭波从普通职员升到了销售经理，又从销售经理升到了现在的销售总监；六年，他手下管理的人员从2个人发展成10多个人，小团队逐渐发展成了大团队；六年，他陆续获得了“优秀党员”“优秀员工”“模范员工”等各种大大小小的荣誉称号。就这样，郭波一步一个脚印，踏踏实实地走过了六年的时间。他知道自己是一个平凡人，自己的前程只能自己打拼。

说到未来，他打算脱离现在按部就班的生活轨迹，自己去创业。即使创业有风险，他也想将这个梦付诸行动。他一步步地积累经验、人脉、资源，为创业做准备。正如他所说的，别让现在成为你追逐未来的牵绊，安于现状只会让你丧失更好的明天。

采访记者：张烨程

Stay hungry， Stay foolish

郭晨辉
GUOCHENHUI

杭州师范大学钱江学院英语专业2012届毕业生。现任诸暨市猫头鹰电子商务有限公司CEO。

回望大学生活，感性哲思并存

从学习英语专业到在电子商务领域创业，这样的转变实属不易。学习英语是一件终身受益的事情，语言学习的意义不仅仅体现在工作上，更多是体现在生活上，如果有一天我能够环游世界，那语言就不会成为绊脚石，这是学习其他专业都不能带来的便利。在完成这种“跨界”转变的过程中，我坚信：事在人为，从零积累，从小做起，只要肯花时间钻研，任何事情就都会一步步稳步向前。

在经历了踏上社会后的奋斗后，我对大学又有了一些新的理解，大学期间要培养的不仅仅是专业上的能力，夯实基础应当成为每个学生的自律；同时需培养自己的抗压能力,开发自身的情商。离开象牙塔后,走上工作这块没有硝烟的战场,竞争更为激烈,有精彩,也有无奈。在做任何选择之前要先问自己三个问题:我是谁?我从哪来?我要到哪去?所谓"我是谁",关键在于认识自己,正确定位,认清自己的长处和短处,以确定自身是否有耐心去走这条路。而自问"我从哪来"则是为了去审视自己的背景,这个背景包括家庭背景、社会背景、学习背景等,以确定自身是否真的适合去走这条路。"我要到哪去"关乎自身的渴望与诉求,以确定在走这条路时自身有多大的勇气去克服荆棘与障碍。相较关注成功的人物事迹,其实失败的事例更值得我们去仔细研究,因为"成功的人大多相似,而失败的人却有各有各的不同",当我们从他人的失败中汲取了教训,自身便会多一份审慎,也多一分胜算。

创业不易,事在人为

"Stay hungry ,stay foolish. 追求卓越无止境,勿忌别人品头足。"——当被问到人生信条时,郭晨辉给出了这样的答案。Stay hungry ,stay foolish. 这是乔布斯的一句名言,将他的执着创新、完美主义、独立精神以及理想主义分析得彻彻底底,阐述得清清楚楚,而这也是郭晨辉所追求的。在他身上,能够深切感受到一名创业者的忙碌,但他对每个采访问题都毫不敷衍,每个回答都饱含着哲思的智慧,闪烁着光芒。

毕业时,面对并不乐观的就业形势,郭晨辉产生了创业的想法。在和朋友们的商量交流中,创业的想法慢慢显出雏形,在项目选定后,大家一拍即合,立即着手行动。为了让公司运作起来,郭晨辉无论刮风下雨,每天都会抽出一部分时间出去跑业务,并且寻找机会、创造机遇在各种平台上宣传自己的公司。逐渐地,公司经营步入了正轨,越来越多的厂商选择与之合作。但随着业务量的累积,大量的订单涌来,公司又遇到了无力消化的问题,对此,公司团队巧妙地"借力",利用他人力量,满足己方需求。在这个过程中,郭晨辉的人脉圈子得到了迅速的拓展,结交了不少的商业伙伴。郭晨辉坦言:创业中,管理问题是压力最大的部分,创业初期，公司管理甚至可以用“一塌糊涂”来形容。他认识到，优质的管理是一个公司取得长足发展的关键，如果在管理上出现疏漏，公司业务量再大，也无法得到等额的回报，最终只能走进死胡同，慢慢衰败。为此，他积极学习 MBA 课程，虚心请教优秀管理人才、前辈，通过智商和情商双管齐下的推动来提升管理技能。正是凭借着这份毅力与勇气，公司发展蒸蒸日上。

追求卓越无止境，勿忌别人品头足，在通往成功的路上，郭晨辉用踏下的坚实脚步告诉我们：生活需要哲思与自省，认定方向，坚定地走下去。

采访记者：章　燕

无畏挑战　无悔青春

郭晓倩
GUOXIAOQIAN

杭州师范大学钱江学院环境科学专业 2010 届毕业生。现为中信银行绍兴分行风险管理部信审员。

时过境迁，仍念母校

说起大学，“文一路 222 号”这个地址瞬间浮现在我脑海。

回想起大学的日子，我们这一届似乎和雨特别有缘。不管是开学报到、迎新晚会还是运动会，所有的大型活动都会下雨。新生报到那天，淅淅沥沥下了好几天的雨，郁郁葱葱的校园、一张娃娃脸的辅导员、不太宽敞的六人间宿舍和五个陌生的室友见证了我大学生活的开始。

大学期间除了日常的课程，我加入了学生会、环协等社团，运动会、元旦晚会、十佳歌手大赛、暑期社会实践等活动基本都没落下。现在回想起来，最珍贵的还是在学生会的经历。我从一个小干事到副主席，从给学长们打下手到自己策划组织一台晚会，从只知道埋头做题到懂得如何待人接物、处理问题，一切都大大锻炼了我的交际及应变的能力。这其中积累的经验对我日后的工作起到了很大的帮助作用，也让我对自己有了更深刻清晰的认识。我很感激遇到了这样一群可爱的同学、有爱的学长学姐，还有不管从学习还是生活上，都给予我很大帮助、支持和信任的辅导员老师。

大学毕业后，我也和大多数人一样对自己的未来有过迷惘。我所学的专业具有极强的专业性，因此对口的工作选择比较少。最后，我不得已进入了银行工作，这是一个我完全陌生的领域。刚开始工作，我的岗位是理财经理，要为客户进行资产规划，介绍理财、基金、保险等，所有的工作内容都是我从未接触过的。比起那些科班出身的同事我有着明显的劣势，这样的劣势也使得我很没有信心，但我不想就这样放弃。什么都不懂的我就跟着老员工学，观察他们如何获得客户，如何和客户打交道，如何介绍产品……逐渐，我也把银行从业资格证、保险从业资格证等一些从业资格证书都拿到了手。自己积累了一批稳定的客户，工作能力也得到了领导的认可。在业务一线积累了一定的经验后，我又转岗到风险管理部，从业务线转到了管理线，成为一名信审员。这个岗位需要有更专业的业务知识、更敏锐的风险意识、更强的判断风险的能力与谈判能力，这对我来说是一个更巨大的挑战。

工作后的日子，面对各种残酷的现实和无可奈何，我才发觉大学的时光是多美好。毕业后也曾回学校，和同学逛着操场，互相调侃当年的糗事，回味青春的滋味。时过境迁，如今的校园虽与过去大不相同，但它在我心中，仍是我深爱的母校。

谦逊做人，坚毅做事

如今，大学毕业生越来越多，工作岗位显得越来越供不应求。因此，越来越多的人最终都选择了一个与专业不对口的工作。有的人心存埋怨，而有的人却是既来之则安之，大量训练，努力工作。郭晓倩属于后者。她在大学里学的是环境科学，而现在，她通过自己的努力，在金融领域站稳了脚跟。

谈及大学生活，郭晓倩笑称自己以前的生活都是幼稚的。她有一句话让我印象深刻：在大学，我们不应该做只会埋头做题的学生，而应该把自己投入更多的人际交往中去，投入各类活动中去。学生会、环协……郭晓倩在各个组织中发光发热，锻炼了自己的交际能力，懂得了待人接物的道理；十佳歌手、运动会、社会实践……郭晓倩在学校的各类活动中展现了自己的风采，得到了锻炼，收获了宝贵的精神财富。

在大学四年里，除了优秀的学业成绩，郭晓倩在各个方面付出的努力、收获的东西都成了她成长路上的基石。她坦言，她在毕业之后也对自己的工作，对自己的人生有过迷惘。由于和专业对口的工作不好找，郭晓倩最终选择了自己完全陌生的金融领域，选择了去银行工作。郭晓倩表示，在毕业之前，她从未想过自己会从事与专业毫不相干的工作；从未想过，自己每天接触的方程式与实验器材会在转眼间成了证券金融和理财产品；更不承想，自己会在一个完全陌生的领域坚持下来！庆幸的是，不同于大多数人的空想，郭晓倩会努力把想法付诸行动。因此，她最终能将一个完全陌生的领域变成自己擅长的领域也就不奇怪了。虽然没有专业知识，没有任何的工作经验可以借鉴，但郭晓倩从没想过放弃。她一步一个脚印从零开始学习，自学专业知识，了解各种金融证券、理财产品。没有自己的努力与坚持，她就不会有现在的成绩。从实习生到先进个人，从一开始的生疏到现在拥有一批稳定的客户，郭晓倩用亲身经历启迪我们：没有什么事是难以实现的。只要你肯努力，有一颗坚持的心，你就一定能看到风雨后的彩虹！

“成功的花，人们只惊羡她现时的明艳！然而当初她的芽儿，浸透了奋斗的泪泉，洒遍了牺牲的血雨。”郭晓倩就像一朵明艳的花，艳丽地开放着。

采访记者：吴思梵

挥翼逐梦

韩雪吟
HANXUEYIN

杭州师范大学钱江学院社会工作专业2006届毕业生。现在西澳州政府儿童保护和家庭支持部工作。

忆母校，念师友

时光在不经意中流逝，翻开旧日的笔记，字里行间充满着情深意切的交错。仿佛又回到了我的大学时代，那些个横冲直撞的日子，青春肆无忌惮，无所畏惧。

幸运地进入钱江学院，我就觉着学校有一种莫名的亲切感，因为我是杭州人，从小到大偶尔也会路过文一路母校的大门，所以对我来说，钱江学院并不是一个完全陌生的地方。在接触了学长学姐和老师以后，我更觉得钱江学院是一个充满活力与激情的地方。

和许多同学一样，我入学的时候也是被调剂到社会工作专业的，那时对社工的认识也只是肤浅地停留在社区工作的层面上。然而，入学后我慢慢地对这个专业有了更深层次的了解，也逐渐对这个专业产生了浓厚的兴趣。

在业余时间，我积极地参与了法学系的团学工作，从大一到大三，最后凭借着自己的努力与认真的态度担任了系里团总支副书记一职。在这期间，我从系里直接负责团学事务的许占鲁和孙新见老师身上学到了很多东西，借鉴了宝贵的经验，同时也借着团学工作扩大了自己的人际交往圈，认识了更多的朋友。

在读书期间，我还和同学组队参加了钱江学院“启航杯”以及杭师大“赢在师大”创业大赛，并在“赢在师大”比赛中获得了金奖。当时是运用医务社工的专业知识，做了一个临终关怀机构的架构，虽然比赛后没能最终付诸实践，但我仍认为国内与社工相关的产业有很大的市场和潜力，需要各位社工同仁去发掘、倡导并最终付诸实践。

我的大学四年一直都是在忙碌中度过的，除了平时的专业学习，每到暑假甚至寒假，即使学校没有要求，我也会自己外出找一些实习工作。那时去得最多的就是社区，我觉得社区工作非常接地气，能学到很多与不同背景、不同想法的人打交道的本领。

在这里，我得感谢给予我最大帮助的老师们。我印象最深的老师是陈东恩和袁巧玲两位老师。陈东恩老师，我们都亲切地叫她“陈妈”。在读书时她给予了我很多帮助，当我迷惘，受挫折，找不到方向的时候，我喜欢找她聊天，她豁达的性格和丰富的人生经验总能帮我看清前进的方向，在成功的时候我也和她一同分享喜悦，很感恩她给我的支持和信任。袁巧玲老师扎实的专业理论基础和亲切的笑容也让我倍感温暖。记忆比较深刻的是，大三的时候袁老师用英语给我们上了西方社会工作理论的课，这时我才发现原来我也可以去看一些英文原版的专业书籍以学习更多的知识，也让我慢慢觉得出国继续深造社工并不是一个遥不可及的梦，我也可以去尝试。在大学毕业之际我也如愿取得了国内初级社工师的证书。

最后希望各位学弟学妹们继续加油，能够找到自己喜欢的事业并为之努力拼搏，向着更好的未来和心中的梦想前进。也希望母校能更上一层楼，满园桃李。

出色的社会工作者

喜欢自驾游、露营、爬山和游泳，喜欢在大自然的怀抱中享受沁人心脾的空气，喜欢在闲暇的午后与老友喝杯咖啡，聊聊人生。这就是她——韩雪吟，一个愿意努力拼搏的人。一旦她认定了某件事或某个目标,就会努力去达成。

临近毕业的她,先是去了杭州一家 NGO(非政府组织)全职工作了一年,主要工作内容是艾滋病高危人群的干预、相关政策倡导和权益维护。后来在不断的学习与磨合中,她逐渐地感受到国内的社工发展其实还处在刚起步的阶段,对于社工方面的书籍和研究成果也不是很多。由于她很认同这个专业的基本理念,对很多专业工作方法也很感兴趣,觉得自己的性格、三观都和社工这个专业很契合,想把从事社工作为自己的终身事业,于是她萌生了想要出去看看并在社工职业化发展得比较好的国家继续深造的想法。

得到家人的支持后,她如愿踏上了澳洲的土地,并在两年后取得了西澳大学社会工作硕士的学位。现在,她在西澳洲政府儿童保护和家庭支持部工作,是一名儿童保护社工,每天都过得充实而忙碌。她在工作中,会和很多父母接触,他们有的可能有吸毒、酗酒的问题,有的具有严重的家庭暴力倾向或精神健康问题,种种原因导致他们不能照顾甚至还会虐待自己的孩子,她与他们一起工作来帮助他们认识到并试图解决这些问题。她也会和很多孩子一起工作,在她们这些社工的介入下,这些孩子能重新获得同成长在正常家庭环境下的孩子一样的权利,比如得到充足的食物和营养,足够多的关心和关爱,良好的教育,等等。她说有的孩子在他们早年的人生经历中,受到了各种生理或心理上的创伤,有些会逐渐演变成心理或行为问题,她们都会一一介入。同时她还会和一些寄养父母一起工作,来解决他们在抚养寄养孩子中遇到的困难。

提及工作中遇到的困难时,她说刚开始工作的时候会觉得心很累,每天回家,做梦梦到的都是她的案子和那些被虐待的孩子,觉得被虐待的孩子很可怜,又对施虐者感到愤怒。但是她并没有放弃,她知道只有面对现实,才能超越现实,在她迷惘的时候,她会和经验丰富的督导去沟通、交流,从他那里汲取营养,慢慢地学会以不同的角度来看待问题,并更好地管理自己的情绪。

谈及未来,她坦言,自己对现在的工作很满意,梦想终于成真,她从一个懵懂的大一新生成为一名在中国和澳洲都被人认可的社工,这是对她过去努力最大的肯定。目前她暂时没有回国发展的打算。她认为自己还有很多需要学习的地方,知识和能力都有待提升。再过几年可能会选择继续深造或者换一个工作领域,比如她饶有兴趣的医务社工和精神健康领域。

不经一番彻骨寒，怎得梅花扑鼻香。她用满怀的生活热情诠释了对人生的美好希冀。眺望远方，你才会加快步伐；风雨兼程，你才能成功登顶。人生最精彩的不是实现梦想的一瞬间，而是实现梦想的过程。学会调整心态，主动沟通，让我们在筑梦路上尽情挥洒汗水，展翅高飞。

采访记者：钱钟悦

让“星星的孩子”变得像星星一样璀璨

何宁宁
HENINGNING

杭州师范大学钱江学院社会体育指导与管理专业2006届毕业生。作为“淘女郎”的代表，是阿里巴巴在美国挂牌上市的8名敲钟人之一。

生活像一盘饺子

“人生就像饺子，岁月是皮，经历是馅，酸甜苦辣皆为滋味。毅力和信心正是饺子皮上的褶皱，人生中难免被狠狠挤一下，被开水煮一下，被人咬一下，倘若没有经历，硬装成熟，总会有露馅的时候。”这是崔永元评论人生的一段话。接下来我想说的是我人生的一个重要阶段——四年的大学生活。

在大学里，我从大一开始就在考虑以后的就业和发展方向。可能有些人会说毕竟才大一，没有必要这么急，但是人生能有多少个青春待我们消磨呢。我做淘女郎已经有很长时间了，对于自己当初的选择，一方面自己确实非常喜欢“模特”

这个职业，另一方面刚刚毕业时收入有些低，抱着试试看的心态，就选择了这条道路。没想到一路走下来还小有成就，成为淘女郎中的佼佼者。

每个人都是平凡而特别的。在大学的时候，我和班里的同学一样，我们一起在田径场训练，一起在食堂吃饭，我们都做着同样的事情，只不过我比他们先实现了自我价值。

我在大四时，因为机缘巧合到一家自闭儿童康复中心实习，开始接触患有自闭症的孩子。我觉得这是一项非常有意义的工作，也是我愿意做的事。毕业后我就留在了康复中心任教，一教就是 3 年多。面对自闭儿童的时候，需要先和他们建立一种互相信任的关系，让他能接受你的指令，然后再一点点慢慢教，用爱和耐心去交流。

自闭症儿童是非常单纯、非常值得关注的群体，我觉得他们是遗落人间的天使，只是和平常人的思维方式不一样。很多人觉得自闭儿童不正常，或者直接说他们傻，其实应该以他们的思维方式去想，发现他们的世界的美好。在我看来，他们是可爱的一群小天使，给他们上课让我觉得非常快乐，而且很有意义。

为美好而改变

我还很清楚地记得，第一次见到何宁宁是在 2014 年，她来母校跟学弟学妹交流分享自己的经验。她给我的第一印象是有气质、好看，后来才知道，她还是阿里巴巴挂牌上市的 8 名敲钟人之一，在华尔街一敲成名，因此有了“敲钟女神”的称号。在之后同学们与她的交流中，我发现她不仅外表美，还很有爱心。给自闭症儿童上课是十分有意义的事情，也正因如此，她才在不断的实践中得到了成长。

在大学期间何宁宁想做平面模特，但没有这个机会，也没有这个平台。后来偶然间看到招募淘女郎，就注册了一个，幸运的是有客户找到了她。

宁宁学姐回忆说：“我记得第一个单子三百块钱，每件 40 元。刚开始自己又不是艺术生，动作不会摆，就完全靠一次次拍一次次总结。自己想应该怎么摆姿势，觉得难看就自己改。”那些日子她每天早上骑着电瓶车到康复中心上班，七点钟去打卡,很是辛苦。曾经有人问她:“淘女郎挺好的,干吗要去上班?”她说感觉不一样,人不能物质丰富精神空虚,那样没有成就感。某一天,她突然辞职,感觉好轻松,可是过了两个月之后才发现这不是自己想要的生活,心里感觉空落落的。

一想起在校经历的时候,有些家长、学生的脸就会浮现在脑海,她就会特别难过。正巧有一起工作过的老师说:“一起教孩子吧!”于是她们就一起开了一个自闭特教学校。“公益不在于钱,而在于心。”她说,自闭儿童特教老师这份工作带给她的是精神上的自我价值实现,这对她来说非常宝贵,她想让更多人知道和了解自闭儿童,为自闭症儿童和他们的家庭营造更好的社会环境。她说,其实就像马云说的那样:“梦想还是要有的,万一实现了呢?”要过得充实,就要去帮助别人。她的贡献不仅仅是教学生,更希望能用她的方式传播让更多的人知道自闭症儿童,让更多的自闭症儿童得到帮助和关爱。

“公益不在于钱,而在于心。”一个榜样学姐,一句让我受益的话,与钱江学院的学子共享。“愿你的生命璀璨,要闪得漂亮”——给社会的弱势群体。希望我们每位钱江学子都能够像她那样,追求自己想要的,尽自己所能去帮助需要帮助的人。不负年华,不忘初心。

采访记者:潘宇超

爱事业　享人生

何应峰
HEYINGFENG

杭州师范大学钱江学院电子商务专业2007届毕业生。现就职于杭州市富阳区财政局，担任局团委书记、办公室副主任。

不断尝试，不断突破

2003年，在我人生中是一个不平凡的年份，这一年我开始了我向往已久的大学生活。开学那天记忆犹新，我提着行李挎着背包，就和每个新生一样青涩却又充满好奇地迈入了钱江学院万塘路校区。迎接我的学长随和且健谈，他一边帮我提行李，一边还不停地向我介绍学校的有关情况。我好奇地问他："明年我也能像您这样迎接新生吗？"他回答说："一般学生会负责接新生工作。"就在那时，学生会的"高大上"形象便在我心中油然而生，并萌生了要加入学生会的想法。

大一那年，我如愿以偿地成为学生会文艺部一员，跨年晚会、文艺会演等工作也是接踵而至。为了搞策划工作至深夜，为了采购道具骑着脚踏车跑遍小商品市场，为了舞台效果一次又一次地去艺术学院求助学长。现在回忆起来，我深感这些都是我人生当中弥足珍贵的经历。学生会是一个非常锻炼人的地方，在那里我们可以学到许多课本上学不到的本领，并且这些能力在我们步入社会后也都发挥着举足轻重的作用。

现如今大学毕业已经快十个年头了，那段忙碌、充实并且多姿多彩的大学生活无论何时回忆起来都仍然令我心潮澎湃，其中最令我难忘的还有友谊。人们常说：人与人之间最好的关系除了亲人外就属战友和同窗。我就有这么几个可爱的同窗。虽然大学毕业后大家为了事业各奔东西，为了生活奔波忙碌，平日里联系不多，但每当闲暇时总能想起与他们一同经历的点点滴滴。大一那年心血来潮，想感受一下自己打工赚钱的滋味，便与室友一起找遍了文一路上所有的小吃店、奶茶店，虽然最终赚到了人生“第一桶金”，但却不够我一个礼拜的开销，这让我深深地感受到了赚钱不易；大二那年我们接触到刚推出不久的淘宝网，作为电子商务专业的学生，阿里巴巴的案例在教学过程中经常被提及，我们几个同学便将开淘宝店的想法付诸行动，但最终不了了之。现在几个同学还时常开玩笑说：“要是淘宝店能坚持到现在我们也是骨灰级人物了！”大三那年暑假是令人难忘的，那年的夏天仿佛特别炎热，为了应对即将面临的就业压力，我与另一位室友选择了留校自习，一个备战考研，一个准备公务员考试。天天早出晚归，在自习教室一待就是两个月。总说人需要有目标，但是有了目标后更需要为了实现目标而爆发的一股子狠劲。大四的毕业季留下无数伤感，但大学的美好回忆却是每个同学的人生中浓墨重彩的一笔。

干一行，爱一行

一个令人倍感亲切的笑容，一身朴素整洁的穿着，如同印象中公职人员一样，看上去平凡朴素，没有距离感。这便是初见何应峰时留下的第一印象。

问及他会从事公务员这份职业的原因，他打趣道：“大学里专业没学好，觉得IT行业里混不了就转战公务员队伍了。”其实，他的择业观受家庭影响较大，父母均在机关单位工作，所以从大学开始他便有意识地向这方面发展，并且在大学后两年里花了较大精力准备公务员考试。用他的话来讲：“这辈子虽然不能从事专业所学的行当，但对目前朝九晚五的工作状态还是比较满意的。”

回忆起刚进财政局那会儿，作为一名单位新兵，他被分配到农村基层分局锻炼。初入职的新鲜感很快被专业知识不对口、财税业务技能要求高等困难所取代，每天跟各种会计分录、各种税率打交道，除了白天工作，晚上还得回家自学财政、税收、会计等知识，入职前公务员喝茶看报的最初印象在他心中悄然发生转变。

目前，何应峰在单位任局团委书记兼办公室副主任，综合线工作十分繁忙，访谈过程中也是几次被打断，他笑着说："我的工作状态就是这样，你别介意！"谈到他目前从事的群团工作，他仿佛一下子打开了话匣子。他说这还得感谢他的大学经历，学生会工作锻炼了他统筹规划、组织协调、为人处世等各方面能力，如今让他做事十分如鱼得水。连续3年团组织工作全区考核排名第一，省、杭州市、全区一系列先进荣誉，便是他辛勤付出的结果。他说："每个人都应该干一行爱一行，爱一行专一行。"

谈及现在的生活，何应峰自豪地告诉我，他已经是两个孩子的父亲，一儿一女正好凑成一个"好"字，幸福感溢于言表。由于平时一门心思扑在工作上，对家里顾及很少，他对父母、妻子还有两个小孩充满了歉意。但无论在外遇到什么困难，当回到家两个孩子争先恐后地扑上来叫"爸爸"时，当妻子接过他的公文包和外套时，一切困惑都显得那么微不足道。幸福的家庭让他在工作上、生活中永远保持热情和斗志。

对于未来，何应峰觉得应该以处变不惊、水到渠成的态度对待人生，做好自己。过好当下才是最重要的，切忌急功近利，要用乐观、积极的态度去迎接未来！

采访记者：钱　钰

内心的善意和勇敢是做企业最大的底气

胡冬娜
HUDONGNA

杭州师范大学钱江学院英语专业2005届毕业生。现任宁波范小米化妆品公司董事长。

榜样作用 改变时代

曾经的文一路，大学时的草坪，年年岁岁花相似，岁岁年年人不同，每个人想活成什么样子，只有自己心里清楚。

我在大学时候没有高大上的理想，对于创业更是未曾想过，有着青春时期特有的幼稚与躁动。总是抱怨外国语分院的男生太少，想着法子让宿管阿姨给我安排一个有空调的寝室，食堂是否还有我爱吃的糖醋排骨……

是的，我认为我的母校特别棒。学生时期，我的未来规划里从未出现“创业”这两个字。就好像林肯砍树，和他成为总统并无多大关系，只能说明他有诚实的品格，就算他不会成为一名总统，他也会是一位诚实的路人。所以，不要懊恼大学的你们没有特别伟大的梦想，成长的路上充满挑战和机遇，现状并不会决定你们以后将成为怎样的人。不得不说的是，母校对我一个巨大影响就是因为美女云集，我从大学开始便习惯了如何在此环境下生活，也知道怎么才能活出自己的精彩和自在，这对我如今的事业也有一定帮助。

我是个自我驱动型的人，我不喜欢活在评选、比赛这些别人制定的标准里，大学的时候，我只是想活得更真实，于是参加主持等可以发挥自我的活动。我希望像马云学长那样，有能力给现在的中国年轻人一点好的示范，温暖哪怕一两个小火苗，那都是比赚钱更有意义的事情。

一个人的力量太有限，顺应时代，努力创造，才是我们最应该做的事。我希望以后别人提起我，不是这个人特别会赚钱，而是，这个人曾经给过我好的示范，好的能量，特别牛！

手握坚定　敢想敢做

从英语专业毕业后，胡冬娜在一家机械公司专门负责国外业务和翻译，不久又跳槽到宁波最大的进口公司从事原料能源进口工作。在工作期间，胡冬娜表现十分突出，每月的业务量都名列前茅，但是她不满足于当时工作的状况，她那颗一直不满足于“朝九晚五”稳定工作的心让她有了不一样的想法：不是替别人打工，而是创办自己品牌的化妆品公司。

回忆自己的创业之路，胡冬娜说，创业的初衷只是希望自己能过上不只是在法定节假日才能旅行的自由生活，等到公司步入正轨后，才发现创业永远没有想象的简单。“不去行动，想得再天花乱坠都不是自己的，结果好坏与否取决于一个人在创业路上是否有能力不断修正方向、解决问题。我想创业路上的荆棘和风景才是这件事的真正意义。”而越是面对困难和挫折，越发让敢想敢拼敢做的胡冬娜热衷于“创业”这条路。

现在，胡冬娜自创化妆品范芙黎品牌并且和日本公司合作创立了日弥品牌，正是因为做的是化妆品和护肤品牌，她在创业的路上经历了常人无法想象的波折和打击，甚至是诋毁。面对困境，胡冬娜想到的不是回击，不是放弃，而是反思、沉静、改变思路、拓宽视野。她去参加了国内顶尖创始人组织——黑马会，那一期是黑马和华为组织的第一期创始人班。在那个班上，胡冬娜和360的周鸿祎、博洛尼的蔡明、易到通车的周航、互联网奇才戴志康等大咖都成了同学，也正是因为与众多“高手”的学习和交流，胡冬娜的创业视野仿佛进入了全新的世界，而永远不满足于现状的她又马不停蹄地开始去游学。她去以色列和硅谷游学，去苹果、Google、Facebook、特斯拉等所有人向往的全球著名的公司参观学习，见到了以色列的财政部长、总理和以色列情报部门摩萨德的负责人，在斯坦福见到了作为演讲嘉宾的比尔盖茨夫妇。“我相信只有在见识过世界足够多的精彩之后，才有资格说沉淀。于是游学后我冷静下来，开始有条不紊地开展一系列项目，赚该赚的钱，过能过的生活。成功或不成功，那只能自己来感受，只是以赚钱为目的就变得狭隘。有改变世界的初衷和愿景，这是中国年轻一辈最缺乏的想法，精神富足，物质才会自然而然得到。”胡冬娜脱口而出的一段话总是那么掷地有声，有独到见解，让人不得不佩服这位“思想型行动派”个性女企业家。

“大学里可以玩游戏，可以谈恋爱，可以做更多的事，一时没有远大梦想不足以影响未来会成为怎样的人，我们拥有比父辈好太多的条件和起点，不管创业与否，都不要只是为了‘赚钱’而去努力，这样太不酷了，必须争取做那个顺应时代，改变时代的中坚力量，这才是我们钱江学院的年轻人最应该做的事情。”说起对同学们的建议，胡冬娜依然是句句点石。

白手起家，对自己在校期间获得的各种奖项只字不提，在自己梦想的创业领域越战越勇，始终保持一颗善良的心，又勇敢地朝着自己的梦想迈进。从胡冬娜身上我们看到“敢想敢做”的钱江烙印，她带给我们的不仅仅是她的创业经历和突出的创业成绩，更多的是她善于思考和对待事物的真知灼见，以及对梦想的执着追求！

采访记者：陈琼秋

心有梦　终有为

胡宰营
HUZAIYING

杭州师范大学钱江学院计算机科学与技术专业2007届毕业生。现任宁波客互文化传播有限公司总经理。

放手拼搏，不畏艰险

关于大学生活，我想每一个未进入大学的人都怀着一颗憧憬的心。稚气未脱的我们，只身来到这陌生的城市，开启青春的主旋律，既期待又紧张。那时很多人都说我的大学太不安分了，但倘若我的青春太过于安静，我想我会很不知足。

我就读的是计算机专业。很多人觉得这个专业的课程很无聊，但在我眼里这个课程就是一种享受。由于我对计算机专业的热爱，我在众多部门社团中，选择了计算机协会。这是一个电脑爱好者展现才华的舞台，我也因此认识了一大帮志同道合的朋友，经常会在无意间学到很多关于电脑硬件、软件的知识。一有空余时间，我就会钻研电脑技术，帮大家解决各种问题。利用自己掌握的知识克服一个又一个难关时的感觉真好。慢慢地，我提高了自己的实际操作能力，能够熟练地把课堂上学的计算机知识运用到实践中。这样的大学生活充实而忙碌。

随着自身能力的提高，我们协会的服务范围从学校内部扩展到了校外。越来越多的人需要我们帮忙做网站建设，这个时候，创业梦的小种子开始在我心底发芽。大三的暑假，我终于按捺不住，和三个同学一拍即合，开始了创业。我们一起创办了杭州爱来客公司，主要为杭州的网站提供建设和推广服务。人生中的第一次创业，有忐忑、紧张，也有欣喜、幻想。不过既然开始了创业梦，我就必须投入百分百的真诚与热情。

大学生第一次创业，要承受的压力很多。但庆幸的是身边的父母、老师、朋友都格外支持我们，让我们放手去打拼。我们四个合作伙伴像连体四兄弟，每天会在一起交流，讨论公司需要改进的地方。当然，中间也会有起争执的时候，但我们深深地了解彼此，学会了互相包容，所以最终都会达成共识。我们的努力没有白费，公司慢慢步入正轨。那个时候淘宝刚兴起，我们便抓住商机和他们合作，为他们提供一些外包服务。我们第一次尝到了“甜果子”，公司半年就赚到了 20 多万。我也被杭州师范大学评为 2006 年度“感动师大”学生人物。

毕业后，本以为可以就这样继续发展下去，但越来越大的花费让刚进社会的我们开始吃不消，强大的竞争压力让我们透不过气，经验和资源的缺乏最终成了我们的致命伤。2008 年上半年，我们无可奈何地放弃了亲手创造的“孩子”。

虽然大学的创业结束了，但我的创业梦一直没有结束。人生有起有落，起的时候要有落的准备，落的时候要有起的信心。经过几年的经验积累后，如今的我又开始了第二次创业，公司也发展地越来越好。希望大家记住，若心中始终有梦且秉持执着，终能拥抱成功。

天道酬勤，磨炼成长

早在大学时期，胡宰营就已经是同级学生中的“总经理”。大三时更创办了杭州爱来客公司。他用“初生牛犊不怕虎”的气势开辟了自己的一片天地，为大学生创业树立了一个榜样。

首次创业失败后，他开始总结经验。在互联网行业闯荡期间，他先后在宁波《现代金报》、中国宁波网等一些知名的媒体工作。心怀创业梦的他一边在行业里积累大量的经验和资源，一边积极筹备自己的第二次创业。终于，2014年年底，他和另外两个合伙人共同开创了宁波客互文化传播有限公司，主营微信和APP开发。如今公司一年的营业额可以达到300万。

他总说，天道酬勤。成功总是要经过漫长的风雨和时间的磨炼之后才能得到。光明的未来也不是幻想出来的，而是自己勇敢拼搏出来的。所以，不管是读书还是工作，胡宰营都格外努力。如今，经验丰富的他在工作中能快而准确地判断出客户的要求，根据客户的喜好设计出令客户满意的作品。由于具备这样高素质的专业能力，他赢得了客户的信任，接到的业务也越来越多。

当然，压力是永远躲不掉的。创业是摸着石头过河，质疑、沮丧、愤怒、消极经常会出现，但如今的胡宰营已经成长了。每一次面临困境的时候，他更多的是在想如何解决问题，而不是抱怨困境。

自从创业开始，他就没有太多的休闲时间，经常忙得晕头转向。稍微有点空的时候，他会看一些情景喜剧，热闹又充满张力的喜剧性场面让他的大脑获得了片刻的放松。但无论工作有多忙，双休日他一定会抽出时间陪孩子，因为他不仅要做一个合格的管理者，更要做一个合格的父亲。

对很多创业者来说，挫折和失败随处可见，面对充满挑战和变化的创业之路，我们要和胡宰营一样，不惧困境。跟着自己心中的那份信念坚定地走，我们的梦想之船会一路远航。

采访记者：张烨程

“世界那么大，我想去看看”

黄恺翔
HUANGKAIXIANG

杭州师范大学钱江学院社会体育指导与管理专业2008届毕业生。1891Arena品牌主理人。

青春就是敢作敢当

我的大学时光，和其他人一样，一样地吃饭睡觉上课，只不过更多的课余时间，别人都在玩游戏，而我把时间留给了篮球——我热爱的这项运动。因此，我在大学里结识了许多热爱篮球的朋友，跟他们在一起会让我觉得“无兄弟不篮球”，那种激情与热血，只有打过篮球的人才会知道。在这激情与热血之中，我能清楚地感觉到生命的气息与青春的跳动。我最喜欢的是科比，湖人队的科比，那个单场81分的科比。我喜欢他，不是因为他拥有强健的身体，敏捷的身手。而是因为他所拥有的顽强斗志深深吸引了我，成为我的精神支柱，伴随着我成长。当他因为伤痛而退赛的时候，我也忍不住流泪，我似乎能感受到他的无奈与辛酸。

在结束四年的大学学习生活后，我觉得自己应该出去闯闯了，应该出去磨炼磨炼了。于是，从杭州师范大学钱江学院体育分院毕业后，我抱着“世界辣么大，我要去看看”的想法，把目标锁定在了英国谢菲尔德哈勒姆大学的体育商务管理（Sport Business Management）硕士学位上。我觉得，既然认定了一件事，就要竭尽自己最大的能力，认真去对待。为了能去英国，我用一个月的时间考过了雅思。在英国读书的时候，任课教授布置了一篇论文，当时很多人都没能通过，但我有幸过了，这给了我莫大的鼓励。所以我坚信认真做一件事就肯定能成功。在英国谢菲尔德哈勒姆大学完成了学业，拿到了体育商务管理硕士学位，回国之后，我开始了我的创业。

2015 年，我和几个志同道合的朋友一同创立了属于我们自己的体育品牌：1891Arena。因为 1891 年是篮球诞生的元年，虽然现在篮球看上去很普及，也有很多人在玩。但是，用户体验非常不好，我理解的是应该与用户多交流，以交朋友的心态，和大家一起来做些有意义的事情。我要实现自己的梦：以文化推广和赛事培训为主题，场地为载体，颠覆现有球馆的模式。当时找到现在的场馆，在资金、合作伙伴等条件都尚未到位的情况下我就交纳了这个场地的订金。因为我抱定的是先做而不是先想。我不想和谁去比较，就想证明自己，发挥自己的能力。现在回想起来，那时颇有背水一战的感觉。慢慢地 ，我的事业也上了轨道，做自己喜欢做的，我很开心。

在我的印象中，黄恺翔是一个很阳光开朗的人，就像是春天的暖风，让人很舒服，在与他交谈的过程中我能感受到他对运动的热爱，对篮球的痴迷，对生命的尊重。

我能够理解黄恺翔对篮球炽热的情感，但是却不能像他那般坚持、坚定。与他比起来，我们缺少了敢打敢拼的精神。他大学毕业，想去看看外面的世界，通过自己的努力终于实现了，而我们大多数人只会停留在想这个阶段，而不是去做，正如他说过的“因为我抱定的是先做而不是先想。我不想和谁去比较，就想证明自己，发挥自己的能力”。

最近黄恺翔很忙，因为除了原先的场馆，在桐乡还有一个新场馆要开业。“我们也想试试看。毕竟，想得再多，不去尝试，怎么知道究竟是行还是不行呢?”这个回答很实在。当我问到黄恺翔梦想的时候，黄恺翔透露着自信。他笑着说:“我梦想着有一天，1891Arena 可以作为一个篮球的品牌进行输出，走出杭州，走出浙江。同时，立足我们场馆开展青训，交流。向钟情篮球的 fans 打开一扇门，大家还可以借助这个平台，以游学或留学的方式，走出去!”这样的话语会让人感到十分有力量，会有去努力实现自己梦想的动力。可能，这也是他有魅力的一个地方吧。

黄恺翔有一段自己的名言:Be fearless. Have a vision. Always hustle. Stay focused. Get out there. Get inspired. Get motivated. Believe in myself. 这段话总是激励着他不断前进。现在，与钱江学院的学子们共享。

采访记者:潘宇超

抓住机会　挑战自我

黄　鹂
HUANGLI

杭州师范大学钱江学院播音与主持艺术专业2010届毕业生。现为中央电视台记者站记者。

把握机遇

小时候，大人们总是问我以后要读清华还是北大。那时候，天真的我，什么都不懂，还纠结着以后要去哪一个。随着我一天天长大，命运女神把我带到了钱江学院，我才发现，这里才是我心的方向。

初到钱江学院，觉得校园风景特别美，校园离西湖也不远，后来慢慢了解到学校还特别有文化底蕴。学校里老师们孜孜不倦地教诲，把知识的火炬传递给我们，为我们毕业后的工作打下了基础。他们是一盏明灯，不停地指引着我们。在我印象中，最为感慨的就是早起练声，无论风吹日晒还是刮风下雨，我一直在坚持。这让我在专业上有了很大的提升，同时在其他方面也汲取了很多。毕业后，我先到了杭州电视台工作。出了大学的校门，我发现外面的世界和学校里是截然不同的。在大学中你可能会感觉周围的每一个人都在帮助你，在你需要的时候会有人出现在你旁边。但是，到了工作岗位上，你要学会独自思考，独自解决问题。

作为一名记者，你会遇到形形色色的人，每个人都有自己的故事。有很多事情，只有你自己亲身经历过了，才会有深切感悟。

大学学习就像是一块敲门砖。我想说，除了专业学习，在闲暇之余，要不断充实自己，提升自己的文学素养，提高自己的认知水平。

机会如同时间一样，对任何人都是公平的，关键在于抓住机会。当机会到来时，如果自己没有准备好，那就只会白白丧失良机。

敢于拼搏

每一位接受采访的校友，都会给我不一样的感觉。当我问及黄鹂学姐的大学生活时，她嘴角露出的微笑，让我感觉到她心里的那份快乐与幸福。"大学生活是难忘的，值得回忆的。"她肯定地说。

作为一名记者，黄鹂也会谈起自己的一些采访经历。她讲到湖北恩施的一位护林老人，家住在大山深处，去采访时，要徒步七十多里的山路才能到他家。采访的路程也是艰苦的，七十多里路，跋山涉水，但也正因为自己的职业，会收获很多别人不会拥有的经验与历练。当面对困难与挫折时，我们应当敢于拼搏，勇于攀登，不应该自暴自弃，怨天尤人，更不应该生活在自己所幻化出来的五光十色的自我解脱的肥皂泡中蹉跎岁月，虚度自己的青春年华。

大学给我们提供了展现自我的自由与空间，同时也给予羽翼未丰的我们以呵护，以便将来能够自由地在天空翱翔。在大学里，要懂得坚持，懂得努力，懂得拼搏，懂得付出，懂得放弃……这些是我们走向成熟的桥梁，为我步入社会做好铺垫。从她的谈话中可以看出她的稳重、老练，当然，我也深切体会到她回味大学生活时的陶醉。离校多载，依然情系母校。

采访记者：陈舒洁、林怡安

始于初心　甘于平凡

姜丽霞
JIANGLIXIA

杭州师范大学钱江学院社会工作专业2014届毕业生。现任杭州市上城区亲民社会工作服务中心“左邻右舍”公共空间托管服务项目点社工主任。

我涵养初心的地方

我的大学很特别，经历了一次大搬迁，由文一路搬到了下沙。但再次让我回忆起我的大学的时候，脑海里是那个挥之不去的很“二”的门牌号：文一路222号。那些日子虽已远去，却恍如昨日。

要说学校我最喜欢哪里，莫过于人尽皆知的“情人坡”了吧。记忆里每次上早自习的时候会经过，一大早的，播音主持专业的同学就围着池塘散点练声，咿咿呀呀的，格外有生气。

那些课堂外的排练模拟，在这样幽雅婉约的湖边小道里历历在目，成为我丰富多彩的课余生活的重要组成部分。清幽的环境，特别是花前月下树影微风里，三三两两的学子，组成了青春校园里一道别致的风景。当然那也是我曾经约会的地方，我们在那儿留下了很多美丽的回忆，尝尽酸甜苦辣各种滋味，最终从美好的大学校园爱情走向婚姻殿堂，完成了这辈子最重要的一次转变，这是一种收获更是一种不一样的成长！小小的“情人坡”见证了我一大半的大学生活。虽然毕业后再也没去过，但那充满浪漫、诗情画意的地方已深深地印在我的脑海里。

回忆难忘的大学生涯，特别感谢陈东恩老师和我的辅导员许占鲁老师，一位专业上教导我很多，一位在我整个大学的学习生活都帮助我很多。当初选择社会工作专业到从事这个领域的工作，更多的都是缘分。但是慢慢发觉，专业学习让我的性格和脾气变得越来越好，更重要的是觉得做社会工作还促使我学习了很多其他的东西，我一直觉得学习是一件让人快乐的事情，大学时是这样，现在也是。

专业课程的学习给我现在的工作奠定了很重要的理论基础，也对我现在做事情的方法产生很大的影响。虽然有时候表面看起来工作内容很简单易操作，但只有不忘初心和根本，才能把事情做得有生命力，不至于觉得是在机械地做重复的事情。同时，之前专业里学习到的一些方法技能也在工作中帮了我很多。

不论何时谈论初心都是最实在的。钱江学院是我初心涵养的地方，在2010年的9月邂逅，在2014年夏天告别，一直鲜活分明地留在回忆里。

祝愿学弟学妹们都好好学习，天天向上。大学里不要错过任何锻炼自己的机会，正确树立自己的目标，珍惜现在美好的大学生活。因为离开校园你就会懂得老师们苦口婆心的规劝，体会社会竞争的残酷。身不由己的工作会慢慢占据你的生活。但，不用畏惧，因为这是每个人的必经之路，只有积极向上，未来才会给你意想不到的回报。

助人自助，响亮发声

初见她的一张近期的照片，身着白色裙子在阳光下笑靥如花，挺直的脊背与温暖的笑容，亲切中还带有一丝未脱的稚气。毕业两年多的姜丽霞似乎还是那个青涩的模样。

当听到我的采访主题时，她笑着说："其实我只是在做一些平凡的事情。"回想起自己刚毕业的那段时间，这个平凡的姑娘给我讲了她平凡的故事。2014 年，毕业后的姜丽霞也曾和大多数毕业生一样迷茫，经专业老师的引荐来到杭州市上城区亲民社会工作服务中心工作，这一干就是两年，并很快地融入了这个新环境，在两年内顺利担任项目主任一职。现在，她和团队成员们正积极搭建社会工作服务人才平台，进行与社会工作相关的培训、研究、宣传和交流活动。

这些工作必定离不开一份坚持，一份责任。她坦言，由于工作和自己的专业相对口，很多事情做起来都比较得心应手。社会工作这个专业教会了她如何锻炼初心，树立为人服务的亲民意识，实践教会了她怎样去亲民。在校期间的专业学习给她现在的工作奠定了很重要的理论基础，扎下了深根，虽然有时候表面看起来工作内容很简单易操作，但实际操作起来却是大不相同，专业课上学到的一些方法技能在工作中实用性很大。良好的工作氛围，相对熟悉的工作内容和环境让她很快爱上了这里。

然而实践中的困难也是不可避免的，当被问及现当下工作中是否存在着什么困难时，姜丽霞笑着说，在亲民中心的工作依然会有很多劳心、锻炼人的地方。有时候即便一万个不情愿也得照做；还有机构发展速度快，优秀人员引进速度跟不上，实习生和员工流动性相对会变大，和搭伙的小伙伴默契难培养，做起事情来就会比较累。可是现实就是这样，方向是明确的，道路是前进的，困难挫折也都是存在的。"学习是一件快乐的事情"，即便是在现在工作中，她也始终保持一颗"时刻学习，时刻进步"的心。

社会工作是一个很能够锻炼人的专业，热爱学习的姜丽霞反复强调：在校期间，有机会应该多去校外实践实践，多交朋友，了解认识其他专业，说不定走上社会后工作都会有交集。而在校期间学的很多技能，如办公软件的使用、做视频剪辑等都是日后非常实用的。对现在社会工作专业在读的学弟学妹们，姜丽霞表示"在校就要抓住一切学习的机会"，书到用时方恨少，学到的就是自己的财富，趁着大学美好时光刻苦一些，学好专业知识，拓展些其他领域技能非常必要。

生活中的姜丽霞是一个爱笑的姑娘，她表示在做好自己工作的前提下希望能够定期出去走一走，开阔眼界，增长见识，丰富自己的见闻，并且抽空多陪陪父母，尽快迎来自己的小天使。家人的支持让她工作时更为顺心，在亲民中心的工作无疑是当前最重要的部分，由于这个机构也在初创期，因此姜丽霞的学习前进之路依然任重道远。亲民中心的发展目标是成为一家服务专业、创新优质、公众满意的综合型社会工作服务机构，并为推进杭州市社会工作专业化、本土化、职业化的发展担当先行者和探路者。

姜丽霞讲述的不仅仅是她的工作和成长故事，更是一份难能可贵的初心意识。在最平凡的工作岗位上亲民，“以人为本，坚定亲民理念；助人自助，倡导亲民精神”，这是杭州市上城区亲民中心的服务理念，这也不正是在校学习期间社会工作这个专业教会我们的吗？

她正值青春，她正前行；她正前行，用平凡发声。

采访记者：江欣月

十年坚持　不忘初心

姜路平
JIANGLUPING

杭州师范大学钱江学院电子信息工程专业2006届毕业生。现为兰溪市公安局梅江派出所民警。

团结众心，实现价值

白岩松说过："没有一代人的青春是容易的。"

钱江学院是我青春激情的释放地。走在静谧的林荫小道时，不知名的鸟在湛蓝的天空中一闪而过，偶尔碰见几个同学正在长椅上埋头阅读，他们一点都不为周围的环境所打扰。我想，这就是我要的大学。

初入母校，一切对我来说都是全新的。从一开始的陌生到熟悉，一切都显得如此新鲜而美好。大学的生活是悠闲中带着忙碌，忙绿中又充满着乐趣。生活不仅仅局限于学习，还有各种各样的活动。我是一个比较活跃的人，所以很快就融入了这样的新环境中。经常有人问我:“姜路平,你忙这忙那不会耽误了学习吗?”实际上对我来说,学习和这些根本不会冲突。一个人如果在大学里只知道一直学习,那还叫大学生活吗?

和许多同学一样,我一进入大学就加入了学生会,一直从干事做到了学生会主席。为了让全系学生拧成一股绳,我组织策划了很多活动和比赛,努力让同学们感受到学生会大家庭的温暖和温馨。两年学生会主席的经验,对我帮助很大,培养了我的综合素质,提高了我的组织能力,让我懂得了如何更好地开展工作。偶尔回想过去的时光,还是觉得这段在学生会的时光最快乐。

在学生会,我遇到了形形色色的人,参加了各种有意义的活动,知道了团体凝聚力的重要性。记得有一次,我们参加学校的艺术团体赛。辅导员老师负责弹钢琴,我拿起指挥棒负责指挥,同学们合唱,我们默契配合,完成了比赛,拿了全院第一名。当宣布结果的那一刻,我看到了每个人脸上毫无掩饰的笑容。一起流汗排练准备比赛的那份辛苦只有我们自己能体会到,获得团体荣誉的那份欢呼欣喜也只有我们自己能享受到。

那个时候,我们每一项工作都会和辅导员老师讨论。她会给我们这些经验不足的学生提出一些很有建设性的意见,这些建议对活动有很大的帮助。有时候她像一位知心的朋友,会和我们一起开怀大笑;有时候她又像一位指路人,帮助我们少走弯路。老师真诚地对我说:“努力工作,做个对社会有用的人。”这句话听起来简单,却给了当时的我无穷大的鼓励。我也将这句话一直铭记在心。

知易行难,服务人民

初见姜路平,他整齐的警服、清爽的小平头、微胖的身材、坚定的眼神给我留下了深刻的印象。他在兰溪市公安局梅江派出所工作,成为一名光荣的人民警察已经有十个年头了。都说大学生活是人生当中最无忧无虑的时光,对此,毕业多年后的姜路平深有同感。一放下工作,大学的回忆就一下子倾涌出来,因此姜路平会经常回母校转转,虽然这么多年过去了,同学们之间的打打闹闹却还历历在目。

大学时的姜路平非常喜欢单纯简单的校园生活，所以满怀憧憬地想留校当一个大学教师。但最终他还是未能如自己所想。他常常会说："万万没想到的是，这个看似迫不得已的考公务员的决定，恰恰是我觉得这么多年来做出的最正确的决定。"

他知道考公务员是一条坎坷的路，竞争非常激烈。于是不停地做习题，刻苦努力。终于，2006 年，他靠自己的努力通过了公务员考试，获得了如愿以偿的岗位。2007 年，他开始在兰溪市公安局梅江派出所的刑事部门上班。第一次收到警服时，姜路平就迫不及待地穿上了它。看着镜子中的自己，他在感到自豪的同时也感受到了肩头沉甸甸的责任。

警察是辛苦的行业。每一个坏人的绳之以法都大快人心，但我们却不知道这个绳之以法的过程有多艰辛。姜路平心里很清楚地知道，选择了这个职业意味着什么。他大部分时间都在费尽心思找犯罪嫌疑人的马脚，这些工作细致、烦琐又缜密。案件也经常有毫无头绪的时候，甚至有些案件连续几天陷入僵局。每当他揪心烦躁的时候，一想到人民企盼的眼神，他就有了迎难而上的勇气，然后把自己调整到最佳的工作状态。每当侦破一个案件，成功抓捕到犯人时，他的内心就会十分欣喜。他实践着全心全意为人民服务的理念，他靠自己的努力挽回人民的损失，他运用自己的技能让犯罪嫌疑人受到法律的制裁。

十年来，姜路平一直勤勤恳恳，费尽心思破了不少案件。至今为止，他参与抓捕了两三百个嫌疑人，出色的工作表现也让他获得了"优秀公务员"的荣誉。

自从穿上警服的那刻起，姜路平一直坚守的工作原则就是公平、公正、公开地处理每一起案件。他一直坚守着当初那个信念——永远维护人民群众的利益。正如《风雨人生》这首歌唱的一样："你不情愿说出来你心中的苦闷，偏偏在乎是不是尽了你的责任。用那温暖的情怀，呵护着你最最珍爱的人，日日夜夜用忘我兑现承诺。"

姜路平把"为人民服务"作为一种不可舍弃的信念，工作时始终秉持这个信念。姜路平这样一个榜样，是对我们所有钱江学子最大的激励。

采访记者：张烨程

为自己选择

姜小丹
JIANGXIAODAN

杭州师范大学钱江学院播音与主持艺术专业2004届毕业生。现为浙江电视台少儿频道主持人。

为梦想选择

回忆让生命完美，它寄托着所有人的希望，是梦的光点，是希望的港湾，是轮回的开始。我的印象便停留在了万塘路的钱江学院老校区。虽然那时的校园很小，每天的活动范围十分有限，但那片土地上却留下了我满满的回忆。最开始的记忆都在那个八角亭中，那是我跳舞时的排练厅，也是一天中度过时间最长的地方。实验剧场和无数场晚会让我积累了许多经验，在很大程度上对我日后工作提供了帮助。所以，我很珍惜那段忙碌而又充实的时光。

我虽是音乐舞蹈班的学生，却酷爱主持与朗诵。曾参加过杭师大北极星朗诵比赛并很幸运地获得了一等奖，也曾主持过学校的各大晚会。还记得在2002年，作为一位非专业生的我参加了一个名叫“挑战主持人”的比赛并取得了第一名的成绩。这使我充满信心，但我又在思考，我是应该继续我的舞蹈专业，还是应该追逐我的主持人梦想？最后，我选择了梦想。我转到了2001级的播音主持艺术专业并开始了我的漫漫逐梦路。五年的大学生活丰富多彩，每日早起的练声，每日的那一缕阳光，每日的那一声鹅叫都使我对生活充满期待，充满热情。我拿过奖学金，得过丰子恺学生艺术创作金奖，参加过央视挑战主持人，这些都令我的父母和老师感到十分欣慰。所以，我庆幸，我做了一次正确的选择，我热爱播音主持。

大学的生活让我找到了自己所热爱的、愿意为其奋斗一生的事业。感谢学校与老师对我的帮助和鼓励，我将铭记于心。但，我更感谢我自己的选择。人生有大大小小的选择，这一次的选择，我一生无悔。

逐梦之路

身穿一身学士服，清爽干净的模样。姜小丹站在校园的一角，展现着只属于学生的纯洁开朗的微笑，拍下了自己毕业的照片，留下了那一宝贵的瞬间。那年，无比美好。

目前，姜小丹的工作不仅是主持人，更是浙江省少儿春晚的导演，还担任了频道团支部书记、党支部宣传委员。她已不单纯是主持人，慢慢地也朝各个方向发展，成了越来越独特的她。

在谈及学生时代遗憾的事，姜小丹不免有些伤感。当时没有任性的玩闹，没有细细品味一下同学间“勾肩搭背”的情谊，也少了点如同影视剧般对青春的解读。太早的接触社会，她的时间大多给了学习和工作，太少关注在她身边的一些生活趣事轶事，使得她的大学生活或多或少有些不完美。因为有所遗憾，所以现在的她会经常与老同学聚会，一起追忆青春，续着那年她们未聊完的话题，走着来时未走完的路。

站在人生的十字路口，我们也有许多徘徊不定、犹豫不决。影响我们下决心的因素,往往既不是事情过于复杂,也不是我们的判断力不够,而是我们在考虑我们的得失。人生本就是一场负重的狂奔,而每一个选择,都将通往另一条截然不同的命运之路,就像姜小丹学姐那样。

采访记者:李　扬、姜伊莎

把握生命中的小确幸

蒋婉静
JIANGWANJING

杭州师范大学钱江学院音乐表演专业 2006 届毕业生。现于《杭州日报》负责媒体策划工作。

恰好的时间做恰好的事

打开记忆的闸门，承载着记忆的岁月长河涌入心头，大学四年美好时光也慢慢浮现在眼前。我开始寻找脑海中那段有些落灰的回忆，仔细擦拭一番，依然闪着青春的光辉。

2002 年，初入大学的我是一个性格内向略带忐忑的小姑娘。遇到老师和同学也只是腼腆地微笑，甚至不敢大声打招呼。被老师任命为学生会的办公室主任和外联部的干事改变了我的行事风格，学生会工作让我接触到了许多新鲜的事物。为了更好地完成工作，我开始努力主动去和他人交流，协调各个部门进行合作。

在一次又一次的任务中，我慢慢学会大方地处理事务，各种历练让我加速成长。我渐渐敢于独立去安排一些活动，由此锻炼自己的胆魄，增强自己的应变能力。

我的大学生活除了上课之外，也安排了丰富的课外实践活动。就像年少时总会有些让人忍俊不禁的事情，大一时同学们流行起勤工俭学，我也不甘示弱地参加了。经过同学介绍，我得到一个在快餐店工作的机会。每小时六元的工作我咬牙做足了三个小时，但在结束后，我已经累得连走到五百米远的公交车站的力气都没有，我索性狠了心打车回寝室。到校时我只能欲哭无泪地掏出二十多元的车钱。就这样我三个小时的辛苦工作就打了水漂。在这之后，我发挥自己的特长，做一些和专业相关的兼职。我找到了在咖啡厅弹钢琴的工作，还为两名声乐学生做家教，空闲时间我为杂志做平面模特。在这些过程中间，我发现自己专业上的不足，也促使自己更加勤奋地练习专业技能。

骤然想起，我已经毕业十年了。回味过去，我的心顿时温暖起来，嘴角也忍不住上扬，身边七岁的儿子问我："妈妈，你在想什么有趣的事情啊？"我只能笑着对他说，"妈妈也想着和你一样重新去上学呢！"那个似乎一无所有的青涩年华是我再也回不去的时光。那里有我最美好的青春年华，有同甘共苦的朋友，有暗恋的男孩，有奔跑时脚边扬起的沙土，也有辛勤努力后滴落的汗水。我哭过，笑过，努力过，也收获过，这些都存封在我内心最柔软的地方。

如今，毕业十年了，我已在杭州安家落户，拥有自己的事业、美满的家庭和一个活泼可爱的儿子。大学时候渴望拥有的，如今大部分已经实现，我想对那些可能清醒也可能迷茫的学弟学妹说：每个人所处的环境不同，思维方式也不同，不需要去拷贝别人，千万不要着急。就像"十六岁淋过的雨不会在二十六岁出现"，每个人都会在不同的阶段拥有他应得的东西。时间很善良，你所希望得到的，它会按时地送到你身边。你要做的，就是做现在最好的你。

生活是成长的催化剂

《生命无法承受之轻》中对于生命有着别样的诠释——"最沉重的负担同时也

成了最强盛的生命力的影像，负担越重，我们的生命越贴近大地，它就越真切实在。”生活都会面临巨大的挑战，没有任何一个人能够轻装上阵。对于蒋婉静来说也是如此，但正是这样的挑战，让现实更加精彩，在被现实打倒前，去顺应现实，改变现实。

2006年毕业季，与大多数父母一样，蒋婉静的父母也希望自己的女儿能够回到家乡发展。就在家人为她设想好稳定的教师职业时，她瞒着父母偷偷报考了浙江省歌舞剧院，以实现成为一名独唱演员的梦想。梦想是美好的，但现实总是残酷的。舞台上的灯光如此吝啬，并非每一个人都能够沐浴在镁光灯下。对于初出茅庐并且缺少舞台经验的她来说，无论在舞台经验还是演唱技巧方面都存在着不足。对于高昂的进修费支出，让她开始意识到不能让父母为自己的梦想买单。

“生活就是生活，社会并不会像家人和老师一样对你包容。哪有一帆风顺的人生呢？”初尝现实残酷的她，在当时有些不甘和失落，但在发现错误时，停下便是正确的选择。生活的负担让她真切感受到生命之重，少了些年少时的莽撞与固执，多了份成熟和冷静。经过考虑，她在歌剧院工作一年后决定辞职，重整行装走进人生的下一个阶段。她通过努力考进了浙江省报纸发行量第一的杭州日报社，从事媒体策划的工作。虽然褪去了舞台上的光鲜亮丽，但是媒体人的生活同样能体会出生活的滋味。

与大学时期一样，蒋婉静依然喜欢用业余生活丰富自己。在工作之余，她开始接触微商，凭借着“真诚待人，用心做事”的态度，她打造了属于自己的“婉之静”微商团队。团队成员来自五湖四海，蒋婉静用自己独特的交友之道让这个团队保持着稳定与朝气。正因如此，这个已发展至百人的团队从组建至今鲜有成员离开。“自始至终，我所信奉的是诚信，我所依赖的是用心。”蒋婉静如此总结自己在微商行业的成功。

并非充满了掌声和喝彩的人生才称得上美丽，平淡生活中也能品尝到生命的甘甜。蒋婉静始终珍惜生命中的小确幸，对恬静的生活甘之如饴。

愿她未来路上，常伴花香。

采访记者：朱方宇

居不倦 行以终

蒋一寅
JIANGYIYIN

杭州师范大学钱江学院市场营销专业 2010 届毕业生。现任台州市强制隔离戒毒所一大队副大队长。

与人为善便是与己方便

我的大学生活，就像是一本书，书中有最美丽的彩页，有最美丽的故事，也有最精彩的人生。我的大学生活，每一天都在发生许多新奇的东西。每一天，都有着它独特的乐趣，每一天，都在给我全新的感受。

我至今十分怀念当初的文一路校区，图书馆虽不算雄伟壮观，却应有尽有，寝室虽然没有豪华别致的设计，但却让离家游子体会到温暖，教室里激情澎湃讲课的老师也让我念念不忘。下课时冲向食堂的情景还在我脑海中清晰可见，那一碗土豆牛肉盖饭，是饥饿时最幸福的滋味。我很怀念当年和我的兄弟们一起奔向公共浴室，又一起穿着拖鞋散步回寝室时的情景。在当时看来，生活是如此简单快乐，即使每天重复着同一件事情，也能从中找到不同的乐趣。

我始终觉得，与人为善便是与己方便，这促使我成为热心肠的人。作为组织委员，除了平日里收集同学的意见，组织一些活动以外，我更乐于在期末期间在图书馆帮助同学占座位。当我看到我的同学能在图书馆安心学习时,我会感到十分欣慰。在广播台工作期间,我主持每周一中午的体育最前线。作为一名资深的体育迷,我很乐于与大家分享我所了解到的资讯,同时,也让更多人爱上体育运动。

作为一名学生,首要任务便是学习。学习能使人充实,让人的思想更加丰满,思维更加清晰。大学期间的课程相对宽松,所以,在专业课程的学习之余,对自己的适当补充显得尤为重要。想要考研的同学要将专业知识进行深化拓展,想要考公务员的同学应当多看时政,了解社会动向,想要自主创业的同学应当尽早了解相关法律程序,便于实际操作。只有自身积淀足够深厚,才能在走上社会时不慌乱迷茫。所以,大学四年用来玩乐是不对的,顾及本分,适当补充才是真理。

在这个纷繁复杂的社会中,我们总是免不了疲倦和懈怠,而孔子的一句话在我看来能扫清这一切:"居之无倦,行之以忠。"我将这句话从君臣间的关系引申为我们的人和工作。无论工作还是学习,坚守职位、爱岗敬业、勤勉尽责、忠于职守、永不松懈倦怠,我始终用这句话激励自己。我们都是有梦想有追求的人,不要因为路途艰辛就停止了前进的脚步。四年时间要坚持实在不易,要放弃却轻而易举,因为年少轻狂,我们很可能会失败,可也正是年轻给了我们勇往直前永不言弃的资本。只要我们满怀激情、踏踏实实地走好脚下的路,我们终究会走向成功!

居之无倦，行之以忠

初见蒋一寅,我的脑海中便浮现了《余罪》中的行政处长许平秋,一声未响,却散发着沉着冷静的气质。

校园时期的他,就是一个热心肠的人。怀着一颗感恩的心面对身边的人,这使他的大学生活收获颇多。在担任组织委员的工作过程中,他学会了如何团结班级,将大家凝聚在一起;他学会了顾及每一位同学的想法,将策划组织活动当成自己的责任和义务。用这样的真诚和勤奋面对自己的工作和学习,是他获得如今成就的一个重要原因。在他看来,自己最热爱的事情,有什么理由不为之奋斗努力?

谈及毒品时,他说,毒品问题如今已经成为全球性问题,对人民的身心健康,对社会的治安管理造成了严重的危害。戒毒问题已经成了一项社会问题。如何更加有效戒毒,如何让吸毒者在戒毒的同时重新对生活燃起希望,改过自新,如何通过戒毒来消除毒品对社会的危害成了强制戒毒的主要工作内容。

蒋一寅,作为台州市强制隔离戒毒所一大队副大队长,他深知自己工作对社会的重要性。工作期间,他要面对的有很多吸毒成瘾的,被迫来戒毒的人员。要帮助这类人员戒毒并不容易。被迫进入戒毒所的吸毒者通常有着强烈的逆反心理,想要让他们情绪稳定并且配合戒毒是一项艰巨的任务,蒋一寅也曾为此而苦恼。工作多年,他深谙戒毒过程中的痛苦和无助,他也知道,依靠强硬的手段和“填鸭式”的传统教育方式收效并不是最好的,只有让这些吸毒人员体会到社会的温暖和帮助,找到生活的方向才能从根本上解决这些问题。“我们贯彻因人施教理念,将学员当学生,从入所到出所先后开展新入所教育、康复期教育和强戒解除前教育三个阶段。”蒋一寅将帮助吸毒人员更快更好戒除毒瘾作为自己必须肩负起的责任,坚守职位,爱岗敬业,勤勉尽责,忠于职守,永不松懈倦怠。

面对繁忙的工作,他坦言道,近几年,对家庭的照顾实在不多,好在有妻子的理解,才让他在这条路上走到现在。在谈及年幼的女儿时,他的眼睛里浮现了一丝温柔。每当工作疲惫时,看到家人,总会觉得内心无比温暖。

蒋一寅的经历带给我很大的冲击,他是“居之无倦,行之以忠”最好的代表。在G20之前,繁忙的工作和频繁的加班没有让他产生任何的抱怨,这是怎样的热爱和勤奋才能做到的?愿蒋一寅在将来的工作中能够保持着这样的勤奋和对工作的热爱,继续在职业道路上获得更大的成就!

采访作者:周骅祺

守初心　无止境

金智超
JINZHICHAO

杭州师范大学钱江学院电子商务专业2014届毕业生。杭州淘蛋网络科技有限公司创始人，杭州凌巨网络科技有限公司合伙人。

大学，是我梦开始的地方

从无忧无虑的象牙塔里被推着走进社会，角色转换是需要缓冲的。无论是成功还是跌倒碰壁，现在每一步正在走的路，都会让我想起之前的岁月，这或许就是时间的意义。

回忆起我的大学时光，记得刚入校园，我的视野随着校园生活的深入而逐渐开阔，对一切未知充满兴趣，丰富的社团活动不仅给我与人与事的经验和反思，也使我积累了人脉。学生会的许多工作让我自身得到了锻炼，提高了我在社会交往、人际关系、团队协作中和他人相处、沟通、合作和分享的能力。我开始思考如何将大学生活过得有意义，要成为一个什么样的人。我开始在课余时间去校外做兼职，获得了人生第一桶金；在学校结识了一群热爱创业的朋友，和他们探讨以后要做的创业项目。还记得当时几个同学合资开了一家淘宝店，专卖眼镜。从此开始了忙碌的货源和市场奔波，一家家的问价、对比、核算，打过口水仗，甚至因为是学生被商家冷落而暗自伤心。即使很累，我们还是相互鼓励，最后我们获得了相当不错的收益。我慢慢地觉得创业是件特别幸福的事情，做着自己喜欢的事，还有一群志同道合的朋友与你同甘共苦，再累也都是值得的。

学校非常重视培养学生的创新精神和实践能力，有专业的创业指导老师和优秀的创业学长。老师们总会像朋友一样和我交谈，在学习和生活方面给予我指导与帮助，让我至今难忘，尤其是钱言老师。钱言老师可以说是我电商职业生涯中的启蒙老师，她在我刚开始学习网页制作和动画制作的时候让我接触到了真正的网商，专业知识马上在实操中得到了提升与强化，她说要把控互联网前进的方向，就要抓好市场一丝一毫的需求，这也是我决定创始淘蛋网络科技的初衷。

现在回想起大学时光，如果当初没有这样的思考，我现在会是在哪里，做着什么样的事情。所以学弟学妹们，大学是一个寻找自我的地方，寻找自我是人生中一个最重要的目标，也就是你作为一个人，开始思考人生的意义。否则你会在整个大学时期浑浑噩噩，虚度青春。大学最关键的任务除了读书、学习知识，还要开始真正地去寻找自我。追逐自己的梦想，永远在路上。不要让未来的你对现在的你懊悔不已。

学会做梦，敢于做梦

奥地利作家茨威格曾说过："一个人成年累月，日夜不停地做着唯一的白日梦，他会忽然信梦成真。"我的校友金智超就是这样一位拥有创业梦的大男生。这么多年来，一直坚守着当初的创业梦。

十年前刚进大学的时候，什么都不懂，怀着初心的金智超来到大学，希望在大学找到人生的价值。大学是个相对自由的环境，什么都要自己主动去学。对创业有着强烈兴趣的他经常会向老师请教创业方面的问题，老师们都会耐心地为他讲解，为他的创业项目提出合适的建议。在大多数同学聚会休息的周末，他会跟着创业的学长去听前辈的讲座，积累创业经验。这也为他之后创办淘蛋网络科技有限公司打下了一定的基础。

回忆起最初创办淘蛋网络科技有限公司的日子，金智超说，自己从一个人到组建一个卓有成效的团队，再到激发团队的凝聚力和创造力，继而发展营销，每天起早贪黑，熬夜加班已是家常便饭。这过程的艰辛只有经历过的人才会懂。说起创业，他坦言："其实更多的是敬畏，大学四年以来，我一直不敢跟别人说我在创业，不是怕丢人，而是我觉得，既然说创业的话，最起码要对创业负责。不能对不起创业两个字，毕业这么多年了，我才明白什么叫创业，创业是一种生活态度，无论成功还是失败，都是自己的选择。保持初心，一直坚持下去，有了这份坚守，才能成功。只有经历了磕磕绊绊，才算真正走过了这条路。"

目前，金智超的工作主要是网商的培训、互联网创业分享会、高校电子商务专业讲师等，这就要求他付出比别人更多的时间与精力，在忙碌中带着团队一起经历过成功带来的喜悦，也经历过项目失败、团队低迷惆怅的困境。这些都让他成长，收获满满的幸福感。

创业，他一直在路上。他现在的目标就是寻求更多的合作商家，把公司发展壮大。现在每天都会有好几场的培训讲座，常常会忙得连饭都顾不上吃。回到家改 PPT，整理文案到深夜两点，常常只睡三四个小时，第二天一早就要起床去给学生们讲课。创业不易，但是他一直在坚持。

当下是最好的时代也是最"坏"的时代，说最好的时代是因为我们身边的环境越来越透明，越来越开放，机会也越来越多。同时也是最"坏"的时代，因为比我们优秀的人还更努力，在不断思考如何创造更多的价值。所以作为创业者，享受过程吧，领略不一样的风景，收获不一样的人生，不要把创业当作一场赌博，要去享受和接受。

金智超的故事给了我们满满的正能量，时刻激励着我们在追求梦想的道路上无论遇到多大的挫折，都坚持初心，勇敢向前。

采访记者：金嘉宁

不忘初心　方得始终

荆谷青
JINGGUQING

杭州师范大学钱江学院电子商务专业 2004 届毕业生。2009 年创办杭州乐彤服饰有限公司，并担任总经理。

陪伴是最长情的告白

大学时光，是人生中最美好的光阴。转眼毕业已经十二年了，当我的手指在键盘上不停地敲打出这些文字，脑子也不断地涌现出许多回忆，零零散散的记忆渐渐拼凑成一部老电影，缓缓地在脑海中放映。大学里的老师和同学就是这样的良师益友，在你的记忆里，永远不会被抹去。

我犹记第一次踏入钱江学院的校门，大学丰富的集体生活和可爱的同学们就给了我全新的观感。开学伊始就有很多的社团活动在新生中展开，我加入了学校的外联社，经常和社友们一起做策划、拉赞助，现在想来在那样一个创业氛围并不浓郁的年代，这也是一种很好的启蒙和锻炼吧！

作为钱江学院第一批自建专业的学生，学校的领导和老师对我们这个专业也是格外重视。虽然那个时候学校小，人也少，但是正因为如此，老师对我们的贴身关怀真的让我们的大学生活多了一丝家的感觉。在我离校若干年后，每次经过母校校园的时候，熟悉而又温暖的感觉依旧深深牵绊着我。所以毕业后选择创业，我也依然把公司地址选在钱江学院附近的节能公司，我想这也是对母校眷恋的一种表达。

同样值得庆幸的是我在大学里结交了一帮一辈子的好同学，好朋友。永远记得那个年代我们在考试前一起挑灯夜战；在图书馆里就学业难题互相帮助；在寝室里一起追《流星花园》，哭得稀里哗啦；在操场上分享少女时期的小小心事；在SARS的禁闭期偷偷翻墙去买肯德基。这些让人禁不住捂嘴想笑的点点滴滴是多么珍贵的回忆，为我的大学添上了浓墨重彩的一笔，是我一辈子的财富。

如果说我的人生是幸运的，那么我该感谢我的大学。在大学里我找到了自己的方向，并一直在为之努力。大三在学校推荐的外贸公司实习后确定了自己未来的工作方向，目标确立后，努力加强英语学习并于同年通过了英语六级考试和TOEFL考试，这些努力都为我毕业后从事外贸工作奠定了坚实的基础。我很庆幸，在学校和老师的引导下，我比同龄人更早地找到了自己的方向和定位，能坚持为之努力并取得了一定的成功。创业十二年，“不忘初心，方得始终”这八个字一直挂在我的案头。初心是起点时心怀的承诺与信念，是困境时履行的责任与担当，我想，只有不忘自己的初心，才能走得更远更长。

回忆有时，其意无尽。感恩母校，我愿，不忘初心，方得始终。

梦想，是叫醒自己的闹钟

时间会拭干人生道路上挥洒的汗水，成功会见证事业征途中付出的努力。这句话，于荆谷青而言，或许是最好的诠释。她既是杭州乐彤服饰有限公司的创始人兼总经理，也是耐心为后辈答疑解惑的成功学姐。她亲切，温婉，清澈似一泓清水，亦柔亦刚，在她生命的长河里，蕴含着巨大的能量。

惊风飘白日，光景西驰流。转首，十二年光阴已过。谈起在钱江学院的四年，荆谷青觉得一切仍历历在目。钱江学院经济管理分院，见证了她四年最美好的时光——初入校园穿着军训服时的稚嫩，通宵自习准备考试时的疲惫，遇到困难室友无声帮助时的感动,大四毕业带上学士帽时的稳重……

此时此刻,回忆起大学四年的青春赞歌,荆谷青感谢那个曾经踌躇满志、自信激扬的自己,感谢那个曾经具有难能可贵的自律精神的自己。“每天比别人提早半小时起床,早读英语,这让我一整天都充满了能量。其实晨起的魅力正在于此,拥有阳光明媚的心情,做什么事情都能事半功倍。正所谓,一年之计在于春,一日之计在于晨。”她在为梦想不懈坚持着。每天准时早起是她在大学刻苦学英语时养成的好习惯。“要时时刻刻提醒自己,叫醒我们的不应该是闹钟,而应该是梦想。”荆谷青不无感慨地说道,“这个习惯让我在创业道路上也十分受益。”

因为大三确定了今后要从事外贸领域的目标,荆谷青便在英语上下了苦功夫,花了大力气。她和我分享了学英语的一些经验。她说,英语学习就是一个与遗忘斗争的过程,一个大量反复的过程。要多听、多读、多做,大量地积累词汇。对于晨读习惯,她说,贵在坚持,学英语就是要对自己狠一点。

谈到创业,她又显得谦虚低调,面对自己十二年取得的成绩表现得云淡风轻。她认为,创业的成功,与做人的谦逊是分不开的。谦以待人便是对人最大的尊重。在追寻成功的道路上,不管取得或大或小的成功,唯一不能改变的便是谦和处世的方式,用一种和善低微的态度看待世界,总有一天,这个世界回馈你的可能更多。我从荆谷青身上所看到的谦逊,是一种性格,一种经过了时光的历练、阅历的沉淀后自然而然形成的姿态。

成功的道路不止一条,成功的条件也不止一个。荆谷青认为每个人都可以在自己期望的领域取得成功,不一定只是创业。成功最为重要的,是要学会吃苦,学会坚持。在成长的道路上,不要抗拒风雨,因为苦难就是化了妆的幸福;不要沉溺于安逸,因为意外和明天不知道哪一个会先来。

采访记者:杨俊杰

做自己喜欢做的

雷伟林
LEIWEILIN

杭州师范大学钱江学院社会体育指导与管理专业2009届毕业生。现于丽水外国语实验学校执教。

幸福时光

转瞬光阴，似水流年，四年的大学生活匆匆而过，我总会回头看看曾经走过的路。在钱江学院的四年生活，酸、甜、苦、辣尽在其中，但我仍然称之为“幸福时光”。因为，她记录了我成长的颇多细节，更多的则是给予了我收获成功的喜悦。

大学生活是一个自我磨炼的过程。在这段悠长美好的时光里，若没有辛勤的付出，在运动场上的奋力拼搏，四年平淡的人生经历将对我毫无意义。就如同虫茧没有经过痛苦的挣扎就不会变成美丽的蝴蝶，河蚌没有经过沙砾的磨炼就不会孕育成晶莹的珍珠一样。钱江学院是一个给予我最多人生思考、最多汗水挥洒和最多欢乐时光的圣地。

大学生活在显现出美好的同时却更多地显现出她的短暂，回首四年阳光灿烂的日子，我思绪万千，虽有遗憾，但更多的是欣慰。

刚踏进校园时，眼前甚至周围的一切都是那么陌生，我不禁问自己，这就是我梦寐以求的大学吗？与同学的接触中，我渐渐地发现原来在我身边有一群可爱的人。让我尤为享受的是与同学们一起训练的时候，我们一起流汗，一起照顾受伤的同学，一起吃饭，一起旅行，一起在好看的风景里走走停停。

在母校的光阴，除了专业知识，我最大的收获就是参加过许多社会实践和课外活动。这些不仅丰富了我的校内外生活，而且提高了我的综合素质，使我在为人处世方面做得更好。那些锻炼对我来说，确实是一次次很难得的机会，同时也是使我变得更加自信的砝码。

大概人们在尝试做一件事的时候，最难迈出的往往是第一步，而一旦迈出了这艰难的一步，就会发现前方未知的路并没有想象中那么坎坷难走。这就像是，鸟儿不张开翅膀向没有把握的空中飞去，就永远得不到翱翔的成就和乐趣。

一直以来我都十分感谢体育分院，感谢分院的人才培养方案，在当今日益激烈的社会竞争中，分院注重培育专业特色，因材施教。任课老师也告诉我们，非教育专业的学子应该充分发挥自己的专业特色，扬长避短，在社会竞争中脱颖而出，实现自己的人生和社会价值。

我的校友

雷伟林毕业后一直从事教育工作，他曾获得 2014 年度优秀师德论文三等奖、丽水市第二届微课设计与创作大赛二等奖等荣誉。在教学上取得的荣誉无疑是对他最好的肯定，从他取得的成绩可以看出他对教育事业的孜孜以求。

雷伟林用他在母校所学的专业知识给他的学生们带去了体育运动和身体锻炼的快乐，在运动中成长，在锻炼中获取快乐。上课时，他能够恪尽职守；在课余，能够和学生成为好友。也许，作为老师最大的乐趣就在于此吧，在工作和学习中兢兢业业，在日常生活里乐于分享自己的酸甜苦辣。

面对即将踏上社会岗位的学弟学妹们，他语重心长地给出自己的建议：一、工作和做人是一样的道理，必须要认真，前方的路不一定会平坦，但是生活的态度必须坚定；二、保持好自己的心态，无论工作、学习会碰到怎样的困难，都要以平常心对待,不以物喜,不以己悲;三、增强自己的适应能力,水无常形,让自己在任何环境中都能适应,尝试突破自我。

我们期待,他在自己所热爱的事业上越走越好。

采访记者:潘宇超

善若水　思无邪

李贝宁
LIBEINING

杭州师范大学钱江学院电子商务专业 2012 届毕业生。现自主创业永康市永相益工贸有限公司。

将来的你，会感激现在努力的自己

大学四年，你如果全部用来睡觉，就是混混沌沌 1460 天，毕业时收获的大概只是激增的脂肪、已渐迟钝的大脑和蒙上了灰尘的心，以及学位证都可能拿不到的遗憾。大学四年，你如果喝几百瓶啤酒，打几千次 DOTA，以三个月一段的频率谈十六场恋爱，最后得到的恐怕就是虚浮的体质、磨损的意志和沧桑的心。

当然，大学四年，你也可以选择，参加 1—2 个喜欢的社团，拿 2—3 次奖学金，考 3—4 张有用的证书，听 30 场名家讲座，读 100 本经典书籍，上 810 次自习，学有余力的还可以选修一个第二专业，用四年的时间积累丰富的学识，练就更加聪明的头脑，为你想要的未来铺路搭桥。

大学四年，你还可以选择，自力更生打一份工，放开身心谈一场刻骨铭心的恋爱，心胸坦荡交几个能把你放在心上的真心朋友，背上行囊去一些你向往已久的地方，放下包袱做几件疯狂的、老了以后想起来都会嘴角上扬、坐在摇椅上晒太阳时能跟儿孙吹牛的事情，用四年的时光换一场最激荡的青春，为生命画上最浓墨重彩的几笔。

我的大学，我选择不断提高自我。保持纯净的心灵，坚定人生的信念。我参与了学校的许多活动，让我最难忘的活动之一就是“启航·财富人生创业计划大赛”。作为活动的负责人，从一开始的活动策划、赛程设置到比赛的执行和整个比赛结果的产生，我都参与其中。比赛结束后，得到了老师和同学们的好评。这样的活动提高了我的组织策划和沟通协调能力，也让我意识到了自己的许多不足之处，使我的大学经历更加丰富多彩。大学期间的这些历练是我人生的宝贵财富，它们对我事业上的帮助远不止于简历上简单的一条介绍，我在其中获得的经验让我在创业路上更加顺利。

虽然人生这场赛跑注定了不会完全公平，但每一个阶段的大抵公平还是有的。你选择了什么，就会收获什么；你将时间花在哪里，时间就会还给你什么。观念左右行动，投入决定产出，最终输出的一切结果都是由最初输入的选择和行动导致的。

如果你想你的大学变得丰富多彩、充满回忆，如果你想四年之后邂逅一个全新的、更好的、更优秀的自己，那么，从现在开始珍惜你的大学生活，将来的你一定会感激现在拼命努力的自己。

保持纯净之心，做纯粹之事

第二届腾龙镜头杯中国大学生现代摄影大赛佳作奖、“绿盛·渔菓杯”杭州市大学生创业大赛三等奖、2009年杭州师范大学暑期“三下乡”社会实践活动校级先进个人、杭州师范大学首届“十佳大学生”称号……大大小小的奖项镌刻了李贝宁的大学四年，也见证了他的成长。

他曾经带领自己的团队组织策划活动。一遍遍修改策划书，反反复复核对活动流程，每一次活动他都能用心做到完美。在李贝宁看来，一支团队的领导者要有号召力，要能获得别人的信任，这就需要在平时生活中与人为善。无论是学校中的团队还是如今创业过程中的团队，他都给予那些与自己一同奋斗的同事们关心和帮助，与人为善便是与己为善。

大学期间，他参加了在四川省井研县周坡镇周坡中学的一次支教活动。李贝宁说："经过 30 多个小时的硬座，10 多个小时颠簸的山路，来到了四川省乐山市井研县周坡镇。在镇上，我们贴出红色的大字报，办起了暑期培训班，义务为当地的孩子上课。上午为他们上课，下午走两个多小时的山路去学生家里家访。"在四川省井研县周坡中学的一个多月时间，是他人生中觉得最有价值的一段时间。在那里，乡亲们的认可和家长们的信任令他获得了巨大的成就感，这段时间的经历，让他学会了珍惜，学会了感恩。赠人玫瑰，手留余香便是这个道理。

当谈到给学弟学妹的建议时，李贝宁说："要保持一颗纯净的心。"大学不是玩乐享受的地方，而是让我们寻找目标和梦想的地方。参与众多的学校活动，假期不断实习工作，为的是能积累更多经验，在走出校园的时候比别人更优秀，不断向着自己的目标靠近。心思纯净，目标坚定的人，才能为梦想而不懈奋斗。

如今正在自主创业的李贝宁用他的行动告诉我们，做事心无旁骛，专心致志，在为梦想而奋斗的道路上，保持纯净心灵的重要性。他所获得的这些成绩也是多年不断努力积累的成果，秉持着专业的态度和积极的心态，李贝宁的创业道路格外顺利。正如歌德曾说，一个人不能骑两匹马，骑上这匹，就会丢掉那匹，聪明的人会把一切分散精神的要求置之度外，只专心致志地学一门，学一门就要把一门学好。

采访记者：金嘉宁

惜年华　砺自强

李方舟
LIFANGZHOU

杭州师范大学钱江学院会计学专业 2013 届毕业生。现就职于龙泉市公安局。

年轻，可以换来优秀

2009 年夏天，和所有人一样，带着对大学生活的想象，在蝉鸣、热浪、人流、包裹、方言的簇拥下我走进了大学校园。我总觉得这段时光该是我一生中最完美的年华，虽没有超凡的颜值，但有可以挥霍的青春，现在回想起来，如何使用“我的大学”这段青春，这几乎决定了我毕业后的全部人生。感悟颇多，希望能和你们分享。

大学生活对比高中果然是“农奴翻身”般的怡然自得。告别了枯燥单一，也代表了选择的增多。他人对我们的评价都是“你很年轻”，但是年轻只是个阶段性的概念，年华易老，岁月无情，学会珍惜年华是大学必修课。我在大学干过很多事，但大部分是冲着弥补自己的弱点去的——口才差，眼界狭隘，做事缺乏主见。我竞选了学生会，还参与各类实践，因为我想让自己每时每刻都知道该干什么。我们一起办辩论赛，经费仅有96元，但初生牛犊何惧虎？画海报，拉赞助，照样办了一场有声有色的辩论赛。我用青春去兑换经验，当我不再胆怯，有了自己的是非判断时，我知道自己进步了。“你很年轻”只是暂时的，但是“你很优秀”却可以是永远的。劝君惜取少年时，直击软肋，拿“年轻”去兑换超值的“优秀”，当别人对你的评价变成“你很优秀”的时候你做的事情就有意义了。

有人说，年轻，就是用来犯错的。对错参半，“对”是因为年轻犯错了不会完蛋，“不对”是因为年轻不是犯错的理由。可能懊悔高考失利，可能懊悔错误邂逅，这个年纪总是“多愁善感”的时期，迸发出来的想法和情感多得连我自己都怕，其实“人非圣贤孰能无过”，有时间懊悔低沉，沉浸于情绪，何不利用迸发的情绪去厚积薄发？我在20岁的时候同样不是什么成熟的人，傻事没少干，质疑也从没停息，有人质疑我们学生会不行，我能怎么办？我有时间辩解不如做好手头组织保障工作，我们经管分院当年就拿下当时钱江学院历史上第一个运动会全满贯，因为厚积薄发地反击便是对质疑最好的回应。相信自己，坚守青春。

我在大学时遇见的最多的工作是我不会做的工作。其实有什么是天生会做的？“我不会”不该成为年轻的我们的一句托词。“我不会做”其实是“我害怕做”，为什么不去学呢？不走出第一步，怎么知道你到底会不会做？怎么知道你会干得不错？勇于尝试，“干得不错”的前提是“走出第一步”。

带着懵懂入学，带着成长毕业。青春正好，风华正茂，惜取年华，磨砺自我，钱江学子一定能傲立潮头，弄潮戏浪！

坚守青春，没有时间懊悔

寸头，警服，疲惫却带着笑容，虽然带着点年轻的稚气，但更多的是不容置辩的锐气，这些拼凑了对李方舟的第一个印象。2013年从杭州师范大学钱江学院经济管理分院毕业后，李方舟通过当年的公务员考试进入了龙泉市公安局。毕业三年多来，李方舟说他完成了人生的第一次蜕变。三年里，他用超乎旁人的付出，完成了跨专业的转型，参与并破获了多起大案要案，2015 年，从警仅两年的他执法办案考核位列丽水市第二名，被评为“丽水市执法办案能手”“龙泉市十大执法办案能手”，更成为龙泉市公安局首位“90 后”公安部个人三等功获得者。

说到接轨社会，李方舟说经历和积累很重要，他说自己刚工作的时候根本不知所云，“工欲善其事，必先利其器”，李方舟每天做得最多的事情就是查看法条和翻看案例，还有就是跟着师兄出警，看看别人是如何取证处警，对于有价值的就用笔记本记下来。两个月时间笔记本就用了 5 本，他说看得多了自然就会熟能生巧。李方舟所在的派出所每天平均处置警情 30 余起，每五天就要经历一个 24 小时的执勤班，2015 年他总共办理了各类案件 156 起，各类调解 443 起，最多的时候手上同时办理 10 个案件。李方舟说自己除了睡觉，睁开眼睛就是办案子，把案件办得公平公正，违法得到惩罚，合法受到保护。

为了丰富自己的经历，李方舟选了辖区最远的乡镇任社区民警，每周在山路上开一个半小时的车去走访，他说将法律解释得通俗易懂能让所有知识层面的人理解才是意义所在，这些认识也源于他大学期间连续两年坚持到四川周坡支教的经历。一个人无法决定人生长度，但却可以增加人生厚度。

说起工作方式，警察每天面对的其实并不都是大案要案，更多的是鸡毛蒜皮的小事，很多情况缺乏客观证据，面对主观而且可能有失偏颇的描述，最多需要的是冷静的判断和严密的逻辑。“知己知彼，百战不殆”，当做出决定之前，需要先周密地思考才能做出最有效的判断。李方舟说自己和其他年轻人一样，往往将自己不成熟的主观意识带入工作中，结果往往导致事情复杂化，工作量增大。在完成一项工作后，李方舟说他明白了思考和总结，这些想法有很多来自大学学生会和社会实践的经历。冷静和思考，这可以让所有初涉社会的年轻人在面对日常工作时能够尽量抢占先机，有效应对。

宝剑斩金截玉，终须千锤百炼；青瓷温润如玉，必经烈火涅槃。在这个以宝剑、青瓷而远近闻名的城市里，李方舟和所有有梦想的钱江学子一样，把脚下的路走得更加意气风发。

采访记者：徐　俪

把握现在　展望未来

李梦迪
LIMENGDI

杭州师范大学钱江学院播音与主持艺术专业2012届毕业生。赢家TV创始人之一、公司CEO。

如诗的青春

“有些诗写给昨日和明日，有些诗写给爱恋，有些诗写给从来未曾谋面，但是在日落之前也从未放弃的理想”，而我，则想写给我如诗的青春——我的大学。

第一次走进这个陌生的校园，我带着微微的激动与小小的不安。浓郁的人文气息、良好的学习氛围，一切都让我满怀期待。怀着欣喜的心情，我开始尝试着去感触身边的新鲜事物。

我会用积极的态度去认真对待每一件事情。课余时间和老师们一起包饺子，一起谈心是我最难忘的事情。可能正是这种没有压力的师生关系，让我更相信自己，也让我更能追求自己的梦想。

大学是一个充满才华、学问的地方，同时又是一个充满竞争、挑战的小舞台、小社会。我们每个人就在这个舞台上扮演着不同的角色，那我们何不努力将自己的角色扮演得最好！作为大学生，我们都渴望乐观积极而不是盲目冲动，大胆而不妄为，敢想而不空想，深思探究而不钻牛角尖……我想，我要在每一分每一秒里都努力做到最好。

经常有人问我为什么每天都这么忙碌，但我认为，把握好现在，才是最重要的事情。所以我在保持优秀成绩的同时参与了很多校内校外的活动。除了学校里的学生会，还有杭州电视台的实习，以及各种比赛。我想正是这种经历才让后来的我走得更好，走得更远。

大学，是梦开始的地方。为了不使这个梦在毕业时落空，我们就要用一种认终为始的心态去规划与度过大学生活。大学也是我们人生中最集中的可以扬长避短的时期，可以尽情折腾的时期，所以如果谁的大学默默无闻了，平平淡淡了，那他就没有真正理解大学的含义与作用。因为一旦失去青春的激情，便永远也找不到了，所以大学一定要努力前行！

不一样的人生旅程

第一次见到李梦迪是在迎新晚会上，她作为优秀毕业生代表上台演讲。那时候我就想怎么会有这么好看又能干的学姐。我崇拜地看着笑意盈盈的她徐徐地讲述着她的人生经历。

刚入社会的她吃过不少苦，但她一步一步地努力坚持着。凭着优秀的主持功底和坚持不懈的精神，在完美地主持了大大小小的各式节目、晚会后，她被业内誉为“最懂创投的美女主持”。她说：“外面的世界不比学校，我们需要有过硬的本领才能更好地做事，有些事是不能犯错的。”

有人说，李梦迪是下一个“荧幕一姐”，就该一直活跃在聚光灯下。可她却不这么认为，她曾一度想退居幕后，做一个深度报道的记者。虽然这个愿望没有实现，但对财经感兴趣的她，很好地利用了自己的主持经历。那两年，杭州大大小小的创投沙龙，几乎都是李梦迪主持的，同时她也在杭州的投融资圈结识了不少人脉。“我能看到五年后、十年后，我在台里的样子，我就知道自己今后会是什么样，而我是一个不喜欢过看得到的生活的人。”她想给自己换一个跑道，重新出发。或许大多数人都在安逸的魔咒中被温水煮了青蛙，但李梦迪却转身做出了自己的选择。于是，在 2014 年，她放弃了常人眼中浙江经视投融资节目的铁饭碗、投身创投圈。从此，李梦迪开启了一段不一样的人生旅程。

她创办了“IN 赢家”，一个手机上的创投电视台，每天都会推出一个来自全国各地的优秀创业项目，推送给顶尖的投资人。到现在，她的“IN 赢家”已经聚集了中国投资圈的顶尖大佬。杭州这座城市，正被迸发的激情点燃。李梦迪是观察者、见证者，更是参与者。

采访记者：李　扬、唐彬彬

坐落浅秋　回顾青春

李　萍
LIPING

杭州师范大学钱江学院电子商务专业 2005 届毕业生。现任中共浙江省省级机关党校办公室副主任。

工作诚可贵，友情价也高

当春天的脚步由鹅黄转为嫩绿，当暖暖的春风吹过懒洋洋的心田，时光的影像也在灿烂的阳光下变得影影绰绰，在感叹春去春又回的同时，大学生活也成了我记忆中的一段美好回忆。

在大学里，有的人确实过得很充实、很开心，深深留恋这块他们认为是一辈子都无法重复的净土；有的人，从一踏进校园就很失望，觉得一切都跟自己想象的不一样，从此浑浑噩噩混日子，到最终醒悟的时候才猛然发觉，仿佛一夜之间，大学已经过去，随之逝去的还有自己宝贵的青春。

大学伴随我最多的就是学习，我认为大学最主要的不是书本上的知识，而是大学的能力锻炼，自我塑造。当10多年过去后，我认为大学生活留给我最珍贵的两样东西是工作能力和无价的友情。

2001年我也和其他的大学生一样走进了大学校门，面对的是陌生的环境，所有的人站在同一条起跑线上准备着，或许是上天对我的眷顾，或许是老师的慧眼识珠，在开学军训后的学生干部竞选上，我如愿进入学生会，从此我走上了学生干部的道路。因为担任学生干部，我一直都很忙碌，学习之余的时间几乎都这样被瓜分了。但是，在学生会里，和别人一起工作的日子是快乐满足的，我懂得了什么是团结合作，学会了怎样去和工作伙伴相处，在能力上也得到了锻炼，就这样，我和别人一起认真努力地工作着，有付出，也有收获。这也让我更加坚信一句话："一朵孤芳自赏的花只是美丽，一片相互依恃着而怒放的锦绣才是灿烂。"

大学生活最绚烂的部分，应该是新认识的好朋友了。同学、室友、工作的伙伴甚至是辅导员、班主任，他们在我日后的人生中都起到了至关重要的作用，大学四年的时光，足可以让我们互相了解，读懂彼此。我曾经一度以为，大学里没有了同桌的陪伴，没有了从前的知心好友，我的大学生活终将会是孤独的，过去所有的一切都将只会变成美好的回忆，抚之怅然，却又无处可寻。可是，出乎意料的是，我又找到了新的好朋友，可以无话不说的好朋友，从前的好朋友们也一直保持着联系，隔着电话，我们笑着回忆曾经一起时的快乐时光，分享在大学校园里遇见的趣事、乐事、伤心事……这样的生活很幸福，我很感谢上苍让我们这样真诚地拥有彼此，无论是曾经的，还是现在的好朋友。

如果说人生是一本书的话，那么大学无疑是我阅读过的最精彩的一页。尽管我觉得大学的生活并不轻松，反而是另一种辛苦，可是，我依然愿意享受地去品读其中的字字句句，用深情去朗诵这首青春的诗——我的大学。

最美成长，感恩十年

青春如梦，岁月如歌。坐落浅秋，回顾青春。在李萍看来，那四年的大学光阴成了她一生中最宝贵的记忆。虽说李萍已经毕业十载，但是说起自己的大学生活，她依然记忆犹新，仿佛那四载的青春峥嵘就发生在昨天。她一五一十地把其大学经历向我娓娓道来。

师者，传道授业解惑矣。当讲到在经管的经历时，李萍首先真诚地向自己四年求学的恩师们表示感谢。大学的学生干部生活，恰恰锻炼了自身工作的心态情绪，让自己刚进入职场就能够调整好自己的心态，树立大局意识，能对自己的短期目标和长期目标都有一个初步的规划，分清自己的目标和过程是什么，一步一个脚印，脚踏实地，把事情做好。

李萍谈道，钱江学院有着良好的学习传统与创业氛围，希望母校的学弟学妹们能珍惜在学校的学习机会，不仅要纵向把专业知识学好，也要横向汲取各方面的知识，不断丰富和提升自己。学习中寻快乐，生活里书写甜蜜，收起苦涩，不怨不躁。

采访记者：杨俊杰

仰望星空　脚踏实地

李　群
LIQUN

杭州师范大学钱江学院经济学专业 2005 届毕业生。现任宁波余姚农村商业银行城区支行副行长。

人生，不能一蹴而就

大学，于我而言，是梦最开始的地方，也是我开始抬起头仰望这片星空的地方。时至今日，我依旧清晰地记得初入大学校园的心情——那种跃跃欲试却迷茫又紧张不安的情感，记得来来往往的人朝着自己的方向走去，从未有半刻驻足停歇。繁星满天，我知道我的那颗星正在某一处发出微弱的光芒，将在未来的某一天熠熠生辉。拥有梦想，所以才会仰望星空。

人生的梦想并不可能一蹴而就，在大学里，我便用一个一个小小的目标绘制我的蓝图，用学年计划、学期计划、月计划、周计划、日计划充实我的学习与生活，将遥不可及的未来分解成一个个有条理又可行的目标。我不知何处是尽头，却坚信在岁月的洗涤中，年少澄澈的梦会倒映在泛着涟漪的湖面上，闪着粼粼的波光。

我是人群中很普通的那一个，我的大学生活也同样和绝大多数人相仿。但很荣幸，在大学里我做过生活委员也当过团支部书记，常常有繁杂琐碎的事需要不断重复地做，我总愿尽自己所能完成各项任务，这是我的大学给我的最珍贵的历练，养成了我良好的处世态度——脚踏实地，在土地里孕育浸透汗水的花，也为我实现我的梦想奠定了坚实基础。感谢你——我的大学，我心中永远的钱江。

所爱者隔山，山海亦可平

十年前，怀着对未来生活的美好向往，怀着对银行工作的无限憧憬，她成了余姚农村商业银行的一名普通员工，从那天起，在日复一日、年复一年迎来送往的平凡工作中，实现自己的梦想。最初，当她由柜台工作人员转为客户经理时，由于工作压力大，节奏快，刚开始她曾对自己失去信心。但是抬起头仰望星空，便想起大学的点点滴滴及心中的梦想，只要脚踏实地，努力去做就能成功！从此，她勤奋、用心、投入地工作，在新的工作模式下，积极探索，勤奋学习，全面提升自身综合素质，努力使自己精通各项业务，并出色地完成各项考核任务，得到了领导和同事的一致好评。如今，她已由一名普通的柜员逐步晋升为支行副行长，并获得“浙江省三八红旗手”称号，多次获得“先进工作者”“十佳客户经理”等荣誉称号。

所爱者隔山，山海亦可平。即使是愚公移山，她也一步一步踏实前行。而这种对学习、生活踏实的态度也成为她工作中的宝贵财富——她将踏实装入她前行的背囊，陪伴她走得更远。脚踏实地，所以能够不断前行。

有人住高楼，有人在深沟；有人光万丈，有人一身锈。世人万千种，浮云莫去求。每个人能在不同的领域或者人生的不同阶段拥有自己的绚烂与美丽，但无论梦有多远，始终坚持本心，仰望星空，脚踏实地。

采访记者：杨俊杰

研精毕智　文质彬彬

李苏秀
LISUXIU

杭州师范大学钱江学院应用化学专业2010届毕业生。现就读于北京交通大学经济管理学院。

做好当下，拼搏未来

大学四年，有太多成长，有太多回忆。

记得入学班会时，我自我介绍说“不让自己后悔四年，更不让自己后悔一辈子”；还记得同学朋友一起笑，一起闹，一起疯，一起感慨“朋友一生一起走，那些日子难再有”；还记得每一次拿奖的喜悦，上台的紧张，活动的欣喜，工作的忙碌；也还记得那些通宵达旦的日子，那些一学期的课程一星期搞定的日子；还有那些感动，那些愤恨，那些暧昧，那些心跳，那些回忆，那些故事……这些事一起构成了我脑海中一幅幅生动的画面。

四年化学专业的熏陶至今仍影响着我。本科期间的理工科背景给了我更宽阔的视野和更严谨的思维。其实,四年本科学习就是给了我们很多选择的权利,你可以感受专业氛围的熏陶。如今,我的研究领域是低碳与新能源,本科的理科背景使我的数学功底比其他同学更加扎实,进而使得我在应对专业时轻松了不少。可以说,专业学习不能光顾眼前的喜好厌恶,而要将目光放得更加长远。“既来之,则安之”这句话是没有错的,何况大学最大的特点就是允许我们自由地选择发展方向与规划生涯。

大学学习之余,我将更多的时间投入了学生工作。从大一时的小小干事,到大二担任班长,参与理学系报的创刊,大三时兼任助理班主任,牵头成立了“理学系成才与就业创业活动中心”“钱江学院党员之家”。当年,我们摸索着创办了理学系报,核对文章报道时,细细斟酌一字一句,精心准备每一场访谈和调研;与学界、企业界、政界人士积极联络,开展创业就业实践;也通过党员工作进一步挖掘了自身的创新能力与责任意识。这些经验的积累,使我很早就初步形成了自己独有的工作方法和思路。无论是什么样的课题、项目,我都可以迅速地适应并进入角色。更重要的是,除了大学,我们真的很难再有那么多的时间与机会去犯错,去改正。本科四年对我人生观的塑造有着深远持久且积极的影响:我们的专业选择与学习铸就了我们发现问题、思考问题、解决问题的逻辑思维与认知态度;我们对大学课余生活的计划与安排使我们日后的学习以及职业生涯也更有计划性和目的性;还有我们的友谊与感情经历成就了一段我们最感动和最难忘的回忆。

我在大学时候就很喜欢这样一句话:失败的男人将故事变成事故,成功的男人将事故变成故事。我想说,无论你的大学生活是精彩还是不堪,我们都要积极地总结经验和教训,不要让未发生的故事成为跌跌撞撞的事故,极力追求未来的精彩生活,奔往更加美好的前程。

学海无涯,追梦不懈

在周围人眼中,李苏秀是一个标准的理科生,黑色镜框的眼镜,简单的 T 恤,喜欢皱眉思考，似乎总是能够用冷静的心态和敏捷的思维来完成所有事情。但认识他的人更觉得他温文尔雅，谦逊而又豁达。

李苏秀在结束大学四年的学习后也像所有毕业生一样面临着人生的选择。他有过犹豫，也有过迷茫，但为了追寻心中所想，他选择了考研这一条艰辛、孤独的路。李苏秀从一开始就下了坚定的决心，他认为只要坚持不懈，他一定能做到别人能够做到的，甚至努力比别人做得更好。在这段为了梦想而努力的日子里，他沉下心来，静心学习，把几乎“扔”掉了的英语又重新“拾”了起来。他牺牲了娱乐和休息的时间，全身心地投入学习中。通过自己的努力，李苏秀也实现了对自己的承诺。在学习上，李苏秀认为要扬长避短，增强自己的适应能力。在刚考上硕士时，他考虑到自己是跨专业学生，专业知识不如其他本专业考研的同学，他就最大限度地发挥自己的优势，并加强课余时间的练习。终于，天道酬勤，他收获了自己辛勤耕耘的劳动成果。他说：“即便把你扔到一个陌生的环境中去，只要你有想法和动力，自然会跟上节奏。”的确，他在烦琐又枯燥的学术中找到了自己的兴趣，并且坚持不懈，在思考与体悟中接近成功。

他觉得现在的生活虽然没有很明确的工作与休息的界限，读博也没有太多人们通常渴望的自由，写论文，做项目，定期或不定期地开会讨论以及偶尔的出差调研填满了生活的每一天。很多人可能会羡慕读研读博的人，但其中的酸甜苦辣只有身在其中才能体会。李苏秀认为每一个人对生活的定义有所不同，但相同的是每个人都要尽力去使每一天都问心无愧。当谈到对未来的职业规划时，李苏秀还是希望做自己喜欢的事情，从事高校教学或者继续进行研究工作。基本原则就是要奉献社会，学有所用。

每一个梦想都值得被尊重和歌颂。李苏秀用自己的亲身经历来激励每一个在追梦路上努力的人。他没有停止脚步，正在前行之路上的我们也永远不会停止前行的脚步。

采访记者：俞心岚

按自己的意愿过一生

梁 佳
LIANGJIA

杭州师范大学钱江学院护理学专业2010届毕业生。现任美中宜和妇儿医院杭州院区质控部主管。

独立宣言

在正式踏入社会之前，大学是每个人挥洒青春的地方。有清规戒律，也有师徒同门；有点化开悟的时刻，也有许多记忆中深藏的往事。离开大学，有的人融入茫茫人海，有的人爱上虚名，还有的人坚持自己的意愿生活。

迈入大学的第一天，就意味着我独立之日的到来。一个人拉着巨大的行李箱踏上开往杭州的列车时，我拒绝了父母的陪同，我内心涌动一种渴望，我要从儿时的乖乖女转变成独立自主的人。列车离家越来越远的时候，我内心感到的是莫名的喜悦，过去我就像装在一个盒子里，那一刻，盒子打开了，平平地向四面延伸展开，外面就是整个世界！在上大学之前，我最大的愿望就是在华灯初上、夜幕降临、晚风吹拂的晚上，能漫无目的地在宽敞安静的马路上漫步。“我可是要迈步走出盒子了！”内心涌动的那种喜悦，至今都没有忘记。

都说大学就是个小社会，也就是我心目中半个世界的缩影。我一直渴望未来的自己能成为一个说话有趣、人格可信、见识高明、眼神清澈的人。怎样利用学校这些已有资源来锻炼自己是我们每个人都要考虑的问题。

从我发出“独立宣言”之日起，我就开始为了变成自己想要成为的那个人努力着。依稀记得初入大学连与人沟通都会害羞脸红的我，为了克服这个不足，我选择了发传单等兼职工作来锻炼自己的胆量。后来在社团、学生会、兼职岗上都能看到我忙碌奔波的身影，当社团会长、学习部部长，组织各类活动、比赛的场景都还历历在目，我的组织能力、协作能力也得到了最大程度的锻炼与发挥。大学四年中多次获得一、二等奖学金，校级三好学生，省级优秀毕业生等各类奖状，这些都见证了我四年来的成长，让我终于离自己想要成为的那个人又迈进了一大步。

大学四年最让我难以忘怀的是周燕、何亚坤老师。能够遇见她俩真是我的幸运。我们总是能像朋友一样交谈，他们在学习和生活方面给予我指导与帮助，也在很大程度上提升了我的沟通能力和处理问题的能力。

毕业后我总是会经常回母校看看，走走曾经组队夜跑的操场，看看曾经扎堆挑灯夜读的自习室，逛逛曾经手拉手淘美食的小卖部，压压被晚风吹拂的马路，满满的回忆中有你，有我，有他。

如今离开母校有六年多了，每每回忆，心中涌起的不仅是愉悦，还有怀念与不舍。曾经有学弟学妹问过我该如何度过大学时光。我当时就很简短地回答：做自己喜欢的，自己认为有意义的事；不要后悔自己没有去做的，或者没有达到的事。最初的愿望，是进取的起点，不懈的努力，才是成功的阶梯。按照自己的意愿目标努力，才能成为自己想要成为的那个人。

要成为一个什么样的人

初见梁佳，一头短发，一身职业的装扮，恰到好处的妆容，职业的外表下爱笑的眼睛和爽朗的笑声总能给人一种亲切感。梁佳说自己生活中就是个如此爱笑、爱打闹的小姑娘，但工作中却是个严谨上进、认真负责的质量管理人员。单位的领导私下对她的评价就是“内心里住着个汉子的姑娘”。

刚毕业，梁佳在浙江大学附属第二医院ICU坚守了四年。回忆起在临床一线工作的四年，梁佳感慨：ICU里到处充斥着死亡的阴影和病魔的残忍，她认为ICU是一个没有硝烟的战场。在这里，要时刻准备着投入一场与死神抗争的战斗。虽然，紧张忙碌已成了习惯，然而，生离死别并没有麻木大家的心灵。每有生命离世，大家总会惋惜、会心痛。如有患者克服了重重困难从死亡线上挣扎回来，大家会欣喜，会庆幸。ICU的四年，让她对生命的意义和价值有了更深刻的理解，更明白了未来要努力成为一个怎样的人。

四年后一次难得的机会，梁佳选择离开了奋斗四年的战线，来到了美中宜和医疗集团这样一个陌生的平台。谈起刚到新环境的时候，梁佳笑着回忆：刚开始离开临床，接触新鲜事物和工作内容，连简单打印机的使用都要偷偷向同事请教，每天自学各种办公软件、各种质量管理工具，加班加点查阅各类新的国内外指南，背后的苦与乐只有自己知道，回忆那时候的自己，仿佛回到了大学里挑灯夜读、学生会工作到很晚睡办公室的时候。用梁佳的一句话来说就是：也许一切都在变，但那股干劲依然没变，成为想要成为的那个人的目标没变。

大家对这个看似文弱的小姑娘的评价从刚开始"行不行"的疑问，到现在"她很认真、负责、能干"的认可，从开始大家称呼"梁MM"到现在大家直呼"梁爷""梁总""佳爷"，这一切的转变，跟梁佳在工作和生活中付出的努力是分不开的，从这也看出了"佳爷"在工作和生活中雷厉风行的作风。

通过一年的努力，梁佳从一名质控部专员，升任质控部主管。谈到对于未来的职业规划，梁佳认为，应抓住每一次机会，把握青春，不懈努力，勤勤恳恳工作，未来努力做个说话有趣、人格可信、见识高明的人。

梁佳的多次华丽转身给了我们满满的正能量。除了工作、生活、学习经验分享外，梁佳有一些人生感想要与大家共享："其实，每件事最后都会是好事，如果不是好事，说明还没到最后。如果你的生活已处于低谷，就大胆走，因为怎样走都是向上的；如果心情不好，就抬眼望窗外，世界很大，风景很美，机会很多，只有努力，才能按照自己的意愿过一生。"

采访记者：汪佳飞

桃李不言　下自成蹊

林丽芳
LINLIFANG

杭州师范大学钱江学院汉语言文学专业2007届毕业生，现任教于瑞安市林洋中学。

记忆停留那时

若非学妹提起，恐怕我此刻依然没有停下脚步，想想母校，想想过去，这一晃，已是13年。去母校报到时，还是在万塘路校区。我在校园里逛一圈，有个角落，假山流水，睡莲石凳，曲折小径，仿佛是整个校园的“眼”，透露出一丝浪漫和灵气。我松了一口气。校园虽小，却还秀气！

我最喜欢去图书馆。万塘路钱江学院的图书馆灯光明亮，座椅宽松，很多个安静的夜晚，我执笔创作，留下了一些文字。有个位置，可以看见窗外的蜡梅，很能给人诗意和怀想，不知现在那棵曾给我灵感的蜡梅树是否安在。

第二年，我们搬到文一路校区。校园与之前相比，自然大气漂亮许多。至少校门宽敞了不少。进宿舍安顿，我傻眼了。八个床位分上下铺，中间八张小书桌紧凑地摆成长条状，两旁是过道，仅容一人过。若有人伏案写字，经过者须踮脚缩臀，说："同学，不好意思，借过一下。"伏案的同学需挺直背，臀吸着凳，往桌子里面一挤。门后，一个脸盆架，几个储物柜。电视记得有，电扇就不记得了。最难忘的是地面，久经踩踏看不出材质。厚厚一层黑色，像泥地，却又比泥地硬。但一定不是灰白的水泥地，更不是光滑的瓷砖。东西掉地上，有洁癖的人是无论如何不愿意再捡起；脸盆放最下面一层，就满心不自在。不过，这样的日子并不长，也许一年，也许一学期，总之，我们是搬到了后面的留学生宿舍楼。六人一间，有独立卫生间，每个人有一套书柜书桌，还有光线充足的阳台。清晨起早，能看到操场早锻炼的人，能听到不远处有人背英语单词。俯视楼下，有玉兰树可以欣赏。我的生活便又生出些许诗意。地面是瓷砖，有种擦干净赤脚行走的冲动。我非物质追求者，然而，宿舍生活的强烈反差，着实让我兴奋不已。很多时候，寝室成了我和室友聊天、看书、写文章的温馨场所。

转眼间就开始为毕业论文和就业考试奔波了。其实这部分记忆真的很零碎。四年大学生活里，除了听课，我很多时间是跑图书馆。虽然没读几本书，可是求得了一份宁静。母校虽不及许多高校那么名声显赫，却给了我自主自在的包容。我可以选择参加"十佳大学生"比赛，自信独特地站在舞台上；我也可以选择安静地写作读书，过自己的随性生活。如今，我所走的路，依然是遵循内心，独立思考，自己选择，不随大流，这让我相信，一定有什么是永恒不变的。我祝福我的母校，只愿她独立、独特，追寻属于自己的永恒价值，名利是非留给每一个亲近过她的人去评说。

师者仁心

从最初短信的交流寒暄，到认真耐心地配合我的采访，我在她的言谈中备受启发和感动。她似乎倾尽了这些年来在学习育人中的经验之谈，想要传达给我们一个关于当今师范教育领域的愿景和努力的方向。

她告诉我，工作是处在一种长久实践的状态中，根据实际需要进行的重新学习。但是专业素养不仅在求职时会给自己带来优势，而且更重要的是，在工作中也为自己提供便利。就汉语言文学专业而言，阅读习惯、阅读品质、文字表达功底、文学涵养等都对她的工作有正向作用。真正着眼于工作，需要的能力则更多，与人和谐相处、善于沟通是其中最重要的。此外，一定的抗压能力、自我调节能力、有计划有条理地完成任务的能力，也很重要。

她说，在大学中，最重要的是夯实基础，学校里所接触的看似枯燥无用的专业知识，可能成为以后岗位竞争的优势，同时也要努力提高自己的综合素质。谁都不知道未来要求会怎样，但总的一个趋势就是要求全面发展。所以我们在大学中所要做的就是不断提升自己，充实自己的脑袋，为面对将来更多的挑战打下坚实的基础。到真正接触社会的时候，我们要保持平常心，保持自己的专业优势。

在教书育人方面，林丽芳更是深谈了自己的体会。确实，教育不是一蹴而就的，应该营造一种等待式教育的环境，不能急功近利，与其强求学生朝你设定的轨道走，不如做好自己，用言行举止来感染他们，这才是教育的原动力。她坚信，作为一名教育工作者，对学生尤其应该平等、尊重、真诚，不随便给孩子贴标签。你可能会遇到不可思议的学生，但是，只要真诚地对待孩子，孩子将来会明白的。

而对于同事之间的相处，她的原则是什么都不争。机会到，就认真把握，她不喜欢争，更不屑争，这样生活会轻松很多。“育人是一个漫长的过程，不要把自己当神，以为三年可以彻底改变一个人所有的坏习惯，既不现实，也没必要。孩子是变化发展的，此时不开花，不要勉强，静静守候即可。”她说。

“桃李不言，下自成蹊。”在这次采访过程中，最打动我的也是这一点。教育本就该是个用自身熏陶感染学生的有心无意之举。也正是林丽芳的一番话，让我更加坚定了对专业的构想以及工作前景的预期。我也深刻地体会到“让教育引领教育”究竟是一种怎样强大的力量。在钱江学院四年中，我们接受教育，感悟教育，也将把这份教育理念传递给他人，无形中我们也感受到了来自这份责任的召唤感。因此，在接下去的学习生活中，学姐的谆谆教诲定当是一束微光，足够照亮前行路上的迷茫，这鞭策的分量也落得刚刚好。

采访记者：陆诗琪

路不同　须自走

林艳琼
LINYANQIONG

杭州师范大学钱江学院英语专业 2012 届毕业生。现就职于温州市瓯海区社会保险管理中心。

过去是打开未来的一把钥匙

月光在钱塘江上洒下金色碎片，图书馆和教学楼的灯光亮得动人。不管过去多久，我都依然记得这样充满闲情逸致的夜晚，是大学最美好的时光。那是与露珠落叶为伴晨跑，踩着被骄阳烤得炙热的大地奔向食堂，在温暖的图书馆埋头苦读的日子……

丰富生活探意义。母校之美，在于学校环境宜人，老师热情博学，教学资源丰富多样。我知道大学的区别不在于其本身，而在于我们自己。想要收获多少，必然要先付出多少。有了目标，那么就可以开始奋斗了。大学是个大染缸，学会自律是关键，因此，图书馆是我在大学里常去的地方。我读的是英语专业，平时需要看的书比较多，功课也比较多，所以在图书馆里待的时间也相应较长。也正是大学图书馆，给我带来的持续温暖，让我现在依旧喜欢把闲暇时光交给图书馆和城市书房。大学让人向往的原因之一是充满了各种可能性和挑战性。除了读书，我也会利用课余时间去参加一些配音大赛、演讲比赛，以及参与一些家教、业余兼职、礼仪和主持人的工作，兼顾学习的同时丰富自己的业余生活。我们应该明白自己想要什么，计划性地去实现目标，不要在迷茫和挣扎中碌碌无为地度过每一天。

摸索人生寻未来。选择英语专业是因为我喜欢英语，虽然我现在从事的工作跟英语联系并不密切，但它依然是我的爱好。毕业后，我始终保持每天背单词、读英文美文等习惯。当下，英语作为一种世界通用的语言，越来越融入我们的生活。所以无论今后我们是否从事与英语相关的工作，它都是打开眼界看世界的工具。对于就业，大家可以去尝试一下各种不同的可能。年轻时候多一些义无反顾，才会不留遗憾。大学是人一辈子学习能力最强的时期，所以更应该好好利用。我曾经也当过老师，但是发现自己并不适合，所以我又开始重新寻找我的路。每个人只有自己亲身去体验、尝试过后才会知道什么才是最适合自己的，因为每个人走的路各不相同。

在近年来的工作中，我学会了如何与他人更好的交流与沟通。因为现在是在基层工作，接触更多的是普通百姓。我觉得在这个地方才能更好地锻炼一个人，锻炼吃苦耐劳的能力，培养艰苦卓绝的毅力，学会与他人沟通的方式，用更棒的自己挑战未知的社会。如今，在收获基层的锻炼并获得温州市 2015 年度“十佳大学生村官”荣誉后，我又重新开始了人生的新旅程，未来如何，一步一脚印，未来的你需要自己来定义。

用青春开辟道路

初见林艳琼，精致的脸庞映入眼帘，让人倍感温柔。身着一身小清新的简约风，清新的外貌又不失干练，她所散发的气质格外抢眼。

回忆起最初进入社会的日子，林艳琼称自己当了一年的英语代课老师。刚开始希望自己能有一份稳定的职业，可以发挥自己的专业知识与技巧。但在教学中她发现自己并不是很适合当老师，慢慢地她开始厌倦这样的生活模式，于是她选择放弃老师这个职业，重新定义属于她自己的人生。

"自己的人生，趁年轻时拼搏一下，才会不留遗憾。每个人，只有亲身体验、尝试过后才会知道什么才是最适合自己的。因为每个人走的路各不相同，未来的道路需要你自己走。"林艳琼的这番话值得每个钱江学子共勉。

林艳琼刚刚结束大学生村官的工作，并已考取公务员，目前就职于社会保险管理中心。对于这份新工作，林艳琼表示自己充满信心，会尽自己所能，发挥长处，为社会贡献属于她自己的一份力量。

林艳琼的故事给了我们很多启发，时刻激励我们勇往直前。未来的道路需要自己去开拓与行走，找到一条属于自己的道路，需要自己不断尝试与体验。趁年轻，勇拼搏；路不同，须自走。

采访记者：章梦雅、吴凯丽

坚持自己的路

凌萍萍
LINGPINGPING

杭州师范大学钱江学院音乐表演专业2010届毕业生。现担任新浪乐居杭州分公司销售总监。

不忘初心

当微风轻柔地拂动一丝丝柳絮时，当太阳把它那金色的光辉，悄悄披在一棵棵桂花树上时，当美丽的花瓣在空中悠悠地打几个卷儿，再轻轻地落地时，我们正在幸福地享受着烂漫的校园生活。转眼间我已不再是那个青葱校园里的一名学生。但是每每回想起我的大学，总是感到很温暖。

初进校园时，我还带着纯真羞涩的面容，对于大学，充满了无限美好的遐想，而钱江给我的感觉就是这样，很淳朴宁静，让人有自己思考的空间。

在大学里，每当我在校园里遇到困难时，不管是学习方面还是生活方面，老师们都能及时地开导我，让我走出阴霾。所以每当我在之后的生活中遇到困难，耳边总会回想起老师们曾对我说的那些话，这也成了我这么多年坚持下来，并且一步步前进的动力。

钱江有我最信赖的伙伴，最熟悉的挚友，提供了能让我秀出真实自我的舞台。每年的暑假社会实践，每一年的迎新晚会，不变的总是导师们给我们那种对生活、学习的热情和尊重所有的态度。

暑假实践，我们走进西部山区，我体验了曾经自己所没有经历过的生活，感受了西部山区那些穷苦孩子们对贫穷的畏惧和对美好生活的向往。现在每当工作中遇到困乏和疲惫的时候也总是会想起在学校时与老师、同学们在一起的艰苦时光，也就是在每一次社会实践中，我们学会团队合作，待人真诚。不忘初心，保持最好的那份心态，也是一直延续到今天最好的状态了。

现在，我们微笑着走在校园的林荫小道上，回忆曾经最快乐的时光，当我们离开校园之后，再回首看看我们走过的路，我相信，我们有的是恋恋不舍的感情，有的是没有虚度年华的自豪，有的是对美好未来的憧憬！我相信，这一段记忆一定会成为我们人生中最珍贵的记忆！

挑战新事物

回忆载着人远行，是一路走来的铺路石，在内心渲染着一片天空，五颜六色是每个人自己涂抹的。回忆写下一页页历史，写下曾经的辉煌，写下曾经的阴暗，写下灿烂，写下暗淡，写下那些我们拥有的曾经。曾在大学里生活学习的情景一一浮现，曾经的辉煌、曾经的灿烂、曾经的暗淡及曾经的拥有，到现在都只能印在自己脑海的最深处，每每回忆起，都会有种说不出，道不明的情感。

凌萍萍在 2010 年毕业之后，并未选择与自己音乐表演专业相关的工作，而是去从事了房地产工作。初入房地产行业的她对这一切都不熟悉，每一样都需要自己学习。多少次的熬夜，多少次的低头赶案件，多少次的因为忙而忘记吃饭，多少次忽视了家人的存在。这一切，她只能自己默默忍受，不过她选择咬着牙挺过这一切。幸运的是，老天并没有辜负她的辛勤工作和不懈努力。在两年之后，也就是 2012 年，她进入了全国最大的房地产互联网媒体——乐居。进入公司后，她没有放松对自己的要求，她明白只要自己不努力，就会有人来取代自己。凭借着努力，她现在已经是乐居杭州分公司的销售总监。四年来，她每年的销售业绩在全国名列前茅，位列杭州分公司的前三名，对待客户的热心与真诚以及工作上的优秀让她每年都被评为优秀员工。这几年的工作经验给予她许多人生道路上的成长，让她收获颇丰。

面对艰难困苦，懦弱者被磨去棱角，勇敢者将意志品质磨砺得更为坚强。在我们的生活中最让人感动的日子，便是那些一心一意为了自己的目标而努力奋斗的日子。所以，生命需要我们去努力，年轻的时候，我们要加快步伐，为生活而奋斗！

采访记者：陈舒洁、刘佳雯

越努力　越幸运

刘筱悦
LIUXIAOYUE

杭州师范大学钱江学院汉语言文学专业2009届毕业生。杭州为真文化创意有限公司CEO，作家、编剧。其以“寒武纪”为笔名出版的《阿修罗》畅销全国。

不要轻言创业

一念之间，就与蕙风湖告别了。

前段时间，为新公司跑天使轮融资，和投资方闲聊的时候总会有人问我：你这么年轻就有现在的成就，你的学生时代一定很风光吧？

天地良心，我多么希望诚如他们所说，我的学生时代会很风光。

然而现实却是真实得让人心寒——我的学生时代，根本谈不上风光。

不仅谈不上风光，我欠了我自己一个美好的大学生活。我的大学，是在工作和创业中度过的。那时候我才大二，站在新东方的讲台上瑟瑟发抖，却要装出一副“尔等功力浅薄”的模样，徒手去跟与我同批面试的三百多个新老师厮杀。

直到后来，在我直面学生和家长的时候，我看着家长那满眼“你不过也就比我的孩子大两岁”的狐疑，面对学生时不时用期待的目光问我一些以我短短的人生阅历无法回答的问题时，我开始意识到，我是不是出来得太早了。

在同班同学还在死磕“中午吃什么”的时候，我在备课；在他们宅在寝室玩游戏的时候，我在死磕学生家长；在大家约好一起出去旅游的时候，我站在讲台，而且一站就是八个小时。

好在有这么一帮人，他们是钱江中文的孩子再熟悉不过的一帮人：夏航、李祥耀、浩岭、石秋仙……这些老师和我预想的不太一样，我以为的中文系老师，是长袍马褂吟诗作赋的，然而，他们却是能在我彷徨的时候拉我一把的，能在我举棋不定的时候一语点破的，也能在我需要帮助的时候站在我身后力挺的。还好有他们，我才在“学生”和“老师”的身份中无缝切换。不记得从什么时候开始，我没有了暑假、寒假、五一、十一乃至所有的假期，小长假对我来说，就是日复一日地讲课，从高考词汇，教到托福口语；从最普通的老师，一路走到教师委员会秘书，走到自己出来开学校，再走到客户关系副总裁……

我的大学，没有来得及去看蕙风湖里的天鹅，没有来得及去喂情人坡上的羊，也没有来得及去图书馆里从一楼走到七楼，甚至没有来得及一字不落地整理完李祥耀老师的课件。

我的大学，没有过组团打联赛的经历，没有过结伴旅行的经历，也没有过一起排演话剧、一起组织活动、一起刷社团、一起冲到食堂占位的经历。

这将是我人生中的一个遗憾，但是如果让我再来一遍，我还会这么做。我的大学，与蕙风湖无关，与钱江有关，与我的人生有关。

越努力越幸运

晚上七点，咖啡馆的空气有些稀薄。在这里，我见到了刘筱悦，我几乎是怀着仰慕的心态来采访的。然而，见面以后，却发现她如此平易近人。如果不是事先看过她的简历，我不会想到这样一个邻家大姐姐一样的人，在大一时就开始创业，如今已是一个初具规模的公司的CEO了。

刘筱悦的创业是从大一上学期开始的。“初衷？可能有点狗血，那年的平安夜我在外面摆摊，结果被城管抓了。所以第二天才想着自己要开个店面出来。”她豪爽地笑着对我说。在校期间开过珠宝首饰店，毕业以后还创办过两次培训机构，虽然这些创业有的微不足道，有的也以失败告终，但这都给她今天公司的成功运转提供了宝贵的经验和人脉。

当被问到大一创业会不会太早时，她一脸俏皮：“就是什么都不会嘛，没关系啊，可以学嘛。我们这个年纪嘛，就是要什么都去尝试呀，而且也没什么输不起的，大不了，也就是没做成什么嘛。这是人生中最有拼劲、最有活力的阶段，要去做去尝试，不要怕失败，有时候失败也是一种获得。”

对于创业，她也明确指出并不是每个人都适合创业。“适合创业的人，首先你的抗压力要好，因为你时时刻刻都在面临选择，而你一旦做了选择就必须要去承担其后果；其次你的执行力要强，千万不能空想，许多很好的点子就是被扼杀在了空想却不付诸行动上的；再次你需要有比较强的领导力，因为如果创业成功，你一开始就是老板；最后是较强的沟通能力，一个人具备上下端的沟通能力非常重要。”除了这几点，她还表示诸如你胆大，懂看人，能有效利用你身边的资源之类也是创业中很重要的品质。

虽然是对于创业大潮现状的些许不赞同，但却犹如一湾清泉流过双耳，让我们在这个充满创业热的社会中不至于听到太多浮夸的论调而迷失自我。在职业生涯路上，每个人都会不断探寻、不断转型、不断前进。刘筱悦也不例外，在成立为真文化创意有限公司之前，她还做过新东方的英语老师，后因教学成果显著，从中学部升到北美部教托福口语，后来她又创办过两次培训机构。

对于这份旁人艳羡不已的职业，她果断地选择了放弃，去追寻自己的“文学梦”。“在培训行业里，我觉得我好像就能看到自己20年之后的样子了，我不想要这样的生活。但是像我现在做编剧，我能看到3年之后的自己，这会给我安全感又不让我觉得乏味。”

人生中很多事情都不能一蹴而就，对于职业的选择更是如此。刘筱悦用自己的亲身经历告诉我们：不要怕失败，要敢于尝试，敢于转弯，只有不断尝试，不断探寻，才能找到人生的契合点。如钱钟书先生所言：天下没有偶然，只有披着偶然外衣的必然。刘筱悦如今的成功，并不只是来自于机遇，更来自于她对自身不断地反省、提高，来自于她在追求优秀的路途上一个一个踏实且稳健前行的脚印。

这种追求优秀，永不止步的精神，她用言语、行动阐述得淋漓尽致。她如此渴望变得更好，追求优秀，以至于她的创业光环也能被她轻拿轻放，不让"成功创业"的头衔阻挡自己变得更好。

人人生而不同，因此选择创业、科研还是就业，亦是每个人不同的选择，但刘筱悦"越努力越幸运"的人生态度却值得我们每一个人学习，努力不是一种手段，而应是一种心态，前者会让人感到疲累，后者却会让人感受到生命源源不断的活力与热情。不要停下努力的脚步，追梦去吧，少年！

采访记者：张园悦

坚持自我，梦想就在前方

刘 鑫
LIUXIN

杭州师范大学钱江学院广播电视编导专业2014届毕业生。现工作生活于北京，自由摄影师。

实验电影——我的梦

2010年的夏天，天气异常的舒适，并没有那份炎热，我独自一人来到了杭州，这个对于我来说很陌生的城市。都市的纷纷扰扰和华丽的繁华大街，还有那灯红酒绿的生活，让我充满了好奇，但是我很快就融入了这座大城市，并开始在这个大城市当中追求自己的理想和生活目标！

我的专业是编导，在大一大二这两年，我专心研读我的专业。直到大三那年我第一次接触了实验电影，这改变了我今后的就业与生活方向，前溯至上世纪60年代以及随后的几年里，很多的实验电影艺术审美取向就与当时的社会主流文化背道而驰。大多数的这类影片的制作成本极低，除了拍摄者本人的资金或者很少的一点财政资助外就几乎没有任何经济来源。而制作团队的成员也是少之又少，大多数的情况是整个电影的所有工作都由导演一人完成。所以当我对实验电影抱有热忱时，并没有得到很多支持。后来我也有幸参加二十一届北京大学生电影节、第十五届原创大赛实验类单元、第十四届中国平遥国际摄影大赛微电影等比赛并获得奖项。后来实验电影开始进入学校，这也更加坚定了我之后的就业方向。

母校给我带来的不仅是专业知识，还有很多的人文素养。初入社会把就业方向定在了实验电影，这是我完成梦想的一个方式。渐渐地，我也发现了大学与社会的不同，我接触的人群更多更复杂了，专业知识也得到了更多的实践。

总之，在这短暂的四年里，我学到了许多的专业知识和做人、做事的道理，在这里留下了欢乐的笑声、成功的欢呼、伤心的泪水和苦恼的哀叹，同时也结下了珍贵的师生情和同窗情，这些都将会成为我人生中一笔很重要的财富！不管将来在哪儿，我都会把这些牢记在我的心里，把我的母校杭州师范大学钱江学院记在心里。我相信，经过这四年的积淀，我会带着老师、同学和朋友们的期望与祝福，在以后的道路上走得更有自信、更顺畅！同时也希望老师、同学们在以后的工作、生活中能顺顺利利！希望钱江的明天会更美好！

走适合自己的路

初识刘鑫，艺术家的气质扑面而来，第一次接触到了实验电影，实验电影是个很有趣的电影形式，没有特定的表达和特定的框架，不是类型片的一种。以我肤浅的文艺鉴赏水准，一般看到“哎？好神奇！”“哎？看不太懂耶”的片子时十有八九就是高冷的实验电影了！不过刘鑫拍的电影并没有那么高冷，更多的是很亲和的笑声。

从他身上感受到了对梦想的坚持，机遇没有在他的面前溜走，而是更好地被抓住、被运用，他身上的棱角没有因世俗的冷眼被磨平，他也没有因别人的不认同而放弃他的梦想。

生活中机会总是在我们的身边，关键要靠自己把握。在这个世界上，我们每个人都有自己的优点，有自己的闪光点。我们只要找准自己的闪光点，以这一点为自己的立足点，就能将自己的特长发挥出来，就能收获成长。

“亦余心之所善兮，虽九死犹未悔”，这是屈原所走的路；“鞠躬尽瘁，死而后已”这是诸葛亮所走的路；“人生自古谁无死，留取丹心照汗青”，这又是文天祥所走的路；“苟利国家生死以，岂因祸福趋避之”，这是林则徐所走的路。不同的人物，走了不同的路，一条适合自己的路，被刘鑫找到了。

大学校园融入了天南地北与社会方圆，其中，来自五湖四海的同学，形形色色、丰富多彩的活动，形成了独有的校园文化；大学校园融入了中学时代的纯真，更包罗了世间百态、人间万象。愿我们也能保持本真，坚持自我。

采访记者：陈舒洁、姜伊莎

母校情 感恩义

柳忠林
LIUZHONGLIN

杭州师范大学钱江学院电子商务专业 2005 届毕业生。现任衢州市衢江区委人才办主任。

珍惜当下

选择钱江学院，是因为钱江学院的电子商务专业。当时认为“电子＋商务”就是“技术＋生意”，一个既懂技术，又会做生意的大学生，毕业了肯定是“走遍天下都不怕”。

怀揣着美丽梦想的我，进入了钱江学院古荡湾校区。入学之初，我便积极主动参加了班干部的公开竞选。为了挑战下自己，我毛遂自荐，竞选体育委员。那次竞选演讲，是我人生中的第一次公开演讲。虽然演讲内容已基本不记得，但那次经历仍然记忆犹新。

2003 年，本是很平常的一年，但对于电子商务行业和我自己来说，却值得铭记。这一年，阿里巴巴投资成立了淘宝，翻开了中国网上零售的新篇章。作为电子商务专业的学生，我较早注册成为商家，可惜没有坚持到开花结果的时候，就草草收场。从马云的成功例子和我的失败教训可以看出，对于认准的新鲜事物，不仅仅要勇于尝试，更需要一份坚持的恒心。那一年，还发生了席卷全国的“非典”流感，我们被关在学校，禁止外出，天天量体温。我因为体温过高，被送到杭州第三医院就诊，感谢当时老师和同学们的关心和照顾，虽然知道自己只是有点体温偏高，但对于“非典”期间住院的人来说，这份关怀十分暖心。

大学里，我会经常找机会实践锻炼。曾经在校园里卖过旅游卡，在颐高数码城发过传单，到文三路上的写字楼里做过宣传。虽然有些时候活动效果不好，但每一次尝试，都是一次锻炼，都有点滴积累，都有不一样的收获。大学生活，是最舒服、最自在的，衣食不愁，时间自由，没有束缚。你可以放纵，每天舒舒服服地躺在床上，玩玩游戏，看看手机。你也可以努力，或者认真钻研专业知识，做到精益求精，或者主动地去尝试一些积极向上的新事物，因为自己的大学掌握在自己手中。

毕业十多年，好想再回母校感受一次。

意外之喜

大学即将毕业之时，各地已经出现报考公务员的火热情形。虽然有心在电商行业闯荡，却拗不过父母执意，实习期报考了家乡公务员，“裸考”的我却意外地以报考岗位总分第一的成绩被录取。

我参加工作的第一个单位是衢江区经济贸易局，是一个承担着协调全区工业经济、服务企业发展等职责的区级部门。很多人说机关里人际关系复杂，提拔靠关系、看资历，对于没有什么背景、性格又相对内向的我来说，起初如履薄冰。上班之后，我就努力尽快熟悉业务，提高工作效率。科室本职工作我努力干，领导交办工作我积极干，同事要帮忙工作我尽心干；对待工作，我踏实努力，积极奋进；对待同事，我以诚待人，与人为善。

在衢江区经济和信息化局的近十年时间，我经历了 4 任局长，每任局长都很肯定我的工作，新老同事都对我关怀备至。我也逐渐从一个刚进单位的新兵，成长为当时衢州市经贸系统最年轻的科长，2014 年成为最年轻的副局长。一直觉得自己很幸运，碰到了好领导和好同事，对于职务上的晋升，自己从未主动要求。“心离钱远了，钱就离口袋近了”，我对这句话感触很深。尽心做好自己的事，少一点期盼，多一点付出，也许结果会更好！

作为优秀校友交流心得，感觉自己资格还不够，如果一定要，我最想说的是感谢！要感谢母校，感谢老师、同学们对我工作的支持。2014 年 9 月 1 日，我调到区委人才办，负责衢江区的人才工作。上任后，我首先想到的是能否争取到母校支持。我多次到学校联系，学院领导和老师们都非常热情，这促成了衢江区与母校的交流合作。2015 年 5 月，经管分院金贵朝副院长和胡雷芳主任带队到衢江区指导农村电子商务工作，帮助我区解决电商企业碰到的问题。2015 年 9 月，我带领衢江区相关企业和部门负责人到母校学习考察，参加在学院举办的下沙高校人才招聘会，得到了学院领导和老师们的热情接待和周到安排。印象最深是座谈会上，卢剑波副院长说的一句话：“不管毕业多久，你都是钱江学院的学生，有什么需要，学院都会支持！”

结缘钱江，我很幸运；作为钱江人，我很骄傲！永远感怀！

采访记者：钱　钰

不忘初心　十年依旧

陆晟豪
LUSHENGHAO

杭州师范大学钱江学院旅游管理专业 2008 届毕业生。现任舟山小楠家餐饮管理有限公司总经理。目前拥有“韩食简餐”“小楠家”等 5 个品牌、20 余家加盟店。

创业，从生活出发

和大多数男孩一样，大学时的我爱打游戏，爱冒险，爱生活。但是，我和大多数男孩又不一样——爱创业。

文科班女生多，经常看到一群女生围在一块吃零食，美食的诱惑力的确难以抗拒。这让我突然想起家乡的鱿鱼丝，味道鲜美，口味极佳，于是萌生了在校园里卖点海鲜干货小零食的想法，没想到这确实是一个商机。起初，每次回家我就囤货，虽然只是在寝室里、班里卖，但很快就销售一空。当回头客多起来后，自己的目标也随之变大了。为了更好地发展，我经常出去踩点，发现学校周围类似的门店很少，而学生的需求很大，于是我在大学城附近找了个不大的店，专卖海鲜干货。我还专门招学生兼职，按现在的说法就是“代理”，按提成结算。附近的学校都有我的小伙伴，大家在寝室扫楼，在那个电商不发达的年代，送货上门且价格不贵的小零食，非常受学生们的欢迎。那一年，我赚到了人生中的第一桶金，也真正感受到了创业的乐趣。

在辅导员的鼓励下，我们组队参加了钱江学院首届大学生创业比赛，我的创业项目拿到了金奖。这对我来讲有着重要的意义，就好像是得到一把开启未来创业大门的钥匙。我要感谢那时候团队里的同学，还有启发和帮助我们的老师。我更要感谢母校，正是这么一个开放、自由、包容的学校氛围，激发了我们无限的可能！

把握稍纵的机会

知人者智，自知者明。与一些懵懵懂懂不知如何选择职业的人不同，陆晟豪学长一直清晰地知道自己要什么。就像当初毕业那会儿，他知道船舶制造业有前景，即使专业不对口，他毅然决然地回家乡进入船厂！他知道进入一行不仅仅是学做事，更重要的是学做人。在船厂相对嘈杂的环境中，更加清晰地知道自己想要什么。一年后他辞职，决定自己创业。

拥有一家属于自己的餐厅一直是他的梦想。当身边的朋友进入国企、银行，打算安安稳稳地就业，他却在宁波的一家时尚餐厅里端盘子，他知道，要成为一个餐饮人，首先必须成为一个好的服务员，或者是一名好的厨师。

他的第一家韩国料理简餐店只有三十平方米，刚开始的时候自己不仅是厨师还是服务员，做完每一道菜都会看顾客的反应，不断调整不足之处。凭着勤奋与用心，凭着对美食的热爱，还有对美食的初心和坚持，他对韩国料理的研究越来越有深度，对美食文化更是有了独特的见解。

在韩剧流行的当下，韩国美食也受到了时下年轻人的追捧。正是由于对美食的敏锐度，他抓住了时机，推出“小楠家”韩国年糕火锅。创业者选择加盟，目的通常有两个:品牌和技术。相比餐饮大牌,本土品牌接地气,加盟成本低,凭借着这些优势,“小楠家”韩国年糕火锅彻底火了一把,短短半年,舟山本地加盟店开到了十家。

说到餐饮管理,他侃侃而谈:“一、二线城市人口流动大,同行业中可选择品牌多,这就决定了品牌成为连接顾客与产品的关键桥梁。而在三、四线城市,人口基数与流动性都很小,客户的消费选择很有限。这个时候,品牌连接客户与产品的功能就大大弱化,人们消费更趋于长期消费。所以,决定顾客是否长期消费的,是以服务和产品为核心的体验,品牌不再起决定性作用。”他的店虽小,经营理念却紧紧围绕着周到的服务和优良的产品。

现在的餐饮行业竞争激烈,整个市场都处于“焦虑”状态,特别是互联网时代的到来,更是给实体店施加了巨大的压力。事实上,他的观点是:互联网人做好互联网,餐饮人做好菜、做好服务,各得其所。

凭借这些年来对做人做事的坚持,陆晟豪的店如今伫立在繁华的定海街头,他初心不改,汲汲追求。在餐饮的路上,从顾客体验出发,让顾客满意,是陆晟豪最珍贵、最引以为傲的地方。

采访记者:钱　钰

年轻无悔　勇往直前

陆孙丹
LUSUNDAN

杭州师范大学钱江学院旅游管理专业 2008 届毕业生。现任嘉兴日雅光电公司总经理。

年轻，总会热泪盈眶

大学里，我担任着班级团支书，为班级默默奉献，也赢得了班级同学的信任，获得了不错的人缘。在校期间担任过校报编辑，做过码字、设计版面的工作，还在校学生会的宣传部担任宣传部部长一职，这是我的大部分工作重心，锻炼了我的才能。怎样互相配合完美地完成任务，怎样协调上下级关系更好地发挥个人长处，怎样利用现有资源更好地发挥宣传的作用，这些都对我今后的工作有很大的帮助。学生会工作的确可以培养一个人的能力，挖掘一个人的潜能。

大学后期，我去了后勤事业部担任主席，这是和前期完全不同的领域，但我天生喜欢挑战与探索，全新的部门也让我体会到了截然不同的感受，而完成一项又一项工作带来的是喜悦，是自豪，是坦然。在此期间，我还担任了招生就业部的主管，也在部门中体悟到了就业的不易和重要性。大学期间，我也积累了丰富的实习经验。假期时，我会去不同的单位实习，比如嘉兴王店的宾馆，还有劳动事业中心。实习也是更有价值的实践课堂，无疑是锻炼自己的好机会。大学四年，难道不应该多尝试？既然年轻，有何不可？

虽然大学生活忙碌是常态，但工作之余，纯真的友谊是需要自己用心去经营的，那是值得一辈子去回忆的美好。和同学在一起的时光，仿佛自己从未老去，永远年轻，永远热泪盈眶。重回母校，每寸土地，每次呼吸，都是回忆。因为我是钱江学子，我是经管学子。

困难，让成功更显珍贵

和蔼可亲，幽默风趣，年轻有为，这是我对陆孙丹的第一印象。脸上一直挂着笑容的他更像个大男孩，他与生俱来的亲切感让我们交流得十分顺畅。

说起现在的事业，陆孙丹侃侃而谈。毕业后，有抱负的他没有选择先就业再创业这条路，而是直接创业。起初，他尝试的是与专业相关的旅游业，但这只初生牛犊还是遇到了困境，陆学长及时亡羊补牢，立马转战集成吊顶专卖。但是，成功谈何容易。后来，陆孙丹又去了其他行业拼搏，比如，布衣家纺、墙纸工程销售、户外亮化、合同能源管等。失败乃成功之母，一次又一次的不如人意并没有击败他的宏伟蓝图。天将降大任于斯人也，必先苦其心志，劳其筋骨。终于，日雅光电实现了他的梦想。

2012 年，是他这一生中具有转折并有深远影响的一年。那年，他可爱的女儿降生；那年，他创办了日雅光电。上帝派来的天使把他在此之前经历的艰辛都化为乌有，也使陆孙丹以更昂扬的斗志，更不懈的坚持，更强劲的精神去创业。终于，幸运之神降临眷顾这个年轻人。市场需求的快速增长给予了产业巨大的推动力，通过几年的不断努力，现在的日雅光电公司已发展到三百多人、年销售额高达两亿多元的规模。现在陆孙丹的日雅光电公司主营出口与国内上市公司 OEM。

蒸蒸日上的事业使他扬眉吐气，可在此之前，他也有过苦恼的日子。想当初刚起步的时候，日雅光电只有四个员工，陆孙丹时常忆苦思甜，调侃自己是一条咸鱼，但通过努力，咸鱼终究会翻身，一跃龙门。所以应该随时提高警惕，有危机感，保持战斗力，追求更高的目标，勇往直前。

现在，他工作繁忙，时常奔波在外。除了总经理的角色，他更是一个父亲。谈起掌上明珠，他更是欣喜，不论在工作上遇到多少压力，女儿的笑容总是给他带来阳光，妻子给予他支持与体谅，让他在家庭感受到源源不断的温暖。可以平衡好家庭与事业，才是真真正正的成功人士吧。家庭是个避风港，也是加油站。

最后，陆孙丹想对学弟学妹说，有梦就要去实现，多尝试，多挑战，多拼搏，说不定成功就在某个转角处等着你，你不跑去看看，怎么知道不行呢？勇往直前，趁年轻！希望十年后，你们也是优秀校友，向母校述说着自己的故事。

采访记者：钱　钰

校园情　青春心

陆珽浩
LUTINGHAO

杭州师范大学钱江学院计算机科学与技术专业 2006 届毕业生。现任浙江财经大学信息管理与工程学院党委副书记。

忆青春，念母校

阳光从窗户中慢慢透出，温暖的午后勾起了那份过去的回忆。校园的那段时光使我的内心无比澎湃，那些年经历的点点滴滴也成为我青春时期最宝贵的财富。那些年轻的笑脸，无时无刻不在勾起我最珍贵的记忆——我的母校，我的青春。

对大学的憧憬使我叩开了钱江学院的大门。这里是一个自由的广阔天地。我在这里不断尝试，不断积累，部门、社团、学校给了我许多从前没有过的体验。大学里令我印象最深刻的事情便是担任学生会主席。进入大学，我就对学生会工作产生了极大的兴趣。在部门里，一丝不苟的工作态度，严谨认真的办事风格让我在个人能力方面得到了很大的提升。社团中，才艺表演、专业技能、极限运动等各式各样的表演让我大开眼界。我就读的计算机专业使我对计算机产生了浓厚的兴趣。于是，我加入了 ECC 计算机协会。在部门与社团中，我认识了校园里许多有能力的人。在他们身上,我学到了许多,明白了团队协作的意义。在我担任学生会主席期间,我也是ECC计算机协会的会长。当时社团是归在学生会下面,虽然身兼两职有些忙碌,但我和我的伙伴们仍旧使社团取得了杭州市“十佳社团”的荣誉称号。我们与浙大的社团合作进行大学生实践活动,双方的高度配合与重视让我们的交流活动取得了令人满意的成绩。

学生会工作的经历对我意义非凡。做了学生会工作以后,我的组织协调能力得到了加强,我也发现了自己对共青团工作的热爱,毕业以后,我也一直在从事共青团工作。大学时学习的计算机专业使我有了较强逻辑性的思考能力,使我在走上社会之后,能用更加缜密的思维去思考、做事。

四年的大学之路很快就会过去,但人生的漫漫长路却刚刚开始。学生时代,我们幼稚一点,吵吵闹闹一点,学校都会给予我们最大的包容。但从我们踏出校门这一刻起,这样天然的保护罩就不复存在了,现在的大学生们需要时刻进步,紧跟社会的步伐,逐渐增强自己的能力。

一切从大学开始,青春昂扬,积极向上,带着对母校的眷恋与热爱,我不断向前,力求无愧过往。

寻方向,闯天地

陆珽浩以一身简单的打扮出现在我面前。作为大学老师,陆珽浩有着一份儒雅的气质,言语间的交流总是给人留有些许韵味。作为一名共青团工作者,他身上始终有着一股积极向上的力量感染着我。

作为曾经的学生会主席,校园工作对陆珽浩有着非凡的意义。在学校时,他就曾组织多场活动,也曾代表学校参与很多的比赛与活动。在校园里,始终有一种正能量影响着他,譬如他所热爱的共青团工作。

他由钱江学院推荐,担任杭州市第七任学联主席。毕业后,陆珽浩在杭州市团委工作了一年时间,带领杭州市八十万大中小学生组织开展共青团和少先队工作。这是一份十分锻炼人的工作,既需要处理大大小小的事情,又必须把握好各种关系，没有坚定的信念是无法坚持下去的。在这一年的时间里，陆珽浩的全局意识和统筹能力得到了很大提高，他也意识到自己对共青团工作的热爱，一心想从事共青团工作，因此在离开杭州市团委之后便毫不犹豫地选择了高校。

大学是自由之所，在一定的规则下有一个很大的发挥空间，大学的工作环境让陆珽浩在工作岗位上极大地发挥出了自己的能力。之前从事学生工作培养出的兴趣和热爱也提供了很大的帮助，使他在这个工作岗位上坚守下来。目前，陆珽浩在浙江财经大学信息管理与工程学院担任党委副书记，分管学院学生党建、共青团、就业等日常管理工作。与学生的朝夕相处给予这份工作最美好的意义。每一位举办学生活动的学生干部都让他回忆起曾经那段在母校和伙伴们一起做策划、做执行的日子。

大学，在古代有“博学”之意，而这也正是当代大学所给予学生的最好利器。千千万万的学生从高考这场没有硝烟的战争中冲出重围，不正是为了这四年“上山学艺”的机会吗？到了大学，我们就更应该珍惜这个来之不易的机会。像陆珽浩一样，在学生工作中寻求人生的方向，积极投入这丰富多彩的校园生活。

在大学这一有着完整、系统的知识学习体系的地方，我们可以尽享其乐。而在社会的锤炼中，我们要提升自己的经验，练就自己的处世之道，把握住当下的每一刻，闯荡出自己的一番天地。

采访记者：吴思梵

在实践中成长

马浙军
MAZHEJUN

杭州师范大学钱江学院音乐表演专业2008届毕业生。现为贝比特教育咨询有限公司总经理、慈溪贝比特早教中心负责人。

温暖如你，我的钱江

刚刚结束了紧张压抑的高考，我便投入了一个新的怀抱——大学。

我仍然记得在那个2004年9月的清晨，我与父亲一起拖着行李箱，走进坐落在文一路的钱江学院。校园给人一种生机盎然的感觉，有着清新脱俗的韵味，令我觉得莫名的温馨。学校的中间有个湖泊，湖泊的边缘还有一片小山坡，有个美丽的名字——情人坡，给人闲适美好的向往。

进入钱江学院，我就一直默默地努力着。钱江给人的不仅是自由，还有温暖。在钱江，我遇到了人生当中的恩师，也遇到了一群率真可爱而又十分仗义的同学。

我的大学生活可以说非常充实，其中让我觉得最有意义的，就是暑假的社会实践。我们一个小组十几个人，一起去农村支教，看到了许多天真可爱的孩子，他们对于学习和大城市都有着很美好的向往，和他们在一起，我感受到了心灵的纯净和美好。每到晚上，我和同学们还会一起排练节目，给当地的村民们表演，得到了他们的赞赏，我们也更加自信了。在大学生活中，让我感到充实的另一件事，就是去养老院当义工。我看着许多夕阳老人，一边思念着自己的孩子，一边怀着积极的心态，用各种方式充实着自己的生活。我想，他们只是想用有限的生命，创造出更大的幸福。

我认为，一个人的成功一定离不开实践，或许当时在别人看来，许多的社会实践并没有什么收获，也没有可见的经济利益，但这些恰恰成为我人生中一笔最宝贵的财富，这些经历为我毕业后参加工作提供了基础，让我能够以更加平和的心态去面对社会。

校园对每一个人来说，都是值得怀念的，不论当初给我们一种什么样的感觉，之后回忆起来总是会面带微笑。于我而言，钱江学院不仅仅是一个提升自己实力的平台、一个自我修炼的场所，更像是一位陪伴你成长的师友，她安静地注视着你，给你鼓励和勇气，这种感觉就像母亲的怀抱，慈爱不已，不知不觉就让人徜徉其中。

道阻且长，行之将至

转眼间，四年的岁月已如同手中紧抓的沙子，无声无息地流失。然而，沙子流失，可以再抓一把；花儿凋零，可以等到来年春天重绽芳颜；大学的美好时光一旦流逝，却永远无法回头再来。

回忆起刚毕业参加工作时的光景，马浙军笑了。刚开始，马浙军并没有从事与音乐表演相关的工作，而是进入了浙江大学管理学院的下设机构，这个机构是做企业管理的。按时按点，他依旧在校园里奔忙，但这时已不是当年那青涩的学生模样。在浙大工作的五年，他一直从事行政管理工作，但五年之后，因为工作的变动,他有了创业的想法。他开始着手创建公司,白手起家。虽然其间十分艰辛与困难,但他都挺过来了。这家公司名字叫贝比特教育,从事幼儿教育行业。提及这个公司幼儿教育的特色,马浙军认真地介绍道,他的公司有别于传统的早教中心,可以理解为通常所讲的"托儿所",这个托儿所相较于其他的托儿所更加精致,更加注重儿童内心世界的独白。也许,正是在校期间参加的各种活动的经历,给了马浙军灵感和积蕴。母校润物无声的教育,塑造了他更加博爱、细腻的内心,使得马浙军注意到了孩子们纯真的企盼,为了了解并满足孩子们内心的需求,才有了如今的这家公司。

接下来的两年里,在马浙军的努力下,他的公司运作得非常顺利,并准备在未来的几年里开启全国加盟店。对于这份工作,马浙军十分热爱,他更高兴的是,自己没有抛弃先前辛苦所学的专业。

谈到对自己未来的期望,马浙军说,虽然没有十分明确的规划,但他坚信在未来不久的日子里,他能够将自己的公司做得更好更大,并得到更多人的信赖和认可。

对于学弟学妹,马浙军也有自己的话要说。马浙军希望学弟学妹能够在大学好好学习自己的专业,能够将生活过得更加充实,能够对未来充满信心。短期内,你可能暂时看不到收获,但是请相信,不是它不到,只是你还需要时间的磨炼。

采访记者:陈舒洁、林俊霞

沐浴阳光　洒落阴凉

马仲良
MAZHONGLIANG

杭州师范学院钱江学院计算机科学与技术专业 2006 届毕业生。现就职于杭州人才市场。

母校之旅，至今难忘

如果说人生是一本书，那么大学生活便是书中最美丽的一页。大学生活于我而言，又像是一场新的旅行。当终于结束了一段颠簸的旅途，走下站台，背负着行囊来到彼时位于万塘路 258 号的古荡湾校区，对大学生活充满了好奇感的我，踏进大学校门的第一件事情就是自以为浪漫地漫步在校园里。小路转角过去是操场，笔直到底是图书馆，宿舍离教学楼有着几分钟的距离，还好我不是住在最远的一栋楼。那是汗流浃背的浪漫——虽然已过暑假，炽热的太阳依然对人毫不留情。这不算大的校园，干净利落，像是最普通的平头少年，或者有些小雀斑的白裙子姑娘，这是当时我的母校给我留下的第一印象。没有惊艳，但有细水长流的恬淡，路过的同学行色匆匆脚步却毅然。

“大家好，我叫马仲良，来自萧山……”第一堂课总是少不了自我介绍，大家按照学号轮流上讲台向在场的每一位新同学介绍自己。当时大家并没有用标准的普通话，而是用自己的家乡话，虽然都在浙江省内，但各个地区的方言依然让我们摸不着头脑；虽然没有记住每一位同学来自哪里，但是到现在，我依然记得这第一堂课，记得每一个同学还稍显稚嫩的脸庞。

对我的四年大学生活影响最大的是我们班的团支书——陆同学。他作为我们班的团支书，积极努力为大家服务，他用实际行动让我们每一个人理解了责任的意义。他强烈的责任感深深地留在了我们心里。即便是十年二十年之后，即便我想不起来他叫什么了，又或是记不清楚他长什么样子了，只要想起他，聊起他，必然会说：“哦，哦，就是他，是我们团支书，我们团支书……”如果非要夸他一些什么，也实在说不出什么肉麻的话，但真心感谢他教会我“在其位谋其政”的态度。四年的大学生活里，他是我的良师亦是益友，正因为有他，我才坚定了早日加入光荣的中国共产党的决心。

大学毕业至今已整整十年，那么漫长的时光从未让记忆褪色半分。过去，我铭记着努力总有回报的信念埋头在学海之中，如今我坚守在自己的岗位上。我知道，只要我的付出能给这个社会带来一丝丝的帮助，那么我的工作就是有意义的，我过去的努力就没有浪费。

回望身后，那里有着我美丽的母校，我曾经在那里生活、放肆、拼搏、成长，直到最后踏上社会。

一路走来，春暖花开，有幸沐浴阳光，也必将洒落阴凉。

严谨待事，低调为人

初闻其名，便发现这三字极富诗意：马仲良。正所谓“马氏五常，白眉最良”。当时我心想，这位学长的父母大概是想以这样一个名字来表达内心的期望吧。

当我终于“一睹庐山真面目”的时候，这个又高又白的男生，文文静静的样子，实在让我难以猜测他的职业，更难以猜想到他做着“半个伯乐”的工作。在采访中，他告诉我，他每天的工作就是在人才市场中，负责每一年毕业生就业协议的签订以及毕业生人事档案的接收、管理和转移等工作。他说，这些工作“小而多”。每天要处理的内容不但很琐碎，而且数量巨大。“我觉得我简直每天都在做一件重复的事情——接收文件，发送文件，文件的内容也大多类似。我觉得我作为人类，却干着电脑的活儿。”他略带苦笑地和我说。

2006 年从钱江学院毕业至今，他在人才市场一待就是 10 年。10 年来，他也曾厌恶过自己所做的这份工作，讨厌每天枯燥乏味的重复。但是当我问道，有没有想过换一份工作的时候，马仲良告诉我，他手里经过的每一份文件都关系着一位大学生的就业，只有这些必要的文件办好了，大学生求业者才能在自己的求业之路上少一些麻烦和困难。“所以每次想到我的工作能让毕业生找工作的时候顺利一点，我也蛮欣慰的。我也经历过毕业后找工作的艰难时刻，我以前的很多同学也在找工作上吃过苦头，文件转来转去实在太麻烦，更何况现在找工作越来越难，我这边程序办好了，办顺了，大家找工作的时候自然可以少一点麻烦，找工作的心情也好一点。”马仲良和我打趣道。

他现在已经是一名共产党员了，说到这里他的脸上露出了微笑。他说他也一直在努力，希望能精简办事流程。“我已经在这行干了 10 年，我觉得很多程序的审核是需要改变的，很多方面需要创新一下，这样才能够更好地服务大家。”

他说：“自己在杭州这座城市里就是一个平凡得不能再平凡的人，做着平凡得不能再平凡的事。”但是我认为，马仲良这个平凡的人在自己的人生道路上已经有了自己的一番作为，这样的他就已经是一个成功者了。

采访记者：金健强

有目标　掌未来

倪慧达
NIHUIDA

杭州师范大学钱江学院材料成型及控制工程专业2013届毕业生。现任杭州若美文化策划有限公司负责人。

创业着的四年

记忆是一种很神奇的东西，一张照片就能触发遥远的回忆，一首童谣就能带你重回温暖时光，一次访谈也足以勾起曾经朴实却迷人的校园回忆。从花园到丰子恺，从老师到社团，我的大学生活不单调。

当我初次步入钱江校园，她由内而外的文化底蕴深深地吸引了我，文一路校区虽小，但有着深厚的文化气息和人文关怀。在我眼中，这里就是这样一个神奇的地方，各个专业的同学都能很融洽地过着校园生活，生活与心灵都是如此富足。我对学校中间的花园印象深刻，那是丰子恺艺术研究中心，许多同学会在紧张的学习之余到那里去放松疲惫的心灵。晨读、练声……校园被这种美妙的声音包围。

在我印象中，老师们都非常和善，许多创新创业方面的新颖想法都得以实现。学生会和团委的老师，在学习和工作上都曾提供给我许多的帮助。当时校园在城区，与外界联系频繁，社会实践的机会较多。大学创业于我而言也是一段难忘的经历，那时和同学们在一起的时光是格外的美好，那时的想法虽然单纯，却是一切的初始。现在回想起来，不免感慨，那时的三个创业伙伴虽然已经分开，各自打拼各自的事业，但仍常会一起聊天或沟通想法。

我从大二开始创业，自一开始便选择了这个方向。那时候创业主要还是受当时环境的影响，学校很鼓励大学生创业，我自己当时又在学校学生会工作，协助老师做许多有关创业方面的工作，耳濡目染就引发了创业的想法。大学时候自己的目标也很明确，就是要创业，所以当时对自己的规划也就围绕创业，参加一些创业培训，学习一些企业管理等，增强自己的实力。

现在的条件比以前好太多，包括硬件设施等，都比我们那时候好很多，希望学生们能够珍惜现在的条件，好好在学校里学习，也能更好地与外界接触。我去年11月参加了在母校举办的招聘会，也接触到了很多学弟学妹，他们年纪很小，都有很多新的想法，我觉得很好，要向他们学习。

我的大学大部分时间都在创业中度过，享受合作的快乐与幸福。从小，我的父母就尊重我的选择，所以我特别感谢他们。同时，大学创业有时会跟学业产生冲突，感谢学校和老师一直以来对创业的支持，给了我充分的时间和机会，但学业同样不能落下，课后也应该自己协调并且认真补上。大学不是人生的终点，而是一个新的起点，我觉得我的学弟学妹们应该加强几方面的能力，第一方面是专业知识，不能放弃专业，不能放弃功课去创业；第二个就是多去外面看看，提前接触社会，多些见识和社会阅历，能够更好进行就业和创业。

这是一个大众创业、万众创新的时代，我觉得母校在培养创新、创业方面注入了许多心血，同学们也要跟随这样的步伐，打拼出属于自己的一片天空。

走过荆棘，鲜花满地

这是一个充满挑战的时代，创新创业的浪潮正在掀起，静静等待着最强劲的一浪。这个时代机遇无限，但机会从来都不会是恰巧，倪慧达可以算是钱江创业浪潮的先驱。他在校时期曾经创立了大学生创业俱乐部，种下这颗充满希望的种子，虽然已离校多年，但他仍不忘在母校的点滴。大学时期，他选择了创业作为自己的梦想，现在他仍雄心勃勃继续奋斗着。

倪慧达现在经营着一家以文化传播与广告宣传为主的公司，“不管就业还是创业，永远要保持一颗充满好奇的心，对生活和工作充满热情，工作上不断创新。”回忆创业初期，我们发现倪慧达一直很坚定。“我那时也是做广告媒体这一块，从创业初期到现在一直从事的是广告这个行业，但同时也是在不断地转型中，不断迎接新的挑战。我想这两年把公司规模做大，3—5 年内冲击资本市场。”苏宁电器的张近东曾说过：“做企业一定要有野心，在坚持和创新的背后，是企业家事业上永不满足的野心，只有这样企业才会有新的动力。”虽然照片中的他文质彬彬，温和地笑着，但在我看来他也是这样有野心的成功者。

采访时，倪慧达格外怀念大学时期的丰富生活，现在他仍保持每周去两次健身房锻炼的习惯。周末没有工作的话，他会给自己放假，偶尔会去参加朋友聚会，定期出去旅游。他比较喜欢这样有条不紊的生活，也喜欢去体验一个地区独有的文化氛围。他说：“特别喜欢台湾，每年至少会去一次，那里保留了很多中国传统文化的气息。”他觉得，台湾人民的生活幸福指数普遍很高，就算在夜市做一家小吃店，他们也觉得很幸福，即使吃一碗小吃，也可以跟你畅谈很多事情。相比之下，在大陆，我们很多传统文化的元素被抛弃了，年轻人容易浮躁，很难沉下心去做事。

他认真地说：“其实我自己也在不断追求自己想要的那种生活。我觉得年轻一代还是要脚踏实地地去做一些事情，不能眼高手低，要敢于去坚持自己的梦想，努力做自己喜欢的事 。”

每个创业者的背后都有自己的故事，作为一个创业的指导者，倪慧达充满活力与激情，他是我眼中的榜样和目标，他不会停滞不前。他将带着初心，走过荆棘与花丛，走过如梭的岁月，见证自己的成长，见证钱江的发展。

采访记者：汪语晗

欲成事　先笃实

钱俊磊
QIANJUNLEI

杭州师范大学钱江学院经济学专业 2009 届毕业生。现任杭州市萧山区招商局外资协会会长。

不做一个苍白的人

如果你想攀登高峰，切莫把彩虹当作梯子。——徐志摩

走出迷茫年龄，走过叛逆的阶段，我踏进了大学的校门。我深知，这里是奠定我梦想基础的地方。

父母和老师从小教育我，做人做事要踏实，进入大学，我开始愈来愈意识到脚踏实地的重要性。大学校园学习氛围轻松自由，于是，自主复习成了学习过程中不可缺少的一个环节。或许知识在刚学完后印象还较为深刻，然而当一个星期后再次接触时，总会感觉些许陌生。每当期末之时，总会有许多同学面对空白的书

本，对曾经学过的知识手足无措，不知该如何学习，所以适时复习对巩固专业知识尤为重要。

我曾常常听人抱怨大学学习到的知识没有用，而我却不这么认为。相较于学完就忘记，我更倾向于学完后不断复习的学习方法。总说书到用时方恨少，当真正意识到时，常常为时已晚。我在大学期间看过不少专业方面的书，可是当我真正踏入社会时，依旧能感觉到自己知识存在缺陷。我的专业是经济学，经济学的学习会遇到许多概念、专有名词，还要运用高数的分析方法，这些内容比较复杂，在理解和运用上比较难，所以大学期间我就习惯于将专业知识运用于实际生活。小到学校边上的水果店苹果价格的变动，大到股票的走势涨跌，这些实际的问题都可以运用经济学的知识进行分析和解释，将学习融于生活是最好的学习方法。

除了知识的学习以外，大学时期我收获最大的便是担任班长一职。作为班干部，自身需要有一定的威信。学习成绩和工作能力对威信有着很大的影响，我曾代表班级作为课本剧的主演，不断修改剧本，带领同学们排练演出，最终脱颖而出获得了经管学院的第一名。通过这件事，我在班里有了更高的威望。担任班干部让我提高的另一项能力便是组织沟通的能力。想要在班里开展让同学们都喜欢的活动实属不易，即使一个简单的活动也要经过班委的商讨，获得老师的同意和同学们的认可后才能进行。这一层层的沟通和协调在我看来是一种乐趣，让我了解不同人的想法，不断完善自己工作中的不足，意识到自己的想法存在哪些不合理的地方，逐渐改进，将方案变得成熟完美。当同学们积极参与我组织的活动，得到好的反馈的时候，我会感到十分满足。

踏实学习，保持优良成绩，使我更加自信，更加主动去学习思考；成为学生干部，踏实工作，让我得到锻炼，提升自我，加强了沟通能力。两者相辅相成，使我在走出校园之后能有较好的发展，只有稳扎稳打，才能走好人生每一步！

笑到最后，才能笑得最好

把办公桌整理干净，把文件堆叠整齐是钱俊磊每天上班的第一件事，在他看来,只有踏实并且井井有条才能将工作做到完美。作为萧山区的外资协会会长,他每天要处理的事务很多,但他却能将工作安排得妥妥当当。

谈及当年在校时的点点滴滴,他说,大学期间老师和同学们对他的帮助很大。同学教会了他如何与人相处,老师们无私传授了专业知识,对他的问题有问必答。作为学生干部,他在班级里起到了极好的带头作用,学校组织活动时,他会第一个报名,同时带领班级同学一起参与。闲暇时光,他会组织班委一起策划有意义的活动,丰富同学的课余生活,提高班级的凝聚力。担任班长的两年时间里,他将班级带领得更加团结,成绩也不断提高。

走出校园后,他的第一份工作是进入杭州萧山临江工业园区管委会招商局,被外派上海驻点招商,凭借自己踏实勤奋的品质和坚持不懈的毅力,叩开了世界500强企业的大门,叩开了知名中介机构及商会大门,在工作上取得了巨大的成就。初生牛犊不怕虎,年轻的时候要学会挑战自我,抓住机会,一跃而上。在这外派的三年中,钱俊磊逐步收集了大批的外资项目信息,得到了领导的肯定,为之后的工作奠定了坚实的基础。在这三年中,许多一同工作的同事最终都选择了放弃,唯有他踏实积累,最终收获果实。他说,作为一名非重点高校的毕业生,只要足够努力,同样可以有很好的发展,相较于那些重点院校的毕业生,在为人处世和人脉上有更大的优势。不断磨炼自我,积累更多经验才是当今社会成为人才最需要做的。

当聊到他在大学期间成绩优异,获得过多项奖学金和省级、校级的奖励时,他很谦虚地笑了笑。学习对于有心人来讲永远不是一件难事,比别人多花点时间复习,大学课本上的专业知识还是容易掌握的。大学期间,在他看来最重要的还是学习能力和学习习惯的培养。在他看来,在校期间还应当多参加社会实践,尽早找准人生方向,知道将来毕业后从事哪类工作。

钱俊磊的经验分享令我受益匪浅。踏踏实实做人,勤勤恳恳做事是走向优秀的基础。数学大师华罗庚曾说:"雄心壮志只能建立在踏实的基础上,否则就不叫雄心壮志。雄心壮志需要有步骤地、一步步地、踏踏实实地去实现,一步一个脚印,不让它有一步落空。"成为踏实笃实的人,是他一直的追求。

采访记者:周骅祺

走过的弯路都是必经之路

钱燕平
QIANYANPING

杭州师范大学钱江学院经济学专业2012届毕业生。现就职于杭州市育才外国语学校。

那些花儿

校园里的蝉鸣蛙叫，池塘里的荷花天鹅，从寝室到教室的路总是那么长，眨眼间四年的大学生活已经结束。可一切都是那么清晰，就像是昨天刚发生的事。

大一我报名参加了院学生会，担任学生会办公室主任，在学生会这个平台上获得了很多学习和交流的机会，并在大三那年有幸成了校星空班第一期的学员和杭州市西子青年研修班第一期的成员。几年的学生干部经历让我在与人沟通和交流上学到了很多技巧，同时让我变得更自信，做事情更细致，想问题更周到，这对我现在的班主任工作有非常大的帮助。

大学就像是社会的一个缩影，班级就像是在这个社会里你的一个生活圈。在这个圈里有各种各样性格迥异的人，幸运的是，我遇到的老师和同学们都很容易相处。每每在校园里碰到，老师们总会像朋友一样和我交谈，让我最难忘的是我的班主任，无论是学业上还是生活上，她总是给予我无微不至的关怀。学习上，诲人不倦循循善诱，在她的指导下，我的文化课成绩一直保持专业前列。可能是毕业后留在杭州工作的关系，而且自己工作的地方就在母校附近，总觉得自己还在母校的庇护下不曾离开，而且毕业后和老师也经常保持着联系，所以感觉母校就像是一位亲人，一想起她便有一股暖流涌上心头。母校教会我的不只是课本上的知识，更多的是为人处世的方式，让我慢慢地学会设身处地地换位思考，悦纳他人，这些品质对我现在的工作都起着积极的作用。

离开学校有几年了，这几年也曾走过弯路，也曾跌倒痛哭过，可如今回忆起来更多的还是充实幸福。要好好享受这漫长而又短暂的大学四年，大学期间有很多自由支配的时间可以用来做一些自己喜欢的事情，多走多看多实践。希望你们在毕业穿上学士服的那天，回头看看自己的大学时光，不曾虚度，不曾后悔。坚持自己的理想，脚踏实地，一步一脚印。就像张爱玲所说："人生路上，有一条路每个人非走不可，那就是年轻时候的弯路，不摔跟头，不碰壁，不碰个头破血流，怎能炼出钢筋铁骨，怎能长大呢？"

对生活微笑，用坚持实现成就

"秋天来了，天气凉了。一片片黄叶从树上落下来。一群大雁往南飞……"眼前这位在讲台前认真朗诵的语文老师就是我的校友钱燕平，热情洋溢的笑脸，温柔的声音让人备感亲切。

回忆起刚毕业的时候，出于对教师职业的喜爱，她决定毛遂自荐，鼓起勇气给卖鱼桥小学校长写了一封信，希望可以获得一个在学校见习的机会。在获得一定见习经历之后，她参加了杭州市学军小学的面试，有幸在学军小学工作了一年。钱燕平每天白天在校上课，晚上认真备课，闲暇时间多看书充实自己。功夫不负有心人，在不断努力下，她终于在 2013 年正式进入杭州市育才外国语小学工作。短短的几年时间，她已经成为育才外国语小学优秀的语文老师兼班主任。她说："永远不要放弃自己的梦想。脚踏实地，一步一个脚印，相信自己，任何你走过的弯路都只为遇到更好的自己。"

对于教师这份崇高的职业，钱燕平一直以来都是因材施教，循循善诱，孜孜不倦。在她看来，每一位学生都是活泼生动的人，每个人的个性特点都不一，作为老师，应该一一去了解，关注学生的身心特点，尊重多样性，用不同方法去施教。在她的课堂教学理念中，尊重关心每一位学生，使学生享受课堂，只有这样，教学过程才能成为学生一种愉悦的、积极的情感体验过程。钱燕平热爱这份职业。她谈道："无论是工作还是生活，都要保持一颗童心。越是向前跑，越要保持一颗乐观开朗的心。天天和小朋友相处让我很愉快，感觉自己也童心未泯。即使在工作，我也要不断学习不断充实自己。"

对那些淘气的孩子钱燕平特别细心，常常会抽出自己的休息时间单独和这些"小叛逆"的孩子交流，了解他们的真实情况后再对症下药，温柔中带着些许严肃。对那些学习成绩落后的孩子钱燕平也很有耐心，课上注意观察他们的状态，鼓励他们主动举手回答问题，课后为他们耐心讲解疑难问题。得知班里一位男生的父母常年在外工作，跟着奶奶生活，钱燕平经常会带这个学生回家辅导功课。学生们都特别喜欢这位美女老师。

当谈及生活方面时，钱燕平坦言，自己大部分时间都放在工作上，平时自己的孩子都是奶奶带的，只有在周末空闲的时间才会带着两岁不到的宝宝出去逛逛，她十分自责自己没有尽好一个母亲的责任。但好在爱人和父母都很支持她，有了家庭的支持，钱燕平在追求自己梦想的道路上走得更坚定。对于自己未来的职业规划，钱燕平希望自己能坚持初心，兢兢业业，做一名更出色的老师，不愧对自己曾经的努力。除此之外，还想多抽空陪陪孩子和家人。

"生活都是自己选择和创造的，虽然目前的工作和生活并没有达到最理想的状态，但是我知道自己一直在努力，一直在路上，所以我的内心是平和的。"正是不怕吃苦、不服输的性格以及那颗不安分的心支撑着她走到今天。希望钱燕平能坚持梦想，不忘初心，也愿钱江学子们和钱燕平一样有追求梦想的勇气和毅力。

采访记者：金嘉宁

创业路　其修远

茹方军
RUFANGJUN

杭州师范大学钱江学院旅游管理专业2014届毕业生。杭州讯点商务服务有限公司首席执行官，国内最早3D打印馆创始人。

钱江，创业梦的起点

回忆里在母校的日子被拉到了无限长，而记忆的橡皮筋“嘣”地弹回那四年，却是出人意料的短。还记得2010年9月，我独身一人，赤手空拳来到杭州上大学，并主动与家里经济“断粮”，那时我开始思考如何在这个陌生的城市活下去，试试靠自己能不能养活自己。早在高中阶段我就用打工的方式自己攒钱旅行，我爱这种自给自足的自由感。

大一刚进校园，我就开始倒腾各种工作、小买卖。我从小对做生意很感兴趣，说起来从大一开始，我就几乎把合法的东西都卖了个遍，从数码耗材到生活用品再到服装……对我来说，创业是一条既定的轨道，那时我就对我自己未来的身份有明确的规划——做自己的“老板”。我喜欢读管理学的经典案例，我觉得“百战归来再读书”才是对这个专业最正确的诠释，空泛的概念只会让你记住两个专有名词，然后依旧什么都不会。我都是学了就用，需要用了就立马去学。

大二时，我因为兴趣而开始研究美国的3D打印技术，那时只是单纯觉得好玩儿，看着一台台机器能360度打印出像游戏模型一样逼真的小人，觉得十分新奇。因此我开始上国外网站搜索相关信息，这项技术好像突然“嘭”地一下触动了我的“商业神经”，我发现这项业务也许可以作为未来创业项目。

我和我的同伴们都一样，干过不少大大小小的生意，都是愿意去闯，并且尝试过生意酸甜苦辣的人，正因为有共同兴趣、想法、经历，我们才走到一起开创一片新的领域。曾经有创业的前辈跟我说过：“等到你每晚睡不着觉了，就知道怎么创业了。”而如今，我深有体会。

在母校时，老师们经常鼓励我们去参加一些创业比赛，我们也通过这些比赛不断总结，慢慢积累。后来，学校为我们的团队提供了第一家免费的工作室。临近毕业的我代表学校参加了浙江省“挑战杯”的比赛，我带着我的团队去迎接评委老师抛来的一个个问题时，我信心满满，因为我知道我们的付出将会有回报，最终，我们赢得了浙江省特等奖。也因此，大学刚毕业，我们团队就一起创立了杭州讯点科技有限公司。

我觉得，创业就像爬楼梯，每一个阶段都会遇到不同的困难。我们公司创立之初曾一度处于亏损状态，最后兜里就剩下50元钱。而公司有了一定规模后，发展又成了新问题，怎么招募踏实肯干又有技术的员工，如何缩小3D打印成本，公司未来如何定位，无论什么时候资金永远是紧缺的，这些都能让那时初出茅庐的我“抓狂”。

《孙子兵法》有云：“欲得其中，必求其上；欲得其上，必求上上。”作为一个“90后”创业先行者，我想告诉母校的学弟学妹们，创业的道路没有捷径，对于个人或者企业，总有一个成长的周期。你有多大的雄心就要有多足的耐性和韧劲，创业的每一个节点都是一样的关键，不论时机还是代价。

寻求突破，竭力追求

茹方军，一个典型的有理想、憧憬自由还带点反叛心理的“90后”。初见他，本以为一家黑科技的公司掌门人至少是一个西装革履的大叔，可他却一身黑色装扮，冷静而又温和。

2012年，“快速打印快速成型”概念火热，加上他对这类技术的狂热爱好，已研究一年3D打印的他把兼职积攒的几十万元毫不犹豫地投入了这次创业。围绕3D打印在微博和微信做行业资讯，普及这方面的知识，圈了一大批死忠粉。2013年1月，他和他的团队上线了一款XD—3D扫描仪，从最早的消费级三维扫描系统起步，逐步推出XD EYES系列人像三维扫描，提供移动端工业级的系列解决方案，并获得了种子轮投资。他的公司是国内最早一批使用3D打印、三维扫描仪并真正赚到钱的创业公司。

2014年，公司开始赢利，他却对未来发展产生迷茫，他选择一个人开启川藏线骑行思考。在旅途中他遇见了无数满怀热情来骑川藏线最后却灰头土脸地搭了一路的车或原路折返的人。商业化逐步完善的川藏线上，洒满了凋零的热血和信仰。而他将这充满危险而又枯燥无味的路程坚持到了最后。

大家都说资本寒冬正在来临，但他并不畏惧，因为创业之初，烧着自己辛苦攒的钱“更冷”。正因如此，每一分投入他都用心思考其价值的发挥。是转化为销售，还是转化为技术资产？在他眼里，从更冷的地方爬出来，就不会觉得冷了。只有真正的创业者能扛冻，公司就是一口气，难的时候大家都难，能憋住的就活下来了。

茹方军是一个不知疲倦的学习者，现在他所从事的三维重建和机器视觉领域包括光学的全部知识都是他花了几年时间自学的。当面对一个开放的全新环境，他用他所有的知识、技能、学习能力去寻找一个可能只有60分的近似解，然后努力去把60分变成80、90、100分，不断地去追问和寻找。他也期待：所有钱江学子都能在实践与学习相互交织的过程中得到锻炼，不断成长。

采访记者：汪语涵、林晓微

凡心所向　素履以往

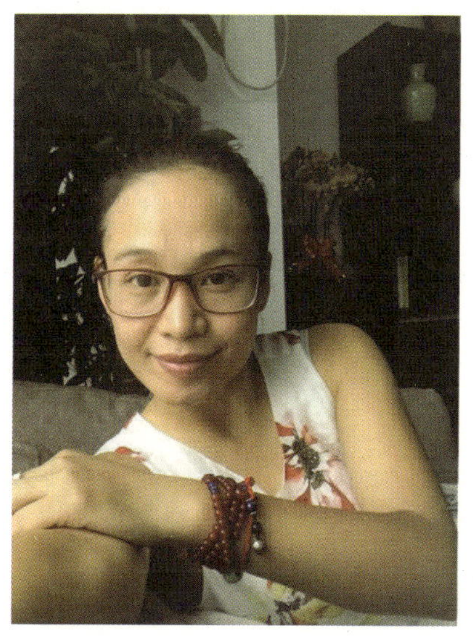

沈海琴
SHENHAIQIN

杭州师范大学钱江学院旅游管理专业 2007 届毕业生。现任浙江省国际合作旅行社有限公司旅游商务部经理。

严己身，得硕果

2003 年，没有太多考虑的情况下，选择了旅游管理专业，成为钱江学院 2003 级的新生。对于自己的选择，我应该是欣然接受了，并且这四年我想我是认真地在学习、生活和工作了。

选择了就要虚心接受，认真对待，以后的一切都会证明这个过程是正确的。老师们将自己所思所学传授给我们，为我们的人生道路铺垫了基石。这些并不是我当时所预见的，但认真学习是对人的基本尊重，对事的基本责任。当我走上工作岗位，这一切默默准备的作用都体现出来了。

2007年初，在老师的推荐下，我的大四实习单位和后来三年的第一个工作单位，就随意地定下来了。企业不大，加上老总，才六七个人。不过在工作之初，我并没有介意这些。我选择这家单位主要是看中领导的为人和做事的态度，细致、严谨、有魄力。这三年工作为我的职业生涯打下了最坚实的基础，因为公司规模不大，所能经历、尝试的内容也比较丰富，诸如导游、业务、财会等。

与此同时，认真的工作态度让我自己成长得非常快。每次出团前的准备工作，包括整个旅游流程设计，目的地文化知识了解，与游客的互动，等等，我在出发前都详细认真地准备，要求自己哪怕是第一次到这个地方，也能基本掌握工作流程，让客人不会产生不安。举个例子，行程中每个点之间的距离、行走时间、入住酒店的配套及周边情况、景区的浏览图，甚至厕所的位置，等等，都不用再找老同事来介绍。自己在这样的工作要求下，真的没有收到客人或领导抱怨“这小姑娘是不是第一次来”的投诉。

导游工作的最终的目标就是要服务好客人。真的到自己工作的时候，发现其实没有这么容易做到。本着“以心换心”的原则，真诚服务，不做作，将复杂的分类化为简要的用心服务。在这样的过程中，我做好了工作，结识了朋友，积累了人脉。

自律自强自信

她总是一身休闲打扮，气质亲和，给人一种亲切感；她处理工作有条不紊，做事井井有条，奉行实干派风格；她履历丰富，敢于尝试不同的岗位职务，使自己的职业生涯变得充实。她，就是沈海琴，杭州师范大学钱江学院旅游管理专业2007届毕业生。

当和我谈及四年大学生活，学姐的眼中出现了追忆的神采……沈海琴给我们提了两点建议：首先是少说多做，其次是学会与优秀的人相处。“近朱者赤，近墨者黑”，这并不是空口白话，与优秀的人相处时，掌握合适的相处技巧可以使自己变得不平凡，至于相处技巧则因人而异，与老师交朋友也是很好的选择。

沈海琴从不拿自己和别人比，她总是用自己的眼光衡量自己，不断地超越自己，享受大学生活的过程，朝着自己感兴趣的方向前行。在大学的四年里，一份份奖项荣誉都不是举手可得的事，可在沈海琴的叙述中显得那么平淡，成功的背后不为人所见的是一滴滴努力的汗水与一个个无眠的夜晚。谁能说结果不重要，经历过奋斗，在成功后回顾一切时才能够如此淡然与豁达。

每个学生都会有这样的一天，离开母校，奔向人生的下一个驿站，开始漫长的职业生涯。从钱江学院经济管理分院毕业后，沈海琴来到了一家旅游公司参加工作。她和我们分享了她的职场经验。“树立正确的就业观，工作没有贵贱之分。面对激烈的竞争，我们可以先就业再择业。名校毕业生虽然有优势，但往往他们的优势也让他们过于自信，好高骛远。”她个人觉得无论什么工作都要从基层做起，从辛苦中做起，“我们不可能一踏上工作岗位就是什么经理，大多数情况都是先从一个小岗位开始，积累经验，逐步提高。当然，择业可以纵向扩张，也可以横向发展。”

与学姐的交流让我愈发地体会到了学校与社会的差异。对于与社会接触并不多的我们来说，如何更好地走进社会、适应社会并真正地融入社会，应该说是我们这一代大学生最需要解决的问题。但同时，学姐也告诫我们，没有必要完全为了适应社会而磨平了自己的棱角，“年轻人碰碰钉子是有好处的”。的确，从别人那里得到的经验始终不可能有自己亲身经历过而获得的经验那么真切，自己碰过钉子，才知道对错。

谈话中的沈海琴脸上始终带着有点不好意思的笑容和红晕，她总说自己十分平凡，只是比别人努力一点，用心一点。而我觉得，除却她的坚持与努力，其身上还有许多闪光点值得我们去学习，例如那种将自己的精彩一带而过的谦逊。她怀着温暖、谦卑、坚忍的心接纳了她的命运，也让命运接纳了她。凡心所想，素履前往。她掬一捧生命清浅的水，照见了自己，也照见了身后那片广阔的世界。

采访记者：杨俊杰

韶韶年华　有幸相遇

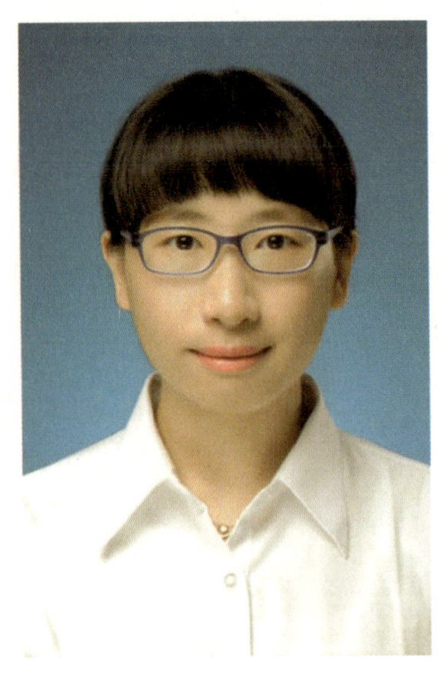

沈　宏
SHENHONG

杭州师范大学钱江学院环境与科学专业2010届毕业生，毕业后考取了浙江工业大学硕士研究生。目前为同济大学环境科学与工程专业博士研究生。

成长于焉，深怀此焉

1927年，戴望舒撑着油纸伞独自彷徨在悠长又寂寥的雨巷，希望逢着那个丁香一样的结着愁怨的姑娘。

2006年，我在那个闷热的雨后，在我最美好的时光，遇见了我的大学——杭州师范大学钱江学院。当我第一次踏进文一路校区的大门时，淹没在嚷嚷人群中的我从未想到，十年后我竟能以这种形式再次提到母校。不得不说，这是我的荣幸，万分荣幸。

回忆起在钱江学院的四年，脑海里顿时浮现出了太多积淀已久的东西。我想起那从陌生到熟悉的教学大楼，想起那从疏远羞涩到渐渐熟识的同学，想起那可亲可敬的老师们……最终，是那“勤慎诚恕，博雅精进”的八字校训与母校画起了等号。这八个平日里未曾关注的字，却在刹那间牢牢地占据了脑海。细细想来，也许这真的是最好的概括。

勤：我的大学中有着各式各样独特的建筑物，而其中让我印象最深的则是那间每天最早亮灯、最晚熄灯的地下阶梯教室。作为当年考研大军中的一名，那个教室对我来说无疑是最好的去处。在那里有着厚厚的书本，有着并排努力的研友，有着一段为了梦想而奋斗的时光。

慎：母校中有着很多值得我尊重的老师。我深深地感激他们对我考研梦想的支持。那本沉淀了时光尘埃的环境化学专业书上仍留着当时荧光笔画出的重难点。也正是拥有这些来自老师、辅导员和同学的无私支持，我才得以无悔于四年大学时光。

诚：我的大学中有着许多让我万分珍惜的同学。能在母校遇到他们是我一辈子的幸运。每当我回想起相互鼓励、一起奋斗的时光，总会由衷地感叹，自己的青春正是因为这群真诚友善的人才熠熠生辉。

恕：我的大学中有着来自各个领域的人物。这不仅开拓了我的眼界，更让我具备了包容异议的宽广胸怀。最吸引我的是钱江学院网站上挂出的各种讲座信息。我在这些讲座中体会到了各种思想观念的碰撞。这种碰撞产生的火花不仅让我的思考内容更加深层次、更加逼近本质，也让我的思想更具包容性。

作为一名钱江学院的学子，“勤慎诚恕”四个字在不经意间牢牢印刻在心里。自毕业的那一刻起，母校对我“博雅精进”的期望也从未被我忘记。“博”之所以为博，即为眼界之宽博，知识之渊博。“雅”之所以为雅，即为气质之文雅，言行之得体。“精”之所以为精，即为精神之高尚，思想之精致。“进”之所以为进，即为思想之进步，志向之高远。

2010 年，夏季朗朗晴空下，望着石灰岩质地的校门，挥手赠别母校的那一句“莫愁前路无知已，天下谁人不识君”。

2016 年，再次提起钱江学院时，由衷感叹一句“韶韶年华，有幸遇你——钱江学院”。

于我而言，钱江学院不仅仅是我的母校，更是我人生的一个阶段，是一个承载了我一段最快乐、最努力、最灿烂时光的地方。

成长于焉，深怀此焉。

遨游学海，坚毅不改

一身连衣长裙，落落大方；一头齐肩短发，干净利落，发梢微卷显出几分俏皮。肤色白皙，身形修长，举手投足之间流露出一股书卷气息。她笑起来眉眼弯弯，透出掩不住的阳光活力。

沈宏从钱江学院毕业之后，随即考取了浙江工业大学硕士研究生，之后又作为博士研究生被同济大学录取。她略带调笑地说，她一直没有离开过校园，而是不断地从一所学校到另外一所学校。但是她也承认，学校的日子并不如想象中那么轻松——作为以科研为重的研究生，她在课题研究道路上也遇到过很多问题和困难。

比如，当接手一个全新的课题时应该如何去观察分析，从而凝练出具有创新性的研究方向；当进行一项实验时应该如何去设计才会凸显科学性；当接触实际工程时又该如何去处理企业与学校之间的关系……诸如此类的问题层出不穷、烦琐复杂。沈宏坦诚地表示，当自己面对这么多新的问题时也曾有过放弃或者随便应付的想法，但是事实证明这些消极的想法本质上就是在浪费时间。慢慢地，她学会了在遇到困难或者是低谷的时候，首先让自己静下来，调整好心态；其次将自己遇到的问题一一列出；最后独立分析，并研究解决方法。在这过程中她遇到过许多帮助她的人，这让她觉得很幸运。但是她也说了，不能寄希望于别人。“自己的问题，只能靠你自己去解决。”沈宏这样说着，眼里流露出一种坚定。

当我们谈到她的母校时，她好像从那个在学术道路上披荆斩棘的勇者变成了阳光灿烂的少女。“一个学校除了教会学生知识以外，更重要的是教会学生怎样处世，授人以鱼不如授人以渔。”她莫不感激地说，钱江学院教会她最有用的知识就是如何习惯独立自强，如何做到自学进步。因此，在她离开母校之后的日子里，当她遇到了许多只能自己分析、自己处理的问题和事物时，她不会乱了阵脚到处求助，她会习惯性地独立思考。这样一种习惯对她之后的生活，甚至整个人生都有十分重要的支持、帮助作用。

整个采访过程，沈宏都带着一种超乎寻常的冷静。也许，正是这种成熟的冷静，使她能在学术研究中获得众多的荣誉。她在读硕士期间获得了研究生国家奖学金，并且到目前为止她已经发了4篇SCI文章。而当我问及她未来的职业规划时，她表示最近在着手准备找工作的事。无论是在高校或者是企业，她都希望自己可以继续踏实地做好自己的工作，心中谨记“勤慎诚恕，博雅精进”的母校校训。说着，她又露出了坚毅的神情。她的眼里满是向往、热情以及迎风破浪的果断。

想要成功，不仅仅需要努力，还需要忍受努力过程中的孤独与无助，需要有面临问题时的冷静与坚持，需要保持像沈宏一样积极向上的心态。

让我们衷心祝愿沈宏能在人生之路上越走越顺利，越走越辉煌。

采访记者：金健强

以视野为梯　攀创业之峰

沈　杰
SHENJIE

杭州师范大学钱江学院英语专业2012届毕业生。现任嘉兴瑞通金属制品有限公司CEO。

大学四年，蓄力创业梦

时光之驹，不待我辈；大学四年，匆匆而过。当大多数人还带着初入大学校园的懵懂与迷茫时，沈杰已下定决心让创业成为自己一生的伙伴。倘若将这份信念与热情比作一艘航船，那沈杰在四年中持之以恒地织就了一张风帆，助力远航——扎实的专业知识、宽广的视野、不俗的胆识和极强的社交能力，这些因素丝丝缕缕交织在一起，成就了这张风帆。离开校园，就业成了一场残酷的“厮杀”，选择创业者是小众群体，因为这意味着必须凡事亲力亲为，摸索着前进，更意味着要承担风险和失败的代价。沈杰没有因此畏缩，而是兑现了初入大学时的创业诺言，当他面对着纷繁的职业岔路口，另辟蹊径，走创业之路时，我们理应对这份勇气肃然起敬。

“会当凌绝顶，一览众山小”

沈杰在我们对他进行的采访中多次强调了宽广的视野的重要性。古语云：不闻不若闻之，闻之不若见之，见之不若知之，知之不若行之。倘要有“一览众山小”的豪迈之气，必要达到“会当凌绝顶”的高度，开阔的视野赋予了人全面认识事物的能力。回顾大学时光，沈杰谈到，他热衷于关注时事新闻，并且把它作为一种个人爱好一直坚持到了现在，这极大地拓宽了他的眼界，也让他在风云变化的创业路上能客观洞悉形势，及时把握机会。极强的社交能力让沈杰受益匪浅，他积极参加社团活动，结交良师益友，在与他人的交流沟通中，收获到自己知识面之外的东西，这也让他现在能游刃有余地处理与商业伙伴的关系。在外人看来，沈杰现在的创业方向似乎偏离了自己的专业知识，而实则后者对前者作用颇大，公司五金产品40%都出口到韩国、俄罗斯、迪拜、印度尼西亚等国家和地区，业务交流全部采用英语，正是靠着自己的英语功底，沈杰才得以畅快精准地洽谈业务，而他自己领略世界，拓宽视野的脚步也随着产品走向全球各地。

两年业务员生活，挣得创业启动资金

沈杰坦言：“当年，身边不乏一些大谈着梦想与情怀，鼓噪着成功学的神话，对创业蠢蠢欲动的人。”而他已清晰地认识到：工作不易、创业更难，要想做出一番事业而不被淘汰，就要做好打长时间“战争”的准备。作为刚毕业的大学生，沈杰不可避免地遇到了创业启动资金不足的阻碍，他没有因此放弃，而是选择去外贸公司做了两年的业务员，挣得了人生的第一桶金。磨刀不误砍柴工，这“第一桶金”撬动了创业的大门。在之后的创业过程中，工厂管理、业务拓展等困难也接踵而来，沈杰迎难而上，积极应对，走得越来越远、越来越稳！

钱江与创业的传承

回望自己在钱江的日子和创业路上的点点滴滴，沈杰很是感怀，总结自己的求学经历，他将融会贯通专业知识，积极社交拓宽视野和明确目标启航未来作为大学应挖掘的宝贵财富，而现在，遇事时的胆识和生意伙伴间的信任又为他的创业行囊增添了新的宝藏。无论是五年前那个校园里满腹梦想、执着于创业的学子，还是现在这个毅然追梦、为事业奋斗的青年，那张俊朗坚毅的面庞总给人无限的感染力，沈杰用脚踏实地的奋斗诠释了青春不可浪费，岁月岂容蹉跎，创业当需扛担承重的理念。

以视野为梯，攀创业之峰，沈杰一直在向上攀登着！让我们从他的故事中启迪自我，匡正方向！我们也相信，有一天，我们会因这个创业勇者从峰顶发出的呐喊而震撼！

采访记者：吴茹雪

达高峰　忍其痛

盛冠斌
SHENGGUANBIN

杭州师范大学钱江学院市场营销专业 2010 届毕业生。现任起亚集团销售总监。

坚定、坚信与坚持

萧伯纳说过："如果我们能够为我们所承认的伟大目标去奋斗，而不是一个狂热的、自私的肉体在不断地抱怨为什么这个世界不使自己愉快的话，那么这才是一种真正的乐趣。"

曾经的文一路校区如今已经不在，可在我的记忆中，它依然清晰明艳，每每想到，总是那么亲切。我的大学，是我人生的起点，是我努力奋斗过的地方，那个留下我四年足迹的校园，承载着我太多青春记忆，给我留下最美好的回忆。

小说、电视中的大学生活大多是玩乐享受，挥霍青春，但奋斗过的人都会知道，那样的生活太过无趣。图书馆是整个校园中我最喜欢的地方，安静的氛围和浓郁的学习气息让我能够静心。我很喜欢我的专业，很喜欢我所学习的课程知识。在接触这个专业之后，我更加清楚地知道什么是我适合的。营销专业在很多人看来或许并不需要什么专业知识，仅仅依靠口才就行，其实不然。在我看来，任何一个职业，都应当具备一定的专业知识才能做到完美，所以，认真学好大学里的专业课程十分重要，学好每一门课，其价值将会在日后的工作中得以体现。

大学如同一个小社会，除了必要的理论知识以外，学习如何做人是十分重要的。这四年可以说是我人生中成长最快的阶段，也让我意识到自身存在的不足。学校的社团等组织是一个很好的锻炼平台，我有幸进入学教会。在学教会工作期间，我协调沟通与组织策划的能力得到了很大的提升。走出校园后，许多知识或许不再用得到，但是这类能力却是终身受用的。

大学期间，我为自己制订了清晰的目标，并且始终忠于自己的目标，为此付出了巨大的努力。我喜欢将每一件事做到尽善尽美，然而面对如此激烈的竞争，稍有松懈便会落后很多，于是我便会对自己更加严格，这样才能让自己更加优秀，以适应周围不断变化的环境。

大学生活短暂但却美好，至今让我留念，然而青春岁月已过，我也已逐渐成熟。等待我的，将是未来更加严峻的挑战，面对一座座人生高峰的时候，我不会有任何放弃的想法，勇往直前，坚持不懈是我血液中与生俱来的品格！

准备，以求无患

人生能有几回搏？拼搏和努力在盛冠斌身上表现得淋漓尽致。大学校园内，能够获得一次奖学金奖励的人或许不在少数，但是能够每个学期都获得奖学金的人寥寥无几。想要获得奖学金，不是在期末临时抱佛脚就可以的，而是要通过一个学期，甚至是更长时间的知识积累。而盛冠斌的优异成绩，则是他四年中一直努力的回报。

谈及大学生活，最让他难忘的除了沉醉于图书馆的经历，便是他担任班级团支书一职时的感受。每月的团日活动、团费收缴、班会活动等烦琐复杂的工作带给了他很大的影响。在班会活动和团队活动的组织过程中，他的组织策划能力得到了很大的锻炼。要想迎合大多数同学的胃口是一件十分不容易的事情，从中获得的技巧，他在现在的公司团队管理中运用得得心应手。

作为一名销售人员，面对客户时，首先要做的是对自己从事的工作有透彻的了解，具备极高的专业素质；其次，便是需要提前了解他们的喜好和习惯，需求和欲望，做好充足的准备，这样才有利于生意上的进一步合作。在初出茅庐之时，他也有过因为经验不足而得罪客户的经历，但他却没有因此而低迷消沉，而是积极去弥补自己的过错，挽回了客户。盛冠斌在职场时永远保持着饱满的热情，在他看来，他的工作十分有趣，充满挑战性，而他最享受的，便是挑战背后的乐趣。各种客户他已经习以为常，多年的工作经验让他处理起各种突发事件时游刃有余。

盛冠斌对工作有着疯狂的热爱和执着。他的成熟体现在他比初入职场的新手们多一份沉着冷静，具备更多的专业知识和技巧；他的成熟体现在他比同龄人多一份对工作的激情和对生活的热爱。这样的“刚刚好”在如今这样浮躁的社会中实属难能可贵。如今的他，已经成为起亚集团销售总监，管理着一个巨大的团队，为集团的发展出谋划策，他将自己多年的经验传授于新一代的销售人，使集团的业绩节节升高，在他的带领下，公司超额完成目标，并且使品牌影响力继续大幅提升。

看似平坦的成功之路往往为无数失败的石头加之努力的柏油铺成的，盛冠斌用他的亲身经历告诉我们，成功是需要无数次失败和巨大的目标进行铺垫的！

采访记者：周骅祺

明珠如安　温暖清亮

宋　安
SONGAN

杭州师范大学钱江学院汉语言文学专业2007届毕业生。现就职于嘉善县商业开发投资集团有限公司。

遇见，是一种幸运

夏日午后，空气里氤氲着甜甜的香气。一个陌生来电使我从慵懒神游的状态里清醒过来。

“你好，学姐。我们现在有个校友采访活动，你什么时候有空？我们希望能和你见个面……”清脆稚嫩又略带小心翼翼的声音像极了那年青涩的我，不禁思绪翻涌，仿佛时光一下回到那年夏天，那年的我们——记忆中的夏天，是清新又浓烈的。而2007年的夏天，无疑是最美的。那年我们高中毕业，无比憧憬新的人生旅途，那年的下沙还远没有现在这样繁华，那年，我们的文一路222号，还充满着浓浓的人文气息。

都说青春是一场有去无回的旅行，来不及细细领略这沿途曼妙的风景，甚至来不及道别，转瞬便即将年过三十。

桃李年华，有幸遇到了你们。

那时的女生寝室，堪比一场明媚的盛宴。你会看到早晨随意绾着发丝素面朝天的姑娘，也会看到午后阳台上她们安静看书，抑或是嬉戏打闹的场面，亦动亦静，相得益彰。

那时的我们热情、勇敢，喜欢了就去追，有梦就去闯，不怕付出不怕输，仿佛有大把时间让我们去学习、去尝试、去恋爱……

还记得，新生报到那天，甜甜、秋子、北北的青涩模样。是你们，让从未体验过集体生活的我倍感温暖。难忘图书馆里互相帮忙抢位子的时光，难忘寒夜里温书我们互相监督，不让对方睡着的有趣场景，难忘每一次演出，无论是大合唱、十佳歌手还是越剧演出，你们都悉心照料，陪在我身旁……一次次相互扶持，一次次的倾诉衷肠，我们之间的关系早已超越普通的友谊，成了亲密无间的姐妹。

还记得，2007年中秋那晚，叶帆戏曲社在校园里进行社团活动，听到袅袅越音的我顿时被吸引过去，一曲"那一日钱塘道上送你归"顺利让我进入团队。数不清那些年我一共学了多少唱段，辗转过多少剧院去学戏，却依然清晰地记得我们每一个叶帆人的欢乐嬉笑，记得我们每一次谢幕的感动和泪水。如果说寝室是我大学第一个家，那么戏曲社绝对是我第二个温暖港湾。

正是拥有那么多可贵的经历和回忆，我的大学生活才非同寻常，才变得如此丰盈，你们，是我最大的收获和财富。

倘若你问我，最美的城市是哪里？我会毫不犹豫地告诉你，是杭州。迷恋越剧的我，最爱是梁祝，杭城读书的唯美故事早已在心底烙下深深印记，这浓浓的文化底蕴和浪漫的人文色彩，也是我选择钱江选择汉语言的初衷。有句话说得好，你如今的气质里，藏着你走过的路、读过的书和爱过的人。

所以，如果再让我选择一次，我还是会选择钱江，还是会不假思索地选择汉语言，还是要遇见，我最爱的你们！

温暖绽放

6 月的嘉兴，有变得灼人的阳光，有还在缠绵的雨，空气里不再飘着烦人的柳絮，泥土味混合着青草气，钻进人的鼻子。春夏之交的日子里，整个生活都洋溢出蓬勃向上的朝气来，让人对未来怀抱着更多的期许。而就是在这样的日子里，我见到了宋安学姐，仿佛邻家大姐姐的她，脸上总是挂着青春而又阳光的笑容，一如这六月的嘉兴，带着不加杂质的纯粹，让人的嘴角不自觉地就向上扬起弧度。

毕业于汉语言文学专业的宋安是一名非常爱唱歌的女生。“我喜欢戏曲、喜欢唱歌，以后想学这方面的专业，但是我妈妈不同意。所以我高一的时候就偷偷去参加《超级女声》，想着‘生米煮成熟饭’，妈妈也就没什么话好说了。”宋安学姐笑着说道：“当时初赛的地点就是在文一路 222 号，我们的老校区。可惜我被淘汰了，但是从那时候起，我就对这个学校有了执念。”

正因为怀着这样的执念，她才义无反顾地选择与戏曲相关的汉语言文学专业，她才能在戏曲的基础上晃荡出文学这一条生涯之路，她才与钱江一起走过别样的四年。

大一开始她就加入了“叶帆戏曲社”。戏曲社在帮助安安姐圆梦的同时带给她更多的包容与团结，“发生事情的时候，大家是一个整体，大家是和你站在一起的。在这里，大家打破了专业和年级的局限，都会彼此帮助，也真的能够结交到真心的朋友，丰富了大学生活”。

毕业后，她选择了和专业对口的文秘工作。对于现在的工作，学姐表示：“虽然文秘工作很烦琐，要收文发文，还要归档案，每个月要写简报还有会议纪要什么的，但其实文秘是各个部门的枢纽，是一个很重要的职位。所以我在做这个工作的时候压力很大，但是会很有成就感。”

此外，对于学弟学妹的就业方向，学姐还表示：“汉语言文学专业是个万金油专业，不要固执地只往教师、公务员这方面考虑，其实进入国企做文秘对于很多女孩子来说也是不错的选择。要尽可能地拓宽自身的可能性，不要自己把自己局限住了。”

如钱锺书先生所言:“天下没有偶然,只有披着偶然外衣的必然。”对于大学生活对工作和人生的影响,学姐总结道:“尽可能去开拓生命中的可能性。学一门技艺,认识一个人,因为一个景色而感动都可以。主动去开拓生命的可能性,会让我们变得积极与豁达。积极可以让我们开拓更多的可能性,对生活积极,不会被困难轻易击倒,会感恩生活。豁达可以让我们拥有更强大的心,不必为一些小事烦恼,会懂得宽容他人,宽容自己,对任何事任何人保持谦逊的态度,去接触这个世界更纯粹更本真的东西。”

岁月悠长,无论将来会经历怎样的人和事情,相信宋安一定能以她清亮的洞察力和温暖的性格,温柔生活,温暖绽放。

采访记者:张园悦

乐观生活　无惧前行

苏　璐
SULU

杭州师范大学钱江学院法学专业 2009 届毕业生。乐刻运动联合创始人。

发现自己的目标

回想自己的大学生活，其实感觉挺单调的，除了学生会还是学生会。大部分时间除了上课，就往学生会跑。兴趣爱好很简单，就是喜欢交朋友。我觉得大学是个不断明确自己要什么的过程，有了目标，自然而然会平衡好学习、生活和工作。

我觉得大学生活给我带来的最大改变是心态，好的心态是迈向成功的一个起点。创办乐刻之前，我一直在阿里巴巴大体系里。阿里巴巴平台很好，对我而言实习生的经历是最难忘的。上午面试，下午直接上班，第一天上班，一台电脑、一个座机，工作就是打电话给媒体，寻求免费发稿。你会发现，在阿里，“做什么，怎么做，做到什么程度”，完全自己一个人说了算。这就是给自己一个非常大的空间，也是一个小的创作的开始。

创业，我狭隘地认为就是做别人不愿意做、不想做，或者认为做不了的事情。所以，首先要敢想敢做。我从来不轻易 say no，因为你连尝试都没开始，怎么知道自己做不了呢？每当用户发来喜讯，减了 30 斤，减了 50 斤，最高纪录现在应该是 95 斤的时候，那种脸上洋溢的快乐和自信，是最令我感动的。用户在乐刻收获健康的身体，结识新朋友，重新建立意志和自信，传递正能量。这种能量会上瘾、会传染。这是我在困难之下坚持下来的动力。

作为一个大学毕业生，在提交自己的简历时要懂得吸引企业的注意力，要言之有物，用数据、案例说话。用人单位比较看重大学毕业生一些方面的素质，作为在校的大学生，应该学会提高这些素质——利他、独立、有担当精神。利他，我为人人，人人为我，在校的时候对照自己的行动力是这个顺序吗？独立，有担当精神，是否愿意承担责任？大学生在做职业规划时，应该投其所好，投自己所好，大学期间是个认识自我的非常好的阶段，进一步明确自己想做什么，更擅长做什么。但选择了，就要尽两百分的能力，不能轻易放弃。创业是一种状态，有想法，就要有行动力。马上做，做精彩！

最后想对母校和学弟学妹说几句心里话：

首先，感谢母校，感谢各位老师，感谢我的优秀的大学同学们。尤其感谢带我入学生会的丁放老师，班主任金永飞老师，法学专业王立、谢凯、胡奎老师等。每份选择背后都是一份际遇，每份际遇背后都是一份感情，每份感情背后都是一段宝贵的记忆和财富，珍惜、珍藏在心。其次，要么读书，要么健身，两者都要在路上。

祝母校越来越好！祝学弟学妹们，学业有成，能够把梦想照进现实！

苏璐学姐微信朋友圈能时时刻刻充满 sun 一样的能量，她的微信动态几乎被

乐刻的相关话题和活动所覆盖，分享的照片也满是汗水和欢乐，偶尔也有她俏皮可爱的自拍和深夜用食物放毒的痕迹。可爱处处可见，活脱脱一个可爱阳光的少女。被问及在大学期间有没有什么记忆深刻的趣事时，她俏皮地反问道："在寝室里看鬼片算趣事吗？"这样的她给我留下了深深的印象。

作为一个法学专业的创业者，苏璐具有法学学生的严谨坚持和创业者的积极进取，回忆起自己当年为创业做的准备，她说道："准备一颗'不被家人理解、被同行鄙视、不被朋友认可，遇挫不服输'的强大的心脏。关于组建团队，找到愿意和乐刻一起同甘共苦的，认可这个事情，有共同的价值取向的同伴。对健身运动的那份热爱比本身的能力更重要。每一个加入乐刻的初心，必须是正的。"以前创业的艰难被她轻描淡写，现在的她冷静而成熟，背着自己的梦想走在路上。"创业没有困难，那就不叫创业。创业遇到的困难就是比平时要高出几百倍、几千倍，所以相应的创业成功的价值也不言而喻。过去的困难，都不叫困难，我认为最大的困难还在后面，不可预见的未来。时刻保持紧迫感，坚信方法总比困难多。"

说起当年是怎样走上健身创业这条道路的，苏璐总结了三点：

1. 遇到对的人，可信任的默契的伙伴和搭档。就和谈恋爱一样，一起哭、一起笑、一起同甘共苦的，彼此欣赏、彼此成就的搭档，很荣幸可以拥有。

2. 做对的事情，对用户和对社会有价值、有意义的事情。关于健身，自己最早作为用户在传统俱乐部体验过，也受过伤。培养健康的生活方式，创造健康的生活能量空间。

3. 在刚刚好的年纪，刚刚好的年代。后青春的年纪，万众创业的年代，机会很多，挑战也很大。但想到了，就去做，别停留在空想。

"总体来说，说不上是必然还是偶然，没有特别，也没有刻意，一切可能就是刚刚好！有时候可遇不可求，我更喜欢称之为这是一种缘分。"对苏璐而言，短期目标：全国 200 家门店，并且每个门店都是一个有温度的健身空间。长期目标：每天响应 1 亿人的运动需求，每 1.5 公里有一个运动健身配套！

我想，在不远的将来，sunny 小姐的愿望一定会实现！

采访记者：陈乐乐

在实践中成长

陶圆圆
TAOYUANYUAN

杭州师范大学钱江学院播音与主持艺术专业 2006 届毕业生。在浙江电台“音乐调频十年”“乐听越动听”等栏目担任主播。

坚持的力量

校园的回忆，岁月如画，浓墨泼洒，淡泊与浓烈交相辉映；岁月如歌，高低迷离，嘈杂与清脆皆成曲目；岁月如诗，婉转悠长，醇厚与平淡让人沉醉。

说起我的母校——钱江学院，我最难忘的还是初进校园时，那一缕明媚的阳光。初秋的暖风吹拂着我的脸庞，许多同学也和我一样，怀着一颗憧憬的心来到钱江学院。我的内心被激动和期待盈满，整个人斗志昂扬，我的那件红色 T 恤在阳光的照耀下显得格外鲜艳。当时的校区是在万塘路原公安高专校区，父亲说这也曾是他学习过的地方，这让我对这所学校又增添了几分亲切。

在我的校园生活中，有两位让我毕生难忘的良师益友。一位是王冬梅老师，她是我大二时的班主任，相比起老师这个角色，她更像是我们的朋友，在学习和生活中，教会了我们很多很多。在专业上，王冬梅老师给予我收获最多的，就是在即兴方面，这让我从事工作时有了更多的经验与技巧，增强了与人沟通的能力；在生活方面，她教会了我们很多做人之道，也让我在之后的生活里更好地与人相处，包容和理解他人。遇到韦厉老师，则是我人生的一个转折点。他是一名电台主持人，也就是他，给了我极大的勇气和自信，让我有机会走进了电台，并爱上了电台，可以说，他是我人生道路上的一位引路人。

除了专业上的学习，我还特别喜欢看书，当时只要有人问起来："陶圆圆呢？"如果不在寝室，那就一定在图书馆。可以说，一个人的学识和阅历大致决定了一个人所站的高度。作为一名未来的主持人，广泛汲取各方面的知识成为今后生活中必不可缺的素养，看书就成了我充实自己的众多方式之一。当然，理论只有跟实践结合，才能算得上真正的学习，所以我也很喜欢在课外参加一些比赛和社会实践，比如英语演讲比赛、配音活动等。这些学习生涯中的经验积累都为我的工作打下了很好的基础，让我有了一股坚持的力量，更快更好地克服工作中遇到的困难。

我觉得在人生的道路上，一定要有一股坚持的力量，要学会和自己较劲，或许有些当时很困难或者让我们感到很痛苦的事情，在我们坚持过后回想起来就会觉得一切都是值得的。要用坚持踏平脚下的路，让信念开出心中的花。

学以致用

一身黑白燕尾裙，精致的妆容，自信的微笑，刚跟她交谈，温暖动听的声音就吸引了我，我想这也是这些年来她苦练专业的优秀体现。

陶圆圆说，对于母校，她的感觉就是温暖，第一天迎接她的阳光和同学们热情的笑脸，让她憧憬着大学的新生活，因为对专业执着的态度，让她有了这些年努力的动力。

目前，浙江电台音乐调频 968 乐听越动听节目属于浙江电台的王牌节目，而陶圆圆在浙江电台磨炼十年，也成了浙江电台最优秀的主播之一。除了在电台工作，她的日常生活也非常充实，经常会主持很多大型的音乐节，也会采访很多知名艺人。

成功的事业总是离不开刻苦的学习和积累。在钱江学院的四年，陶圆圆有着丰富的学习生活，在大一时，她就参加了学生会和英语协会；在大二时，她已经成了共联部部长和社联秘书长。陶圆圆告诉我，她的大学生活能够如此充实离不开一个习惯——看书。确实，要成为一名新闻工作者，没有广泛的阅读和学识是远远不够的，都说书中自有黄金屋，在书籍里汲取的知识必将成为我们今后工作和生活中的一把利剑。同时，读书对于我们的人格塑造也有很好的帮助。

陶圆圆回忆起大学生活，社会实践对她的锻炼也成了她在之后生活中必不可少的一部分，她曾在社会实践中在老年大学当过老师，去丽水的畲族自治县的一个小山村里当过支教，这些经历让她提高了与人交往和沟通的能力。

毕业工作后，她也曾一度感到崩溃。由于自己的刻苦和认真，从小收获的几乎都是鲜花和掌声，但是走上社会才发现原来比自己优秀的人还有很多。面对着巨大的压力她依旧咬着牙坚持，这些力量，也有一部分源于她大学学习的看过的很多书籍。

如今的她，受到越来越多听众的喜爱，也有了更足的底气去面对今后的生活。她也对我们的学弟学妹寄予了期望：“无论做什么事情，一定要对得起自己，就算最后从事的不是自己选择的专业，也要问心无愧、不负青春！”

采访记者：李　扬、林俊霞

我的梦游记

汪梦云
WANGMENGYUN

杭州师范大学钱江学院播音与主持艺术专业2013届毕业生。现任杭州追幕文化传播有限公司CEO。

春风般温暖

白驹过隙，时光荏苒。不知不觉我已离开我的校园生活许久，回忆往昔却仍有一些悸动。还记得我初到钱江学院的情景，那是在桂香九月的日子，我带着些许兴奋又有些羞涩的模样，在父母的陪同下来到了我未来四年的归属地。曾记得在篮球场运动的学姐学长们，曾记得满校园的柳树，曾记得天天练声的湖与那优雅恣意的天鹅，曾记得我那些可爱的同学……我的大学生活就这样开始了。

记忆中，大学有许多美好的事情。难忘的是，当年我们做一个叫"挑战自我"的节目，那时的我们有一颗永不放弃的心，从选定内容、排练、上台，一直力求做到最好。令人欣慰的是，我们最后得奖了！到现在，网上也还能找到我们这个节目的视频。另外，我特别感谢我的小课老师缪老师，她不仅在平时的学习上对我有很大的帮助，还在我生病时为我带来了水果，这让我一个背井离乡在外求学的姑娘，感受到了来自母校家人般的温暖。

钱江学院造就了我较真求学、不轻易认输的心。这既使我在工作上取得了一些成就，更使我的人生一点点闪耀出属于自己的亮点。

挫折使人成长

水汪汪的大眼睛和修长的美腿使得汪梦云有着“小林志玲”的美称。她不但有着完美的身材和精致的脸蛋，还是一个野心十足的“野姑娘”。

忆起在钱江学院的岁月，汪梦云不禁产生了许多感慨。在大学里，她慢慢开始接触了一些和专业有关的工作。在大四时，汪梦云接手主持了一个企业家访谈栏目，从此开始了按时按点的工作。满一年后，她转型做了另一个节目。当时凭着一腔热血，汪梦云花了两个月时间精心剪辑出了一个视频并在钱江频道播出，这个节目也为之后的创业工作提供了很大的帮助。

谈及自己创业，汪梦云感受最深的是刚开始创业时的经历，那份事业是和一个朋友一起在地下室里开始的。房间潮湿阴暗，在很长一段时间里，因为条件太艰苦而没有员工愿意在这里工作。幸运的是，有一个公司打电话向他们表示，愿意给他们一个项目，并给予了他们很大的关照。喜极而泣的她，终于熬过了那段漫长艰辛的岁月。这开始了她事业的一个新起点。

大学里，她意外得过肺结核，这是一个孤独的病，为避免传染给别人，需要独自待在病房里。独处的日子总是煎熬的，但也使得自己能有时间静下来思考：自己需要什么，想要成为什么样。这段经历使得她在后来遇到很多事情的时候，都会觉得，没有什么难关是不能渡过的。只有受过挫折的人，才能使自己变得更为强大。就像汪梦云说的：“年轻时候尽情尝试，活出漂亮的青春。”

汪梦云的故事让我们明白勇气和坚持的可贵，带给人满满的正能量。

采访记者：李　扬、刘佳雯

有目标地前进　有恒心地坚持

王 昊
WANGHAO

杭州师范大学钱江学院英语专业 2010 届毕业生。毕业后留学美国阿拉巴马大学攻读 TESOL 硕士学位。现在美国阿拉巴马大学攻读英语教育博士学位。

短暂又美好的疯狂

我们对大学有着自己的定义,我的大学起始于 2006 年的 9 月。在大学刚开始的数月中,我慢慢熟悉了室友、老师和身边的同学。食堂,教室,学校附近的一些杂货店和超市,这些校园路线也了然于心。就这样,我开始了自己的英语学习,或者可以说我选择了英语学习。

在大学一年级的时候,我通过朋友介绍得知了李阳疯狂英语,当时我跟随着媒体的导向以及自己学习英语的需求,我觉得为什么不试一试这种英语学习方法呢?于是在接下来的日子中,我开始了所谓的疯狂英语学习之路。记得当时我住在一座 7 层高的寝室楼,这座楼有一个天台用于晒一些衣服,我不知道我哪里来的动力,每天我都会在那练习英语,有自己对自己讲的,听录音的,有时候会阅读一些英语文章。就这样,我度过了我大部分的大学时光。

在大二、大三的时候,我参加了学校组织的英语演讲比赛并且获得了第一名,然后代表学校参加了浙江省的英语演讲比赛，获得了二等奖。当时我非常开心和骄傲，因为我的演讲得到了别人的认可。但同时，这些荣誉不仅属于我一个人，因为如果没有我自己的练习，没有外语分院专业老师们平时的一些启发和灵感，没有爸爸妈妈的爱，没有朋友们的鼓励，我是非常难得到这些荣誉的。

总的来说，我的大学生活对我来说还是蛮有意义的。我认识了许多朋友，尽管他们大多来自浙江省内，我还是接触到了不同的观点、理念，让我发现我自己的狭隘观点，这是大学期间学会自我发现的一个重要部分。此外，我以翻译的身份参与了一些分院组织的志愿者活动，这些也是很有意义的经历。以上就是我的大学，就像每个人的大学，短暂，却有着它独特的色彩。

鲜活而谦虚的成长

大学时的王昊总是频繁出现在老师的办公室门口，起初老师们以为当班长的他是来完成工作，后来发现他不只是为工作需要来的，更多的时候，他是来找专业老师请教问题。于是，老师们对人群中这位个高又一直背着双肩包的好学大男孩慢慢有了深刻的印象。再后来，他的名字便常常在学科竞赛会议上出现，在各种省市级的英语演讲舞台上，他的身影也时常存在，人们都被他标准的美语和闻其声如“小布什现身演讲”的口音所折服。

机会永远是留给有准备的人。在即将毕业时，王昊递交的出国留学申请得到了回复，美国阿拉巴马大学的英语教育学教授甚至愿意亲自来钱江学院，见一见这位在视频面试中展现了突出专业水准的钱江学子真容。随后王昊在这所美国总统奥巴马就读过的大学开始了自己的留学之旅。“首先顺从自己内心真实的想法，然后清楚明白自己想要什么，并坚持不懈地勇往直前。”王昊在钱江学院的四年，用他自己的话来说，就是完全顺从自己的内心，在寝室楼顶努力地练习。通过扎实的专业学习，在美国读研期间，他以优异的成绩每个月都获得学校的奖学金，这笔奖学金不仅用于日常开销还实现了他周游美国的旅行计划。正是这种有目标的前进，有恒心的坚持，才成就了今天这位在英语教育学领域的高手，在跟他交流的过程中，更是能感受到他流畅的英语思维。

不管飞得多高，都不会忘记感恩。2016 年 5 月，王昊短暂回国和家人相聚时依然接受学校邀请，回到母校为学弟学妹们进行一场英语学习和考研经验交流讲座。流利的“小布什式口音”、流畅的表达，以及其丰富的英语学习建议、出国留学经验，给 200 多名同学呈现了一场全英文视听盛宴。事后，他表示：“回馈母校，这是我应该做的。”即将博士毕业的王昊已经深有学者范，严谨稳重的他更多的时候给人的感觉是谦虚和懂感恩，讲座结束后，他去找了自己曾经的班主任、专业老师，一一汇报自己的学业情况并感谢师恩。

王昊在 10 年时间里，始终保持着“有目标的前进，有恒心的坚持，懂得感恩，保持谦卑”，一步一个脚印地成长为他自己想要的样子，过他自己想过的生活，做他自己喜欢做的事。勤奋拼搏的他一定能激励到有幸和他成为校友的每一位钱江学子。

采访记者：陈琼秋

有志者 事竟成

王 靖
WANGJING

杭州师范大学钱江学院音乐表演专业2011届毕业生。杭州市温州青联委员。现任浙江歌舞剧院独唱演员。曾获第九届浙江省音乐舞蹈节民族组金奖。

慢慢成长

逝去的记忆早已在心底贴上了封条，就像是初秋的十月，白色的阳光，灰色的天空。揭开回忆的封条，我仿佛又回到了杭州师范大学钱江学院，那会儿我在文一路校区，校园不大，但是环境很好，还有小公园、亭子……在这里，我开始了人生的新征程。

对于大学生活，每一个高中生都梦寐以求地想去体验一番。但是，大学对那时的我来说，只是一种想象中的美好，究竟如何，我想现在的我才慢慢有了感悟。大学里，不会有每天做不完的习题，也不会天天为了分数、名次而焦急、苦恼……

大一到大三都是很正常的学习，三点一线，我参加了很多社团，像街舞社、篮球队，除此之外也积极参加学校和社会上各种比赛。正因为这些活动，我获得了不少的经验和历练。大四进了浙江歌舞剧院实习，我不仅在专业上得到了提高，也拓展了许多人脉。大四真的是我大学里面最重要的一年，三年的学习加上一年的实践活动，让我迅速成长！

大学里，最让我难以忘怀的是张承军教授。当时他是我的声乐老师，为人很和善，对我也非常好，教导我做人的道理和声乐上的知识，能够遇见张老师真是我的幸运。在大三的时候，我参加了全国的青年歌手大奖赛，参赛人员都是各个歌舞团的演员和院校的老师，经过努力，我取得了浙江省第五名的好成绩。

我认为自己是幸运的，毕业后就成功考入浙江歌舞剧院，从事自己喜欢的工作和事业，不用为找工作而发愁。工作不像在学校，做事需要更认真和严谨的态度，不能出错，也不能迟到，有时说话也需要先深思熟虑。我的工作相对来说比较轻松，平时不需要朝九晚五，周一开个例会就可以解散，周三统一集训歌曲，平时有演出就安排演出，有演出任务就统一来单位排练。以前在学校学的都是教科书上的东西，而工作需要大量的实践经验，我应该庆幸在学校期间很积极地参加了学校组织的大量活动和比赛，让我现在工作起来比较顺利。

如今离开学校已有好几年了，每每回忆，心中涌起的不仅仅是愉悦，更多的是怀念与不舍。我想跟还在大学奋斗的学弟学妹说几句心里话：大四是非常重要的一年，对你毕业是否能找到好的对口的工作很重要，如果你想好毕业要做哪个行业，那么我建议你们就想办法在哪个岗位实习，这样你毕业就能融入你实习的工作里去，不用等毕业后再去多花费时间去适应。

最后希望母校可以越办越好，涌现更多优秀的老师同学，可以为社会培养和输送更多人才。

有志者，事竟成

舞台上的他，穿着华丽，形象大气，歌声震撼人心。不仅他的演唱具有广阔的音域和丰富的表现力，他还在勤奋的探索中不断提升自我，并一直为歌唱事业而努力着。

谈起自己的大学生活，王靖有满满的回忆和感想，对于钱江学院的回忆，对自己人生导师的回忆。为了学到更多的东西，见识外面的世界，更好地锻炼自己的能力，提高自己的专业技能，王靖除了勤奋学习音乐表演专业外，还积极参加学校、社团等组织的活动。在校期间，他曾担任班级里的文娱委员，学生会文体部部长等职务，并经常与辅导员、专业老师交流知识，探讨人生。他始终坚信着自己的理想，并为之奋斗。这些经历看似很累，但也正是这些磨炼，才使他的大学生活过得充实，使他更加坚定当初的信念。

毕业走出校园后，王靖成功考取了浙江歌舞剧院。说起现在从事的舞台表演行业，无论个人还是代表单位，他都取得很多令人羡慕的奖项。

我迫不及待地想从他那里获取一些经验与建议。说起大学，他说最先要做到的，也是最先要学的，就是适应，不仅要适应大学生活，还要适应大学毕业后所面对的各种工作环境。因此要清醒地认识自己，了解自己的优势和不足，做到扬长避短，来增强自己的个人能力，并且增加自己未来的实践优势，这样才能做到超越自我、超越环境，这样才能使我们更有信心地去适应未来社会的就业形势。

有志者，事竟成。明确人生理想，用百分之百的努力迎接百分之一的希望，而不是等到自己两鬓斑白时才悔恨迷茫。

采访记者：李　扬、林怡安

积以跬步 且行且歌

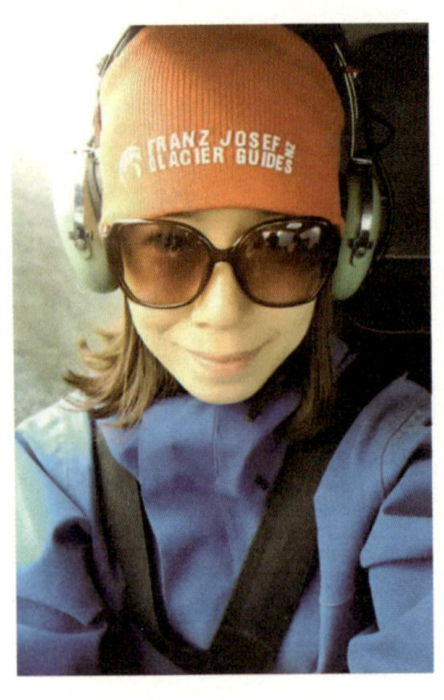

王利亚
WANGLIYA

杭州师范大学钱江学院电子商务专业2007届毕业生。现任PayPal China非实物行业大商户负责人。

燃烧自我

回忆起四年的大学生涯以及近九年的工作经历，在父母、老师及领导的眼里，我一直是优秀、乖巧、听话的。从最初的团支书到班长，一路到学生会主席，各类奖金、证书拿到手软，算得上是德智体全面发展的好学生。大四开始进入阿里巴巴实习，毕业后加入阿里巴巴中供铁军，成为华东地区的Top Sales，做了五年的阿里人。后转岗支付宝，负责支付宝华东地区OTA景区等细分行业业务。现在跳槽到PayPal，负责全国虚拟行业大商户业务，包括各大航空公司、OTA、游戏、文化教育等细分行业。

这一路下来，有几点可以分享给大家：

1. 好胜心强。在不燃、他燃、自燃的性格分类里，我自认为属于自燃，脸皮厚一点的说法就是："优秀已经成为一种习惯，总是希望自己是最优秀的那一个。"这就需要你做好时间管理，因为要在和别人一样的二十四小时里面面俱到，合理安排时间，做好时间管理。也许你早晨要比室友早起一小时，到大操场上训练；要利用午休时间开完学生会工作会议；也许要利用熄灯后，在走廊微弱的灯光下复习第二天的考试科目；也许要利用周末时间去上雅思或者其他小语种。你做好准备了吗？

2. 勇于冒险。其实这一点是家人最不喜欢，却也是最无奈的。他们希望我可以有一份安稳，做事轻松，钱不求多，但离家近的工作。犹记得，刚大学毕业的时候，我有机会可以留校，但我仍不顾母亲的劝阻，毅然选择了阿里。在阿里的实习期过后，我也有机会能留在所实习的部门，安安稳稳工作，然而，我选择了参加阿里巴巴中供第一届的精英训练营全国海选，在一个月的时间里，接受紧张而又严苛的周考核淘汰制，只为成就更好的自己。在阿里五年后，转岗于支付宝，后又跳槽到 PayPal。每一次转岗和跳槽都是家人所不能理解的，他们觉得："好好的工作，为什么要换呢？"但对于我而言，一成不变，一眼就能望到老的生活，并不是我想要的。

3. 世界那么大，你要去看看。我有过一次裸辞，辞职旅行了八个月。跳槽间，又旅行了四个月。工作期间，我也会用尽各类假期，到处走走。看看这个世界，看看在生活枷锁以外不一样的世界，看细腻唯美的西方建筑，看世界尽头的荒凉，看美西的磅礴气势、鬼斧神工。不论行走会给你带来什么，请尽量多地走出去，用自己的感官去感知这个世界。也请保持一颗好奇的心，留给自己体验人生的空间。

唠唠叨叨写了很多，想说的很多，想把这几年的感悟一股脑儿地告诉大家，然而篇幅有限。最后，希望大家在大学的四年能过得开心，有所收获，也希望我的唠叨能带给你们一点启发。

机遇在于尝试

她乐于尝试，喜欢体验不同的生活方式；她勇于挑战，使自己的人生道路充满奇迹;她活得精彩,用瞩目成绩面对未来。她,是王利亚。

“我在先天素质方面,与周围人相比并没有很大的优势,但我不服输,我逼着自己去追赶身边优秀的人。”王利亚如是说。她是别人眼中的学霸,与生俱来不服输的个性和持之以恒的努力,最终使她在人群中脱颖而出。“我认为大学就是学习的一个过程,并不一定说待在图书馆的就是学霸,很多事情要用联系的观点看问题,由点到面。在做一件事的同时,也许就会不自觉地影响自己,提高自己,无形之中有利于其他事情的解决。”她谈及大学学习经验时,这样说道。

四载大学光阴转瞬而过,年华在弹指一挥间流逝,毕业之时,同一届的一些人还抓着青春稚嫩的尾巴希望它多停留一会儿,可她却在有限的时间里迅速蜕变、成长。多重职位、多项荣誉披身的她,今日耀眼的成绩绝不是偶然的幸运,而是努力后的必然结果。

此外,王利亚还结合自身职场经历给大家提了几点建议:一是学会选择。每个人都会面临各种选择,听从自己的内心,做出最适合自己的选择才是成功的关键。二是抓住机遇,勇于尝试。在职场生涯里,会有很多次的机遇稍纵即逝,要及时抓住把握,这种能力促使你在职场上更上一个台阶。三是少说多做。做完之后面对自己的成果和作品进行的讨论比无谓的空口白话有意义得多。四是学会与优秀的人相处。“近朱者赤,近墨者黑”这并不是空口白话,与优秀的人相处时,掌握合适的相处技巧,可以使自己也变得不平凡。

无论选择粗茶淡饭的平凡人生,还是拼搏奋斗的热血青春,抑或是充当与世无争的人生隐士,又或是风华无限的世界名流,一切都在于你自己的抉择和行动。王利亚用自己的人生经历告诉了我们,趁你年轻,趁现在正青春,多去历练,多去体验,多去经历。年轻永远不要止步不前,有条件可以尝试各种不同的生活方式,在实践中磨炼,在生活中成长。

采访记者:杨俊杰

比你优秀的人比你更努力

王祎楷
WANGYIKAI

杭州师范大学钱江学院经济学专业2012届毕业生。现任台州市仙居县发展和改革局体制改革科副科长。

讲诚信，勇实践

开始的开始，我们都是孩子。最后的最后，我们都穿上西装各自奔四方。可是，无论过了多久走了多远，我们都是钱江学院的孩子。

大学里，我从普通的干事到部长再到主席，经管团学的传统已经成了我骨子里的东西。我们经管人“讲诚信，勇实践”，做任何事都要拿第一。记得我大三那年，学校组织红五月大合唱比赛，各分院组织合唱队，我和文艺部部长组织了70多名同学每天挤出时间来排练，我们的努力没有白费，夺得了第一名的好成绩。

大学的学习生活相对自由，这就要求我们学会自控。首先就是明确目标，学会管理自己的时间和情绪，要有计划地确定自己的方向，不要盲目。在这期间，我为自己制订了清晰明确的目标，这让我有不断努力的恒心。其次还要强迫自己多学点有用的东西，你要知道比你优秀的人比你更努力。我喜欢把每一件事做到完美，因为面对如此激烈的竞争，稍有松懈便会落后很多，对自己更加严格一些，才能让自己更加优秀。

校园是最纯真的地方，老师是最无私的。老师们总会像朋友一样和我交谈，在学习和生活方面给予我帮助，现在每每想起，感恩之情溢于言表。初入团学，什么都不懂，是盛家骏老师手把手教我如何做好一个优秀的学生干部。在他的帮助下，我学会了如何有效地和他人沟通，让工作顺利开展，在组织活动时，如何协调安排工作、安抚他人情绪。这些积累的处世经验，都为我如今的工作带来了很多帮助。于我而言，大学更像是一个大家庭。这样一个温暖美好的地方，让我的大学时光无比幸福。毕业那年，邵鸳凤老师对我说："祎楷，你别叫我，你一叫我就想哭。"到现在我都还记得那个场景，我紧紧地抱住老师，老师偷偷地抹了眼泪，像送别长大的孩子离开一样。我到现在都还和这些老师保持着联系，今后无论走得多远，我们的心都是相通的。毕业这么多年，学校课本知识已经变得模糊不清，但是大学所给予我的，毕生难忘。

离开校园也有几年了，回忆起来似乎还是昨天刚发生的一样。那时的天最蓝，笑声最纯粹，日子最明朗。我们都是有梦想、有追求的人，不要因为一点小困难就望而却步。这个社会总是需要个人活力的，然而这种活力建立在自身的积累上，厚积薄发，有实力的人显示出来的活力和那些大大咧咧表现出来的没心没肺是不一样的。正所谓台上一分钟，台下十年功。此刻正年轻，可能无限，好好珍惜大学时光，请勿虚度光阴，不辜负青春，不辜负生命。

明确目标，学会管理

初见王祎楷，一身简单的休闲装，一张阳光朝气的脸庞，聊天时幽默随性的语气让人丝毫都未感觉眼前这位阳光活力的大男孩现已是台州仙居县发展和改革局体制改革科副科长。

谈起当年的校园生活，王祎楷说他把大多数时间都给了他最爱的学生会。在担任学生会主席的过程中，他学会的不仅是如何举办一场讲座、组织一场活动、开展一场比赛，更是为人处世的态度。作为学生会主席，他比普通学生少了自由支配的时间，更多的是在不断磨炼中明确自己的定位和人生追求。这四年，他一点点完善自我，努力做得更好。在他看来，大学从来不是一个休闲娱乐的地方，而是一个磨炼场，只有在这几年中不断挑战，积极实践，才会有积累。如今作为一个管理者，他需要倾注更多的时间和精力，忙碌也变得理所当然。他说："工作呢，就要用尽全力，该工作的时候要投入全部的精力，该玩的时候也要玩出个样来。在忙碌中也要学会调整心态缓解压力。这和我大学那会很像，大学那四年，我也是拼命工作，有压力的时候找几个朋友一起打打球。这样人的精力就变好了，工作起来也特有精神。"

说到给学弟学妹们的建议，他说了八个字：明确目标，学会管理。"说起来我还是挺幸运的，基本上我的工作和我以前所学的专业都是相关的。趁着在学校的时候多看书，多看书准没错。工作以后，就应了人家说的那句话'比你优秀的人都比你更努力'，真的是怕掉队。希望你们和我一样，即使迷茫也不要放弃。"

最后他诚恳地给出忠告："你的努力不能决定未来，但可以决定当下你是一个充满朝气和期望的人。你要知道，命运从不是未来预知的结果，而是取决于此时此刻的努力。永远不要安于现状，趁着年轻还有无限可能，多去闯闯。这个世界就是这样，很现实但不可否认的是它至少给我们机会去改变。我们能做的就是尽自己最大的努力去给它迎头痛击。无论这个世界怎样，我们都能骄傲地说'我没辜负自己！'你才 20 岁，你可以成为任何你想成为的人。"

采访记者：金嘉宁

追梦风筝　精彩纷呈

翁灵丽
WENGLINGLI

杭州师范大学钱江学院电子商务专业 2004 届毕业生。现任杭州师范大学教务处副处长、招生办主任。

放肆但节制

虽过去十余载，但那年夏天的一幕幕记忆犹新。高考失利，开学更是晚到国庆后，怀揣着一肚子的郁闷踏进这个“巴掌大”的校园。作为新生干部，提早到学校，见到我们的辅导员，见到我们的老师，之后见到班级里的每个小伙伴，从那一刻起我知道我会爱上这个“巴掌大”的地方。

很庆幸，我们大学四年的生活能在这个“巴掌大”的地方，上课、吃饭、运动都在这儿，对这一片校园充满了感情；很庆幸，结识了一帮大学同学，有共同的爱好，共同的梦想，直到毕业 12 年后还能一起“诗酒论河山”“谈笑征戈壁”；很庆幸，能碰到那么负责又可爱的学院领导和老师们，那时候学院金书记在学院大会上给我们唱“娃哈哈”，那时候团委章老师，带着我们“通宵达旦”干活，那时候计算机曹老师，带着我们组装电脑、做“水晶头”；很庆幸，我现在仍然在这里未曾离开，经常回到那“巴掌大”的古荡湾校区，角角落落里都是满满的回忆。

岁月蹉跎，早已不会用那些华丽丽的辞藻、修饰词通篇地娓娓道来，今天只想用最朴实的语言对学弟学妹们说几句心里话：可以上课打瞌睡但课后要补上，可以逃课但不可以作弊，可以偷懒早锻炼但必须每天有运动，可以结伴玩通宵但要有节制，可以谈恋爱但不能影响学习。学习和工作可以做到两不误，锻炼自己在同一时间做多件事的能力很重要，这个能力的培养对今后踏入社会有帮助。千言万语汇成一句话：大学生活，是人生中最美好的时光，请大家好好珍惜！如果可以，请再来一回！

踏实创价值

初次遇见，她温柔恬静，如同一阵春风，举止中透着礼貌，言语中闪露智慧。她就是翁灵丽，杭州师范大学教务处副处长、招生办主任。谈起大学四年，她的眼中散发出绚烂的光彩。大学，有太多的回忆。在这里，她认识了一群关心她、疼爱她的老师；在这里，她邂逅了陪伴自己的学生会，收获了成长，收获了团队的温暖；在这里，她拥有一群给了她家一般温暖的室友，她们相互支持相互体谅，那是最纯粹而恒久的友谊。

“大学生是一个特殊的群体，他们站在校园与社会的边缘。他们借着自己青涩的眼光认知社会，一步一步地慢慢摸索着社会。”翁灵丽学姐当年亦是如此，她颇有感触地向我们说道。初入大学的翁灵丽其实是一个腼腆内向、不善交际的女生。但她觉得，既然人是活在社会上的，就不能完全按自己的个性和性格来活，需要培养一些适应社会的能力。她不断给自己心理暗示，想要突破、挑战自我，因此就参加了经管的团学，担任班里的学生干部。“我喜欢同时去做很多事，只要安排好时间，清楚自己为什么要做这些事，就会有想做这些事并把它们做好的动力。”翁灵丽谈道。那些年的学生干部经历，对于翁灵丽来说，既是当年青春美好的回忆，又是今后工作扎实的基础。不难想象翁灵丽在班里、班外活动中积极活跃的身影，可能当初参加这些活动只是为了锻炼一下自己，但正是这些点点滴滴培养了她认真负责的人生态度，更为她日后的成功打下坚实的基础。

毕业时，她取得圆满的收获，步入了另一座梦想殿堂。而今已经事业有成的学姐和我们分享了她的职场经验。“无论从事什么工作，只要你用心去做，你就能创造属于你自己的价值。”翁灵丽说。她告诫我们一定不能忽视工作和学习中的细节，因为哪怕是一个十分细微的疏忽，也可能酿成大错。她认真负责的工作态度并未因职位的上升而有丝毫的改变，即使是如今在管理岗位上的她，也依旧保持着勤恳严谨的工作作风。她认为，无论你是领导者、管理者，还是一位普通的教职工，扎实、务实、踏实都是对自己最基本的要求。

越努力越幸运，付出的努力汗水终于化作一个个美好的回忆。对她而言，或许努力付出收获的不仅仅是成长，还有一份最真挚的感动。

采访记者：杨俊杰

打造艺术人生　坚持教育之路

吴晓芳
WUXIAOFANG

杭州师范大学音乐表演专业2004届毕业生。现为杭州师范大学钱江学院艺术与传媒分院副院长。曾荣获第七届中国音乐金钟奖浙江省选拔赛声乐比赛（民族组）金奖。

在钱江的日子

如果说20来岁的青春是阳光灿烂的一条射线，那么起点在这里，向你梦想的彼岸无限延伸。如果说我们每个人都是一个意志坚定的攀爬者，那么山峰的入口在这里，向着更高处一直展望。如果每一段不完结的记忆都是一首歌曲，那么美好的旋律都会在这里，让人忘不掉这里的名字叫钱江学院。

那时的校园，在我的印象里并不大却很温馨，虽说我身处艺术系但学习的氛围很好，学校专业活动很积极。大学期间，我参加了很多学校的活动，它们丰富了我的学生生活，下乡演出则增长了我的见识。大学生活并不像高中时这么紧张，需要更多的自主性学习。

大学毕业后我留校任教，突然的转变让我很不习惯，从学生到老师的瞬间转变也让我摆不好位置，但渐渐地，我也摸索出了与学生的相处模式，依然站在师姐的角度上与他们亲近地交谈。

教学过程中，我比较注重培养学生的个性，遵循“顺势而为”的教学原则，简单地讲就是在顺其自然的基础上规范声音，保留每个人最好的、最自然的那一部分音色，循序渐进地进行教学。

温柔而有力量

吴晓芳老师主讲音乐表演专业声乐、舞台实践、剧目排练的课程，她的演唱既具有民族唱法的韵味，又富有美声唱法的技艺，先后获得多项音乐奖项。她一直坚信，音乐只有先打动自己，才可以感染观众，而对于她的学生，她也是遵从用最真的自己去感染每一位学生的理念，在音乐教育道路上前行。

6 岁开始学习舞蹈，8 岁学习独唱。2000 年，吴晓芳以全省联考声乐第一的优异成绩考入钱江学院。舞台表演讲究声台行表，舞蹈对于吴晓芳老师而言是助力，是爱好，是初心。后经老师发掘开始习唱之路，一路高歌，没有顽石阻碍，心志坚定，吴晓芳老师细致地雕琢自己，而后在钱江细致雕琢学生。

“要懂得在生活中精确丈量，削薄自己，挤进正确的位置。”每个人在不同阶段都有不同的梦想，梦想可以很遥远，也可以很邻近。在采访中，吴晓芳坦言，自己小时候就有当歌唱家的梦想，就像成为科学家是很多男孩梦寐以求的职业一样，她也想在金碧辉煌的舞台上完美释放。

人在选择的路上总要学会调转方向盘，不能太过愣直地一路向前。吴晓芳一直希望将来有一个平台把自己的所学展示出来，给听众带去快乐和享受。也许，想成为科学家的男孩，最后成为一位卓越的建筑师。教师，成了她的职业选择，她拥有了一届又一届诚心的听众，也培养出了一批又一批优秀的学生。

“她有点孩子气的可爱，但她课堂上是严肃的，她的指导是温和的。”这是我在提及要去采访吴晓芳时，寝室学姐兴奋地拉着我的手表达出的崇拜，也是表达音表1401班一名普通学生对她们老师的喜爱。

对于吴晓芳老师自己而言，得到学生们的认可，她十分开心，课堂上她对学生的要求比较严格，始终保持实事求是、褒贬分明的教学态度。在她心中，音乐的标准是不可撼动的，学生必须一步一个脚印地学习。只有这样才能让学生对艺术、知识产权等产生敬畏之心。而课下学生们经常会称呼她为“晓芳姐”，她也很乐意以学姐的身份为他们的生活、学习提出一些好的建议。

追求艺术的道路上总是要经历大大小小的比赛，作为先行者，吴晓芳也给学生们传授了自己的经验。她认为经历比赛，对歌手本身起到了非常大的促进和鼓舞作用。作为导师，她会引导学生认清比赛这个舞台，正确调整比赛心态，胜不骄败不馁。通过比赛，学生能够磨炼意志、增强自信，这就是收获，无所谓输赢。

温柔、细腻、坚持内心释放，如同《音乐之声》中的玛利亚，在钱江学子的心中，吴晓芳老师是一个坚实而又温暖的存在。

采访记者：李　扬、姜伊莎

我的未来我做主

夏志华
XIAZHIHUA

杭州师范大学钱江学院音乐表演专业 2009 届毕业生。现任都市琴行总经理。

惜时而战

曾看到过有这么一段话："吃饭时，时间从碗边流走；喝水时，时间从随水流走；睡觉时，时间又从脚边流走，这摸不着、抓不住的时间呵，它无声地来又匆匆地远走。"懂得珍惜，人生便是一种永恒。

时间就如飞梭一般，如今的我，已不再是当年那个青涩的少年，但是走在路上，看见许多刚刚踏入校园生活的大一新生，我还是不由自主地想到曾经的自己，当初也是带着同样的心情走进校园，走向美好的明天。

对于大学，我的记忆不是那么的清晰明朗，但是我印象最深的是我的人生恩师刘斌，他的出现改变了我的一生。他是一位留美大学教授，对于专业，他一丝不苟，对待学生，他亲如家人，把每一个学生都当作自己的孩子，给予了我们温暖和无私的爱。说起来，我那时候并不能算一个专业拔尖的学生，但是刘老师依旧对我和蔼可亲。或许这就是老师的光芒所在，他能够感化一个人的心灵，我也由此对音乐更加热爱，也是他，带我走上了这条成功之路。

上学时，我的家境一般，跟同学相比条件并不优越，这也成为我在大学期间很早就创业的原因之一。因为吃过苦，所以更加想努力往上爬。没有人脉，没有家底，就这样白手起家。同样是刘老师给予了我莫大的支持和关爱，让我更加有勇气向未来，向梦想靠近。

随着一部部追忆青春的电影的上映，我们的青春，也渐渐变成回忆相册里面的点滴片段。美好的校园生活，是属于那些一届又一届，初来乍到的新生的。唯有别离的凄美场景，才是校园最后留给我们的独家记忆。

在四年的大学时光里，何不努力奋斗，留下值得被后人铭记的事迹呢？虽然，我们都出生在普通的家庭里，但是这不代表我们的人生就一定要过得平凡无趣。生活——学会生存之后，懂得如何快活。我们的人生，没有彩排。我们的舞台，需要人喝彩。奋斗吧，少年！追逐理想，展翅高飞吧！

良师益友的陪伴

初次与他通电话时，就感受到了他的和善与真诚。虽然身为杭州都市琴行总经理，却丝毫没有让人感受到冷漠与高傲，反而是以一种谦逊的态度与我们这些学妹交谈。他的言辞并不华丽，十分朴实无华，但却言近旨远。

夏志华说，因为家庭原因，他其实很早就开始创业了。一路上，经历过风雨，遇到过挫折，但无论如何都少不了四年在大学里生活的积累。在大学里，他说自己对于专业并不像拔尖的同学那样刻苦，但是他喜欢钻研，喜欢探索新的事物，我想这也是在他走上社会之后成功的原因之一。一个人遇到困难和挫折之后，不能就在一个死胡同里纠结，要学会寻找新的方法和出路，无论做什么事情，一定要先衡量一下利弊。都说穷人的孩子早当家，因为穷人家的孩子更加懂得生活的艰辛，他们愿意去闯，也就比别人更早地认识和接触这个社会，学到很多社会生存技巧。毕业之后，有的同学或许才刚刚踏入社会，而夏志华，却早已经在社会中闯出了自己的一片天地。

在创业的过程中，最让夏志华感动的不仅是他的恩师，还有一群温暖可爱的同学。每当夏志华受到挫折时，都会有很多的朋友同学来安慰他，给他勇气。所以直到现在，他依旧跟很多同学保持联系，因为在人的一生中，很难再遇到像同学这么纯洁的友谊。无论何时何地，只要身处困境，都会有那么一些人陪在你身边，尽自己最大的努力给你帮助。

夏志华对于学弟学妹们也寄予了厚望。在他的人生信条中，学到的永远都是自己的，别人无可代替。对于自己的梦想，要及时去做，等实现之后你就会发现，一切都是这样的美好。当然，在学习之余，也要处理好与同学、老师之间的关系，因为这些情谊，将会成为你一生中最珍贵的财富和回忆。

采访记者：陈舒洁、林俊霞

那四年，温暖如家

谢存波
XIECUNBO

杭州师范大学钱江学院市场营销专业2010届毕业生。现自主经营藏家壹号藏式精品家具馆。

此处，暖如家

有些诗写给昨日和明天，有些诗写给未曾谋面，但是在日落之前也从未放弃过的理想。而我内心始终藏着一首诗，要写给我四年的青春，写给那个温暖如家的地方。

时光荏苒，宴席已散，回望当时青涩少年，感慨颇多。大学时期是我成长最多最快的一段时间。初入校园时，我便有幸进入钱江学院学生会。在那里，我认识了一群给予我极大帮助的老师和学长学姐，也正是他们，让我收获了许多课本以外的知识。偶尔聚餐，学长学姐们会向我们分享他们的大学生活，提醒我应当注意一些什么问题，对我平时的工作提出建议。这个过程不仅令我从他人的经历中获得经验，改正当时自身的一些不足，还让我积累了丰富的人脉。学生会的众多活动令我的能力得到极大的提高。大学期间，我学会了如何有效地与人交流，如何让自己的工作顺利开展。在组织活动时，协调安排工作过程的锻炼为我如今的工作带来了很多的帮助,如面对突发情况时的处理补救措施的运用,等等。这样一个温暖如家的团体,让我的大学时光无比美好,无比充实。我特别要感谢当时的辅导员沈玉燕老师,她在我大学期间给了我极大的帮助和照顾。沈老师带领我参与了许多她的个人项目,让我在大学期间有幸接触到了很多学校外的东西,积累了丰富的社会经验,锻炼了个人能力,使我在真正步入社会时更加成熟自信。我想对学弟学妹们说,大学期间,拘泥于课堂的知识学习是很致命的,适当参与一些学校社团和组织的工作十分必要。若是有机会,一定要与有丰富经验的学长学姐多多交流,他们可以为你带来许多新鲜的信息和资源,让你接触更多课本无法带给你的东西,提升个人素质和内涵。毕业多年后,在学校学习的课本知识可能会变得模糊不清,但是我在这个过程中为人处世的能力锻炼,必定会让我受用终身。

大学期间,很多同学都对未来十分迷茫,不知毕业后的去向,因此,提前对人生进行一个简单的规划是十分有必要的。要提前了解到自己的兴趣取向,提前接触这个行业。社会就业压力很大,要在众多人中脱颖而出,在一个行业中成为佼佼者,你需要在毕业前就对这个行业进行深入的了解,对其前景和未来的发展有深刻的认识。

大学这段最美妙的经历,让我的人生变得饱满而充实,让我体会到了青春成长的喜悦和甘甜。人生如戏,大学便是全戏的高潮。十年之前,我用我的努力为人生铺垫;十年之前,钱江的大舞台承载着我小小的理想;十年之前,钱江用其臂膀温暖感化我。校园位置已经改变,学生面孔也几经改变,而从未改变的是我对母校的牵挂。短短四年,我怀念那个温暖如家的地方,珍惜那些为我成长带来帮助的老师和同学。

此后,强己身

毕业五年内,去过十多个国家,走过三十多个城市,这样的经历实在不简单。初见谢存波学长,单薄的身型让人难以想象他所蕴藏的满满的能量。毕业10年,岁月不曾在他脸上留下太多痕迹，但他的谈吐行事，流露出了这10年时间所给他的历练。

从他的讲述中，我看到了一个人从青涩到成熟的过程，看到了每一位成功者所要具备的共同特征：胆大、心细、钻研、吃苦。行走于各个国家时，胆子大，放得开尤为重要。做外贸工作时，要与不同地区、不同文化背景下的人进行交流，最重要的是尊重他们的风俗礼仪和文化背景。所谓心细，在他身上表现得最明显的一点便是每封邮件发送之前必定检查三遍以上。他说："在学习中的一些错误最多导致分数和成绩的不理想，而工作期间一个数字上的错误，就可能直接导致公司经济上面的损失。"而钻研，是不同的行业和岗位的人都要拥有的一种精神。每种职业都有技巧等待挖掘，要深入其中。谈及吃苦，我不由自主想到了《孟子》："天将降大任于斯人也，必先苦其心志，劳其筋骨，饿其体肤，空乏其身，行拂乱其所为也，所以动心忍性，增益其所不能。"谢存波用自己的经历印证了这个观点。收获之前的时光极其辛苦，超负荷的工作令体重骤减。然而，回忆起那段时光时，他却始终带着微笑，毫无抱怨。那段时光，让他不仅积累了丰富的人生阅历，更是收获了一段可贵的跨国友谊。时至今日，他和当年在国外认识的一位巴西小伙依然是很好的兄弟。我想，这就是勤奋和努力所带给他最好的礼物。这样一段充实又富有意义的时光，也将是他最宝贵的回忆和财富。

年轻，是每一位大学生最好的资本，但却会随着时间的流逝而消失，唯有人生的经历才是永远的财富。岁月流逝，我们都将白发苍苍，当年青春的面孔必定布满皱纹，一道道深深浅浅的纹路下，藏着知识，藏着智慧，藏着荣耀。

谢存波用他的自身经历告诉每一位钱江学子，年轻的我们，不应当以金钱来衡量自身的价值，拥有丰富的知识和深厚的阅历才是每个人都应当追求的。如今，他正在从事藏式精品家具馆的经营工作，为藏文化和汉文化的交流融合工作做着努力。为着理想和目标勇往直前，愿谢存波在今后的工作中能继续坚定信念，坚持信仰，走向人生的巅峰！

采访记者：周骅祺

挥洒斗志 成就梦想

谢 宏
XIEHONG

杭州师范大学钱江学院社会工作专业2011届毕业生。现就职于杭州江干区委办公室。

忆往昔，岁月静好

风轻花落定，时光踏下轻盈的足迹，那些个泛黄的老相片，使我涌起了许多青春的记忆。将时光的指针拨回到2007年的那个九月，那个在文一路的钱江。那里，有我的良师益友，有我努力拼搏的背影。在那里，我们手握春光烂漫的年华，编织着人生的七彩之梦。

初入大学的我，既兴奋又紧张，对这个“象牙塔”里的一切未知事物充满了新鲜与好奇，比如说来自五湖四海的同学，形形色色、丰富多彩的社团活动，还有等着去探索的大学课堂，等等。虽然当时的校区有点小，但是这并不能挡住我这股想要在大学有一番作为的冲劲。

在大学里，我热衷于参加一些演讲、辩论的活动，我喜欢挑战自己。大学并不只是学习书本知识，还要注重能力和素质的培养。能力是一个人在社会上工作、生活的主要工具，没有能力的人是不能够成为社会建设的主力军的。如果认为做某一件事情是有价值的，那么我们就应该坚定地走下去，去维持这份热情，积极地表现自己，挖掘这份潜力，放大自身的亮点，发现自己的不足。

除此之外，我还喜欢加入一些社团，积累为人处世的经验，学会与人沟通的技巧。印象最深的要数青鸟这个社团组织了，记得我刚来大学时青鸟与其他社团一块合作办了一个挺大的活动，当时感觉大学能搞这么大的活动真厉害，觉得大学就是不一样的，心中不免又给钱江加了一分。在这里，我还是要给社团提点建议：社团要做得好，就应去外拓，多去争取一些资源，每年都一期一期把这些活动办下去，这样才足够吸引人。在学生会的日子里，我顺利当上了团总支副书记，也是希望给自己一个锻炼的平台，学会踏踏实实、认认真真工作，努力去为分院、学校贡献出自己的一份力量。

谈到学习，这在大学生活中还是很重要的一部分。当时周围的同学都挺爱学习的，都想着要好好考试，学习氛围还算不错吧。也希望学弟学妹们能合理地安排自己的业余时间，多读书、看报。有足够丰富的知识积累，才能沉淀出独到的见解和内涵，让自己的目标符合社会的需要。因为，青年人得有点担当。大学里的老师就像朋友一样，能够亲切地交谈，给你一些实用的人生建议。因为我乐观外向的性格，所以我跟许多老师都挺熟的。我比较喜欢陈东恩老师上的课，生动活泼，她会讲许多案例，特别吸引人。同时，她待人也挺不错，温和友善，笑起来很温暖，许多同学都非常喜欢她。

大学的暑假生活我都过得比较充实。大一时，跟着青鸟的大部队去参加暑期支教，感受到了团体之间的默契合作，与孩子们收获了愉快的旅程。大二的时候去培训机构给农民工上课，也是希望这些辛苦的农民工朋友能提高点文化素质，享受一下读书的乐趣。大三时做过淘宝、腾讯兼职，想让自己得到一定程度的锻炼，多点工作经验。

对于母校，我想说："蓝天献给白云，长路献给远方。这一颗感恩的心，化成动力，指引我向前。我会用我的成功感恩我扬帆远航的母校，期望我们的母校将来能越来越好,培育出更多优秀的学子。”

平淡中见闪光

初次了解谢宏,是从老师的口中得知他是一位能言善辩、工作能力强的学生,参加过很多辩论与演讲的比赛,经验非常丰富。老师说起他的时候满怀自豪之情,说若与他聊天你不用担心没话讲,这让我不禁对谢宏产生了好奇与敬佩之情。

毕业之后,谢宏去了龙湖地产工作,能说会道的优势在这方面就体现出来了。后来应家人的要求希望能找一个稳定点的工作,他通过自己的努力在三百多人中脱颖而出,顺利考上了公务员,现在在江干区委办公室上班,主要的内容是帮助领导写写讲话稿,协调各种会议与会务,也包括一些艺术性的工作。其间,他还被学校邀请来做讲座,谈谈他的公务员之路。考公务员之不易我们都是知道的,他却一直很谦虚,很低调。未来的日子里,对于自己的工作,他期望能够做到尽责尽职、工作愉快。

谈及现在的生活,谢宏说过得很幸福,在空闲之余会与爱人一起去旅游,记录下点点滴滴,享受美好生活,也希望能够一直这么愉悦地跑下去。说起爱人的时候,听这位专情的学长的笑声就能知道这段爱情有多么温暖了。有爱人在身边的支持与鼓励,他的生活就像被灌了蜜一样甜,充满了热情与幸福。被问及如今的生活爱好时,他说:“健身、跑步成了我现在的一大乐趣,正所谓身体是革命的本钱,有健康的体魄才能更好地实现理想与抱负。”

采访之余,我们闲聊了起来,说到我们共有的专业问题,谢宏说现在回想一下,觉得社工这个专业其实蛮好的:务实,能够锻炼人。毕业以后发现,也没什么特别好的专业就一定能找到特别好的工作的现象,很多都是专业不对口。相反,社工还能够教你一定的谈话技巧、一定的心理咨询能力等,尤其是实操训练,不仅培养了你的爱心,还能在以后的就业方面起到良好的作用,带给你意想不到的惊喜。

谢宏后来说的一番话让我感触挺深:每个人都有自己的位置,每个人在自己的岗位上都可以做出有意义的事。哪怕是自己经营一个咖啡店，用自己的努力把它打造好，只要能踏踏实实做一份工作，做出一点成就，那就说明你是成功的。

是的，每个人的生活轨迹都是不尽相同的，每个人都是一座未开掘的金矿，你的成功与否在于你是否勤奋。仰慕山的高度，只要挖掘自己的潜力，尽可以塑造生命的高度；惊叹海的深度，只要挖掘自己的潜力，尽可以开拓灵魂的深度。

谢宏的故事激励着我们要勇敢地向前，在这个竞争激烈的社会上，不能因为残酷而放弃，忽视美好的一面。这是最美好的时代，这是智慧的年头，这是信仰的时期，这是光明的季节，这是希望的春天，我们要奋力拼搏，找到属于自己的时代，你想要的自会在前进的道路上熠熠生辉。

采访记者：钱钟悦

执着，换来成长

谢 雨
XIEYU

杭州师范大学钱江学院音乐表演专业2012届毕业生。现为浙江歌舞剧院优秀青年独唱演员，浙江省流行音乐协会首届理事、培训部副主任。

选择坚持，选择优秀

落叶在空中盘旋，谱写着一曲感恩的乐章，那是大树对滋养它的大地的感恩；白云在蔚蓝的天空中飘荡，描绘着那一幅幅感人的画面，那是白云对哺育它的蓝天的感恩。因为感恩才会有这个多彩的社会，因为感恩才会有真挚的友情，因为感恩才让我们懂得了生命的真谛。

九月底的天空，万里无云，绽放出淡淡的蓝色，似乎就代表着那时的我们，童真、明亮、干净、透明。记得最开始进入钱江学院的时候，最吸引我的是学校的绿化环境。一走进校园，那一抹绿色就映入我的眼帘，干净整洁的环境使我对这所学校又多了几分喜爱与憧憬。刚进寝室，本以为自己算很早的了，没想到室友都已经早早赶到，打扫好寝室卫生，她们的热情也让我感到无比的温暖。

虽然学校很小，但它的地理位置为我大学四年生活创造了许多良好的条件。闲来无事时，我便会积极地去听音乐会，参加全国各地的音乐比赛。在大学生活中，我充分地将学习到的知识和实践结合起来，这也成为我日后站在一个新的高度的基石。

母校老师总是给我一种和蔼可亲的感觉，对待学生既有对孩子般的仁慈和关爱，也有对朋友般的尊重和信任。我在大学期间，曾多次请教老师专业知识，老师都是一一给我解答，教我方法。我想也正是因为有这样一群可爱的老师，才能够有如今认真和坚持的我。

大学期间，我曾经历艰辛，落下泪水，但最后留下的都是满满的回忆和欢笑。我想若干年后，我依旧会记得刚入学时那淡蓝色的天空和那一抹绿色，还有同学们的热情迎接。

大学时的一股朝气给了我走向梦想的勇气，也让我在遇到挫折和失败时抬起头继续向前走。很多时候，我本可以选择放弃，可以选择偷懒，但我选择了坚持。对于梦想，一个人选择坚持就相当于选择优秀。

我们常常感动，是因为懂得珍惜，阳光将洒遍心灵；懂得珍惜，晚风将拂过心灵。珍惜让我们的心灵那么温暖，那么安宁。珍惜吧，珍惜所拥有的以及还没有拥有的，即使心灵的土壤长不出参天大树，我们也可以拥有对蓝天的向往。

纯粹的热爱

电话那端的她，彬彬有礼。谦逊、平和的语音语调，让人觉得很亲切。一通电话，读出了一段艺术人生的苦与乐，一段正在远航的心路历程。“因为喜欢，所以就坚持了。”这就是谢雨对音乐的理解和解释，简简单单的纯粹。

也许冥冥中，她因各种巧合——家庭氛围、自身天赋、兴趣爱好，注定与音乐有个约定。三四岁，她就开始自学自唱。而正是由于这份最初懵懂的热衷，随着年纪的增长，幼小心里的音乐种子，在她面临人生十字路口时突然萌芽了，她毅然决定走音乐之路。

谈起大学，平和的她略微激动了。回想起大学时光，也许告别得太仓促、太匆忙，来不及好好道别与感激。老师们很赏识谢雨，并且对她要求十分严格，让她去迎接各种挑战。于是，她开始了漫长的苦练、苦唱的日子，只为不负期望，回报那份桃李之恩。

在"新松计划"浙江省青年歌手大赛中，她荣获流行音乐组二等奖的好成绩。人生，就是在一千个不确定的勇敢尝试下才精彩。这次大赛于她而言是第一次。"就当学习和锻炼吧，难得的一次呢，重在参与嘛！"不知道在那个过程中她对自己说了几遍，才能足够淡定。她不断认真苦练，全力以赴，以较好的状态参与。一轮轮的比拼，年轻的她原来潜藏着巨大的力量，最终脱颖而出。

三毛说："即使不成功，也不至于空白。"这是一种年轻的输得起的情怀，一种坚定地相信的力量，相信她终有一天会触碰到梦想！最后，她赠学弟学妹一句话："机会真的只青睐于那些有准备的人，而且要有个好心态。"诚恳二三语间，简单、质朴，犹如她，简单、率真。

采访记者：陈舒洁、林俊霞

慎选择　必无悔

徐　健
XUJIAN

杭州师范大学钱江学院护理学专业2015届毕业生。现就职于浙江省乔司监狱医院。

大学故事

一眨眼，离开母校已经一年多。我的大学生活仿佛还在昨日，一切历历在目。记得我第一天到学校的场景——坐着校车，从杭州城站火车站来到市区文一路校区，一个人拉着行李箱，好奇又兴奋地走进校园。这是我第一次来杭州，来到钱江学院。门口很多学长学姐举着分院牌子欢迎新生。一个学姐招呼我，把我带到广场，我才发现护理分院的学长学姐们用一个广场的团队来欢迎我们，还拍照留念，写下入学誓词。我相信我会快乐地度过这四年，最后真的实现了。

标志性的图书馆、体育馆、操场、教学楼、行政楼和学生宿舍，一个个紧紧挨着。说得夸张些，就是蒙着眼睛都能走遍校园。可是我却喜欢它小得有安全感、归属感。

大学一开始，就要竞选班干部。我对心理委员情有独钟，一上台就说“愿意成为同学们的倾听者，和同学们做朋友”，还留下自己的电话号码。那时候我很单纯,纯粹地喜欢交朋友,希望能够做好班级的工作,赢得同学们的信任。没想到晚上还真有一同学给我打电话,说着新入学的困惑。我就想办法,去询问学长或者请教老师。渐渐地,我有了独立处理问题和解决问题的能力。我一直相信"三人行,必有我师"这句话。或多或少,我总能发现别人的优点。同学们都来自不同的地方,性格各异,处理好同学间的关系也成了我的必修课,而不仅仅是埋头在学业和书海里。到了大三,在老师和同学的推选下,我当选为班长。在大家的帮助下,我充实地成长,愉快地收获。

一直以为大学老师除了上课,就不会来关心我们学生了,其实不然。班主任老师时不时会给我打电话询问班里的情况,同学们的学习、寝室里的生活等情况,或者到我们寝室来找同学们谈心,甚至还邀请我们全班去她家里做客。

医学的专业课,大部分人认为"枯燥",而我却品出了味道。每每上课,我总会往自己身上比画。每一块骨头,每一处肌肉,都是那么新奇。老师更是讲出了哲学课的味道。记得老师当时说过这样的话:"同学们,你可以学不会某一种疾病的知识,但病人会因此而不生这个病吗?"这是多么痛的领悟,这是多么严厉的教诲。

思想的拯救者

因为徐健工作的特殊性,我们约在了他住的地方见面。他护理学专业毕业,却成了一名人民警察。

问及他为什么会选择护理学专业的时候,徐健说他高中就有学医的想法,只是一个萌芽而已。直到高考结束填报志愿,他尊重他父母的建议,但毅然决然地选择了护理学专业。因为纯粹的想法和对医学的好奇,所以在学校的学习并没有想象的那么枯燥,反而产生了兴趣,成绩也不差。要是让他再选择一次,他还是会走这条路。

但是我好奇的是,他既然选择了护理,为什么不去大医院大展拳脚呢?他不是一个工作狂,他有自己的想法。大医院能学到医学护理更多更深层次的知识和熟练的操作,但是他更愿意下基层,去一线学习总结经验。而来到现单位,是在医院招聘处处“碰壁”后，一次无意的报名考试才来到这里的。这也算是一种新的开始吧。

现在，他不仅是一名护士，更要承担一名人民警察的职责。如果说护士的职责是治病救人，那么他更是精神世界的救治者。当他面对罪犯的时候，需要表现得威严和不惧。从他的表述中听得出，改造一个人的思想比治疗一个人的疾病难得多。在这一年里，他参加过各种警体技能培训，不同程度的拳脚功夫训练让他全身上下充满着精气神。这样就不难想象他穿着警服敬礼的帅气形象了。

他不后悔自己的选择，他更重视的，不是走哪条路，而是既然选择了一条路，就应该坚持走下去，而且走出阳光大道。他对职业的选择，是没有几个男生能经历的——作为一个男生勇敢地选择了护理，又在护理专业的基础上选择做人民警察。有人会说，做护理多辛苦！但他认为，对于事业、职业，我们都应该干一行爱一行。每一个职业人都会对自己的工作有所埋怨，每个人都会有自己的情绪，如何把握控制自己的情绪和如何缓解工作带来的压力至关重要。同样也相信每个人都会用理性的方式来解决问题。

他，是护理专业的学生，专业中班级里少有的“熊猫血”，我们为你骄傲！

采访记者：项倩姿

无畏挑战，一切都是最好的安排

徐思鹏
XUSIPENG

杭州师范大学钱江学院护理学专业 2012 届毕业生。现就职于杭州市第三人民医院。

青春印记

文一路 222 号，挂着这个门牌的大门，如今早已不在。然而，每次经过老校区旧址，我仿佛还能看见，那一张张青春、朝气的面孔，还有那些年的我们。

2008 年的夏天，一个电话，让我顶着“新生班长”的头衔早早地来到了学校。只是当时的我，并没有想到“班长”这个称呼会一直伴随我到现在。现在坐在电脑前，头脑中满满都是关于你们的回忆：迎新时，你们那略显惊讶却无条件信任的善意眼神；联谊出游时，我们一起放肆地追逐、嬉闹；班级活动时，每一个人认真负责的身影；“非典”时，凝聚所有人的团结力与勇气；争吵过后，不好意思而迫不及待地要相互和解、安慰……四年间,你们的包容、理解和鼓励,让我成长,让我学会控制自己的脾气,懂得如何换位思考,让我体会到默默奉献的快乐。最重要的是,让我有了这么一个温馨友爱的大家庭,收获了这份可贵纯粹的感情。

讲到学校,就不得不提到我们的老师,他们有的外冷内热,有的元气满满,有的似邻家姐姐……感谢所有的老师,用灵活适宜的教学方法,为我建立了扎实的护理学、医学理论体系,培养了牢固的专业思想和职业操守,更培养了我的综合能力。不过,在众多老师当中,对我影响最大的还是我们的班主任、辅导员——陈坚老师。我曾一度极端抵触护理学,消极应付,他对我说:"每一个你觉得不重要的现在,将来也许就会是你腾飞的基石。"在"非典"来临的时刻,他第一时间赶到我们身边,日夜守护、坚持到最后一刻。他教会我一个"完整"的人应该有怎样的担当,也是他告诉我:"大学和社会一样,你要不断去学习,去充实自己,挑战自己,突破自己,让自己成为一个更好的自己。"陈坚老师的话,我铭记至今,并一直坚定地践行着。

如今回想起来,在钱江学院的四年,每一个小细节小片段都是如此的珍贵。也很庆幸,因为"新生班长"这一个突如其来的身份,让我的钱江生涯从未孤单。除了班级的同学,学校的社团、学生会等各种组织让我拥有过一个归属感十足的大学生活。在不断挑战的过程中,我也结识了一帮值得信赖、值得骄傲的朋友,他们也是我现在最大的财富。

有人问过我,你大学的青春印记是什么?我的回答是:不畏挑战。正如电影《少年派的奇幻漂流》中的独白:"如果我们在人生中体验的每一次转变都让我们在生活中走得更远,那么,我们就真正地体验到了生活想让我们体验到的东西。"希望正在钱江这座美丽校园里的你们,青春无畏,去体会去绽放你们的青春。因为一切都是最好的安排。

每个人都不一般

初见徐思鹏,笑容洋溢在他脸上,他友好地与我握手,一下消除了陌生感。身着标志性的白大褂,胸前挂着红色的工作牌,口袋里整齐的笔和记事本,透露着他的整洁与干练。

回忆起在三院的工作经历，徐思鹏直呼自己就是不折不扣的“幸运儿”。初入三院，他就进入了许多同行梦寐以求的病区手术室。短短数月间，便得到各外科主任和同事的喜爱，成为手术室重点培养对象。“被点台”也成了他之后在手术室工作的日常之一。在手术室度过两年愉快的岁月之后，徐思鹏出乎意料地应邀成了三院泌尿外科门诊的专科护士。在新的岗位上，他立即协同开展泌尿外科新技术与项目，得到科室同仁的一致认可；病人好评率百分之百，不少患者还成了他的朋友。

回顾自己的临床生涯，徐思鹏坦言学到更多的是对生命的尊重和敬畏。对他来说，每一个患者都是独一无二的。就像在手术室的工作中，手术单上的手术名称也许每天相似，但患者情况却绝非相同，任何一点细小的差别和变化都可能成为手术过程中的潜在危险，影响手术效果，甚至危及患者的生命。正因如此，他都会提前一天仔细查阅病人的就诊记录，再次温习手术流程，甚至为可能出现的突发情况做准备。“当把患者的健康和生命放在首位，尊重生命，自然就得到他们的认可和回报。”

目前，徐思鹏在杭州市第三人民医院院办就职，从之前临床一线医务人员转变到了如今的沟通者、协调者。办公室日常工作琐碎且紧迫，面对这一个全新的挑战，需要付出较之以往更多的时间和精力。忙，并快乐着，这样的状态成了他最真实的生活写照。“做任何事不能只看表面，无论在哪一个岗位工作，只要你真心付出、用心体会，总能学到更多。我喜爱挑战自己，也乐于接受挑战。毕业后的几年中，我一直在不断地挑战自己，也积极准备着迎接下一个未知的挑战，也正是这样才能让我每一天都能够遇到一个更好的自己。”徐思鹏的这番话正解释了他为何一直如此“幸运”。

对于未来的职业规划，徐思鹏并没有想得太多，表示还是继续踏踏实实地干好眼下的工作，不断提升自己的综合能力。而当说到自己的生活，他坦言大部分时间都放在了工作之上，对女友也十分愧疚。在离“三十而立”不远的年纪，他也希望能和相恋多年的女友走进婚姻的殿堂，开启人生的新篇章。我们祝福这个认真的大男孩。

采访记者：陈舟莲

梦想客　创未来

许申平
XUSHENPING

杭州师范大学钱江学院数学与应用数学专业2012届毕业生。现任正泰集团大数据分析主管。

畅游数字王国，追求人生梦想

大学是每个学子心目中的“象牙塔”。在读高中期间，我也曾对大学有过幻想与憧憬，想象着我将要进入的大学的模样，想象着大学中会发生的事。当我有幸迈入大学的门槛，我发现大学不仅是一片圣土，而且还是一个熔炉。大学校园融入了天南地北与社会方圆，有来自五湖四海的同学，有丰富多彩的活动，有这里独有的校园文化；大学校园融入了中学时代的纯真，更包罗了世间百态、人间万象。无论是社会上常见的琐事、俗事，还是学校独有的趣闻逸事，都会呈现在你面前，关键就要看你怎样去感悟与理解。

2008年我挤过了高考这座“独木桥”，来到了钱江学院，选择了我喜欢的数学与应用数学专业。在这里，我努力学习，积极参加各类活动。其中让我印象最深的就是数学建模。

一直以来，数学建模都是我们数学专业乃至整个学院都很关注的学科竞赛。

它的意义早已超过单纯的做题，它更考验的是团队协助能力、算法应用实践，以及编程、沟通、撰写报告的能力等。这对我现在从事的数据分析、数据挖掘工作有着极大帮助。每次三天三夜的数模竞赛，我们基本都只睡6－9小时，其他时间几乎都是在讨论、分析、找资料、编程、写论文，痛并快乐着。不仅我们，数模组的老师们也辛勤付出着。他们利用自己的暑假假期为我们辅导，为我们每次的竞赛安排最好的环境。正因为他们的辛勤培育才促成我校近年来获得国家一等奖、国家二等奖的好成绩。

大学里，我有着一个外号叫“铁牛”，老师、同学们会亲切地叫我“阿牛”，学弟学妹们会叫我“牛哥”。这个外号拉近了我们彼此的距离。无论是在一起学习还是在一起生活、工作，大家相处得都很融洽。如今回首，大学时候的友情，像是跳动的音符，在火热的青春里谱写下的热情篇章。

大学期间，我十分专注于学习。从大一到大三的知识学习，到后来的考研。我认为大学，是梦开始的地方。为了不使这个梦在毕业时落空，那我们就要用一种始终如一的态度去规划与度过大学生活。学校制定课程时是通过多方调研的，给出尽可能符合各专业未来发展规划的课程。而我们应该根据自身实际情况，设定目标，有取舍地学习，这样才有可能成为专业人才。可能很多人觉得专业无所谓，很多人都是做着专业不对口的事情，而我觉得专业非常重要，要有所专长，才能在未来就业中成为不可替代的专家。

此外，在大数据＋互联网的时代下，我们不应该单单局限于学习。我们可以在大学里积极地实践自己的想法，早点为梦想付出实践，而不能局限于想。大学其实是一个大舞台，一个属于我们自己的舞台。在这里，我们既是导演又是主角，只要我们敢于尝试，那么所有的聚光灯都会向我们打来，而我们要做的就是努力去演好我们的角色，无论发生什么，相信自己！

摸索成长，不忘梦想

如今，他已是正泰集团大数据分析主管，这和他在大学生活中的数学建模比赛经历是分不开的。这个令很多人都望而却步的团队性学科竞赛,让许申平初露锋芒,也让他学到了很多,对他如今的工作有着极大的影响。

成长永远都不是一帆风顺的。在踏上今天的岗位之前,许申平也先后做过软件工程师和数据分析师。实习期间做软件工程师的经历,对许申平来说,也许更像一块"跳板"。这是一个陌生而又新奇的领域。曾经在学校一帆风顺的他,开始觉得工作并没有想象中的那么得心应手,心理上的落差也令他感到迷茫和困惑,然而他并没有因此而陷入低谷。相反,在慢慢地摸索中,他意识到了自我定位的重要性。和很多一味地先就业再择业、干着自己并不热衷的工作的年轻人不同,他更想要选择自己喜欢的行业。如今,他承担着集团内上百家公司的数据分析、挖掘的任务,虽然数据繁多,业务复杂,但他不曾懈怠。

当谈起大学中学到的知识,许申平第一个想到的依然是数学建模。数学是影响了他一生的学科。他还说到,在很多工作中都少不了英文的辅助,学好英文对工作有很大的帮助。随着各行各业的快速发展,许申平表示要想不被这个社会淘汰或者领先于别人,就要时刻保持着学习的状态,在做中学,在学中实践。

不忘初心,方得始终。对于工作,许申平显然有一番自己的见解。他说要体现出自己的工作价值,才有利于自己的发展。作为数据分析师,他要对数据更敏感,为决策层提供有益的建议。他认为工作是有限的,他更多的是把工作看作一份事业,全心全意为之付出。提及工作,许申平充满了自信,仿佛还是那个参加数学建模竞赛时意气风发的少年模样。

一路走来,许申平始终没有忘记自己的梦想。这是一个自我塑造的过程,他拥有自己的意志而不是随波逐流。在他未来的职业蓝图中,他希望自己能成为数据分析行业的大牛,通过数据分析提升公司业务,辅助公司转型,然后凭借着多年的学习、工作经验,创造梦想客平台,为更多的人实现他们的梦想。

采访记者:金健强

忠于自己 挑战自己 超越自己

叶斌晖
YEBINHUI

杭州师范大学钱江学院环境与科学专业2010届毕业生。现在浙江大学攻读环境工程专业博士学位。

珍爱时光，掌舵人生

每当路过钱江学院的老校区——文一路222号，心中总是颇多感慨。那是我的母校，承载着青涩懵懂却热情洋溢的大学时光。虽然现已拆迁，但记忆中的校园还是那样的有味道。忘不了雨后初晴中的清新，烈阳高照下的热烈，忘不了夜幕降临后的静谧。当然，最忘不了的还是校园里和蔼的老师以及亲爱的同学们。

和大多数人一样，刚踏入大学校园时我就开始大把地挥霍青春——玩游戏、翘课、打球、喝酒、打牌……相对于高中时紧张的学业及压迫感十足的环境，这里真是自由的天堂，但“自由”过后总会觉得空落落的。转眼间到了大二，所考虑的东西似乎多了一些。大学毕业后摆在面前的路就这么几条:考公务员、考研或者就业。第一选择是就业,那时候想着多积累点社会经验,就去做家教代理、旅游代理,也有和同学一起去义乌进一些小商品卖。确实挺辛苦,但还是挺有收获的,也知道了赚钱的不易。后来到大三的时候,家里人希望我考公务员,于是我就买了些辅导书来看。但那时对于公务员的生活有一些排斥,没什么动力,我也就没有太投入。

直到有一天,有老师在课上给我们介绍了考研的相关事情,原本遥不可及的事情似乎已近在眼前。那时候发现,我的内心似乎有一些不甘心,我是不是该给自己再来一次的机会?课后,我向老师咨询了考研的相关问题,在她耐心地讲解下,眼前的那条路似乎逐渐清晰了起来。之后,我便说服父母,准备考研。至今仍记得那是怎样一段艰辛却又充实的时光,每天来往于寝室、图书馆与食堂之间,渐渐地也习惯了这样的生活。还记得在准备考研最疲惫的时候,学院给我们送来了牛奶、果汁,并给我们考研的同学加油鼓劲,东西不多,但当时心里真的特别温暖。

如今,离开母校已将近六年。于我而言,大学确实是人生的重要转折点。想对学弟学妹们说,人生的方向要自己掌舵,并坚信“tomorrow is another day”。希望毕业时你选择的路是你深思熟虑后的结果,并且你在大学时期已为此付出了不懈的努力。

坚定己爱,追求己梦

叶斌辉就是很多人眼中的“别人家的孩子”——成绩优秀,为人稳重。但他却不这么认为。他认为,不管多么优秀的人,都需要付出很多别人看不到的努力。在他的世界里,没有太多得失的计较,更多的是忠于自己所想,一步一步地走向自己的目标。

很多人在学完大学四年的专业课程之后,会从事一个与自己专业毫不相关的工作。更有一句话说,你在工作中流的泪水就是当初选专业时脑子进的水。这个说法可能有一些偏激,但一定程度上反映了就业现状。叶斌晖在谈到当初选择专业的原因时提到了一个十分重要的词——兴趣。正是因为对环境科学的热爱，他毫不犹豫地选择了这个专业，也在学习中渐渐明白它的意义，在心中确立了自己为之奋斗的决心。他和我们大多数人一样，也会有感到疲倦的时候，也面临着大学生活中各种各样的诱惑，也有对未来的一点点迷茫和无所适从。但是，在人生道路的行走过程中，他深信只要保持初心，坚持梦想，一步一步踏实地走，最后肯定会有所收获。在我们看来，浙江大学环境工程博士这样一个学位好像真的是遥不可及。但叶斌晖却说，只要尽早确定目标，选择一个自己感兴趣的学校和专业，然后持之以恒地去做，没有什么是不能实现的。现在就业压力很大，许多同学都选择了考研。对于我们来说，考研的最大困难就是英语。叶斌晖在回忆起当年考研时候的情形时讲到，很后悔之前没有好好学习英语。他觉得，英语学习应该在大一大二开始就养成良好的习惯，多读一些感兴趣的英语原著书。每天坚持读半小时英语对以后的考研、工作都会大有益处。

现在的叶斌晖，找到了自己真正喜欢并且想要为之不断奋斗的事情。虽然已经获得了很多，但他依然很踏实地做好每一个实验，写好每一份报告，把一件一件小事中得到的经验积累起来，在一个一个目标中挑战自己，不断超越自己。他说以后还是会从事有关土壤修复的工作，这是他热爱的，也是关乎人类发展的伟大事业。我们有理由相信，叶斌晖能够在这个领域散发出属于他的光芒。

拥有梦想很简单，但坚持梦想却很难。追梦的道路是孤独的，但每一个为了梦想前行的人都应该为自己感到骄傲。其实我们每一个人都一样，所谓成功，就是不断地挑战自己，超越自己，让自己的光芒得到最大程度的绽放。

采访记者：俞心岚

用自己的真心换学生的真情

叶　蕾
YELEI

杭州师范大学钱江学院社会体育指导与管理专业2008届毕业生。现于杭州市建设职业学校执教。

心若向阳　无谓悲伤

我有与别人一样的生活，但是我有和别人不一样的活法。

在我的观念里，一直以为大学是一个能随意放松的地方。或许对我而言，在大学里能做到张弛有度就已经算是成长了。每个人都希望自己脚下的路平坦一些，可这显然是不可能的，只有生活的经历沉淀得足够多了，遇上的困难足够多了才会懂：累，就说明你在进步。

自我踏进钱江学院的第一天起，我就告诫自己即使训练再苦再累，即使学习再枯燥再乏味都要坚持下去。生活一直都是美好的，虽然有辛苦的奔波，有人情的淡漠，也有偶尔的碰壁和受挫，有许许多多的痛和不幸，然而，这些根本不能掩饰生活美好的本质。“心若向阳，无谓悲伤”，生活中总有许多值得我们追求和向往的东西。

所有的一切都是我认为值得的，我愿意并乐于去做拼搏的事，并且我相信我能在这条路上越走越远，越走越坦荡，我也能够用我在校所学，去教化更多热爱体育的人。

坚持才能看见生命绚丽的光芒

我第一次见到叶蕾，感觉就是亲切、实在。在与她的交谈中，我霎时参透了许多简单的道理，一切我们平时所知所说的词句，在她口中又有不一样的体会，比如坚持、刻苦、创新……

2014 年 11 月 18 日，叶蕾带着她的教学设计《趣味踏板操》，代表浙江省参加全国教师信息化教学设计和说课大赛，并获得了一等奖。

在与她的交谈中我才知道，比赛前期，她在市里两轮选拔中突出重围，最终代表浙江省参加全国赛。在此之前，她反复磨课，最终确定了教学思路：在学习目标上，实现体育技能与岗位素质对接；在教法上，将微课学习与同伴互助相结合；在学法上，将欣赏评价与角色体验相结合。把职业教育中岗前培训、共组合作、考证上岗、职业素养等概念与体育教学的各个环节相结合，走出一条具有钱江特色、具有职校特色的体育教学之路。在比赛过程中，叶蕾以其优秀的专业素质，先进的教学理念，现代化的教学手段在众多选手中脱颖而出，夺得桂冠。

叶蕾取得的成绩，让我们看到了她在教学上不断探索与创新的求实精神，和对教育事业的热爱。就像叶蕾自己所说："通过每一堂课，每一次与学生的沟通和交流的机会，我用真心换取他们的真情。"叶蕾用自己的努力与汗水点亮了更多钱江学子的青春，绽放出了自我人生绚丽的光芒。

不为掌声的诠释，不为刻意的征服，只有辛勤的汗水化作追求的脚步，心中坚定的信念，脚下沉稳的步伐。你用行动诉说一个不变的真理：没有比脚更长的路，没有比思想更高的山。希望长期在向你挥手，努力吧，用你坚韧不拔的意志，去迎接终点的鲜花与掌声。成功属于每一个钱江学子。

采访记者：潘宇超

激流勇进　不进则退

余　林
YULIN

杭州师范大学钱江学院播音与主持艺术专业2008届毕业生。温州电视台新闻综合频道主持人、编导，温州市朗诵学会理事，瑞安百晓艺校创始人。

我的大学

回想起在杭州师范大学钱江学院的时光，我的脑海中总是会出现很多个画面。

现在，播音教室的门还开着吗？曾经的那个熟悉的舞台，现在应该还承载着很多播音学子的梦想吧。一直对那段教学比赛的日子心存感激，不论结果如何，它让我收获了很多……

一幕幕的场景就像一张张绚烂的剪贴画，串连成一部即将谢幕的电影，播放着我们的快乐和忧伤，记录着我们的青春。

大一的时候，觉得生活是橙色的。太多新生活扑面而来，新鲜而灿烂，热情而紧张。橙色的记忆里，有第一次见到著名主持人的激动，有第一次加入社团的好奇，有第一次专业考试的紧张……

大二的时候，生活是绿色的。青春拔节生长，旺盛得像正在生长的树，梦想也一点点接近现实。跟老师讨论如何做模拟主持，如何参加专业比赛时，看见他脸上满意的微笑；跟播音实验班的小课老师对话时，给自己打了个满意的分数；开始熟悉校园里任何一处美食，也常常在编导室里待到很晚……

大三的时候，生活变成蓝色。我们冷静了下来，明白自己离未来究竟有多远，并要为此做出选择：留在浙江卫视，还是回温州电视台？所有与这个决定相关联的一切都可能会变化，包括我们的爱情，那还年轻，没经历过风雨的爱情。

大四的生活，像有一层薄薄的灰色。在各种选择里彷徨，每一个人都忙忙碌碌，一切仿佛一首没写完的诗，匆匆开始就要匆匆告别。但那灰色里，却有记忆闪闪发亮。那些彩色的岁月，凝成水晶，在忙碌的日子里，它们是我们的资本，也是我们的慰藉。

毕业，就像一个大大的句号，从此，我们告别了一段纯真的青春，一段年少轻狂的岁月，一个充满幻想的时代……

毕业前的这些日子，时间过得好像流沙，看起来漫长，却无时无刻不在逝去。想挽留，一伸手，有限的时光却在指间悄然溜走，毕业答辩，散伙筵席，举手话别，各奔东西……一切似乎都预想得到，一切又走得太过无奈。

6 月，我们和之前毕业的学长一样，把行李打包装箱，一点点往外运。整个宿舍楼就这样在几天之内变得空荡荡，像是一个无限伤感、欲言又止的省略号。记忆也在此刻停驻，收藏进内心的匣子，那是我们的流金岁月，也是我们的宝藏。

未来就像天空中一朵飘忽不定的云彩，而我们，从毕业这一天起，便开始了漫长的追逐云彩的旅程。明天是美好的，路途却可能是崎岖的，但无论如何，我们都有一份弥足珍贵的回忆，一种割舍不掉的友情，一段终生难忘的经历。

青春散场，我们等待下一场开幕。等待我们在前面的旅途里，迎着阳光，勇敢地飞向心里的梦想；等待我们在前面的故事里，就着星光，回忆这生命中最美好的四年，盛开过的花……

我的校友

十余年前，余林怀揣着一份热情，考入了钱江学院播音与主持艺术专业。彼时的他，犹带着和我们一样的懵懂、青涩，但对于他来说，最能确定的一点就是——对于梦想的坚持。“播音主持是我一直以来的梦想，对于这样的梦想我始终坚持。”

“说起大学真的有太多难忘的往事：第一天军训，第一次上表演课，第一次站在操场练声，第一次参加挑战主持人，第一次拿到专业比赛第一名，等等。但对于我来说唯一遗憾的可能就是在毕业的那天无法到场和同学们道别，无法和同学们拍毕业照，因为当天我在温州电视台参加主持人的应聘考试，虽然最后顺利进入了温州电视台，但是这个缺憾可能一生都无法弥补了。”大学的学习与生活在余林心里留下了深刻的印记，笑与泪共存，让他永生难忘。

大学四年的学习生活是他一生都难以忘却的，往事历历在目，现在回想起来仿佛还清晰如昨。“对于我来说，一生会经历很多的事，很多都已记不清了，但大学生活是我要一生铭记和回味的，我真的好想再回到那个金色年华的青春梦想的大学生活！”

除了留下美好的回忆之外，钱江学院四年的学习生活更赋予了他一层无形的衣钵，也成为他的“四叶草”，带给他“幸运”，让他能更好地应对各种考验。亦是由此，播音主持的血液永远流淌在了他的血管里，让他的播音梦在这里生根、发芽、开花……

播音主持的学习带给余林的不仅仅是专业上的认真的态度，还有坚韧不拔的精神，这些已经成为他的习惯。无论是站在舞台上，抑或是坐在演播室里，又或是在面对自己学生的课堂上，他都会一丝不苟地对待自己的工作。也正是这种认真的态度，让他取得了今天的成绩。

面对工作的压力，家庭给了他莫大的支持与鼓励。由于工作的特殊性，事业常常会占去自己大部分的时间，“但是我还是会尽量去挤时间陪伴我的家人”。温暖的家庭生活，让余林得到了不同于专业素养的另一种“成长”，他懂得了责任与包容；而对于孩子来说，给他们的成长最好的礼物就是父亲的陪伴，“希望今后可以有更多的时间去伴他长大”。

采访的最后，余林不无感慨地说：“无论有多么大的成就，成绩只能代表过去，新的起点永远在等着你。生活就是这样，激流勇进，不进则退。”

采访记者：章秋婷　王　鹏

调心态　舵人生

俞　水
YUSHUI

杭州师范大学钱江学院电子商务专业2005届毕业生。现任花集网总经理。

那年，那师，那友

被时间揉碎的记忆慢慢地拼凑，拼凑出的一段冗长深刻的青春岁月浮现在脑海中。一切都恍如昨日，文一路的老校区，学校周边的农田稻草，还有校园里亲切和蔼的老师和那些一起拼搏的同学。

初入大学校园，印象最深刻的就是学校相对轻松的学习氛围和亲切如友的老师们。杭师大钱江学院只是一所设立时间不长的本科院校，没有浙大那样璀璨耀眼的光环，但同样也没有光环底下的压力。学校教授理论知识的同时更注重学生实操能力的培养，制订了更适合我们的教学方法。也正是这样的教学模式，在很大程度上提高了我日后在工作、交际中处理问题的灵活性。也许是因为当时在文一路的老校区比较小，给了我与老师更多相遇、接触的机会。每每在校园里碰到，老师们总会像朋友一样和我交谈，在学习和生活方面给予我指导与帮助。特别是钱言老师对我的帮助，我至今仍铭记于心。钱言老师可以说是我电商职业生涯中的启蒙老师，她在我刚开始学习网页制作和动画制作的时候，让我接触到了真正的网商。初学的知识马上在实操中得到了提升与强化，这对我现今乃至日后的工作都是有益的。

除此之外，还有一群共同拼搏的同学，与他们一起，一路铺满青春的色彩，留下了弥足珍贵的回忆。平日里同学间较多的沟通拉近了彼此的距离，无论是在一起学习还是在一起生活、工作，大家相处得都很融洽。还记得当时大家一起做“易趣”，进行 QQ 账号的买卖，由此，我们挖到了人生的第一桶金。有了阿里巴巴之后，我们几个同学合资开了一家淘宝店，专卖孕妇服装，也获得了相当不错的收益。这些事情对于我们来说是创业的开端，为今后的工作积攒了经验，但我认为最大的收获是共同拼搏、共经风雨后所累积起来的情谊。如今回首，大学时候的友情，像是跳动的音符在火热的青春里谱下的热情篇章。

上大学的时候，学习对于我来说只是生活中的一部分，也有很多人会问我：“俞水啊，你总是在做各种兼职，有许多都是和专业无关的，有些甚至只是机械地重复，你这样不觉得浪费时间吗?”我的回答永远都是否定的。这样的想法在我看来是心态问题，若是能够调整好心态，用另外一种视角来看待，在重复的工作中发现其中的规律，从而提高今后的工作效率，这无疑是一种价值的体现。这恰巧是我想对学弟学妹们说的：心态在你们走向成功的道路上起着至关重要的作用，即使目前看来毫无用处的事情，很有可能会在今后的工作中给予你们帮助。调整好自己的心态，方能掌舵自己的人生。

所思，所想，所愿

初见俞水，盈盈的笑眼映入眼帘，备感亲切。身着一身简约大气的正装，和其他员工一样，胸口也挂着工作证，亲切之余，抖擞的精神面貌格外抢眼。

回忆起最初进入花集网的日子，俞水戏称自己卖了一年半的花卉包装纸。开始的时候内心非常不平衡：自己明明学的是电商，却每天都在处理包装纸的进货、仓储、售卖等琐事中度过。但在日复一日的工作中，他渐渐发现了一些新的规律，原来需要一天完成的工作，现在他只需要三个小时就可以精准无误地全部解决，提升效率的同时也找到了自己的劳动价值所在，随之改变的便是心态。“做一些基础工作对日后的工作也会有很大的帮助，做任何事情都不能只看表面，心态的调整对我来说尤为重要。在我毕业后的这几年中，每年心态都在调节，也正是这样的改变，不断地把我推向新的高度。”俞水的这番话也值得每个钱江学子共勉。

目前，俞水的工作重心是在公司的发展战略上，在公司的职能从之前的执行者转变到如今的沟通者、协调者，更多的是对团队在发展方向上面的引导。站在一个全新的高度上，就必须付出这个高度所需要的时间与精力。忙碌变得理所应当，已然没有朝九晚五和周末的概念，但他在忙碌中带着团队往前走的时候也收获了满满的幸福感。对于自己的团队，他所期望的是八个字：工作愉快，能力提升。

当谈及生活方面的时候，俞水坦言道，工作与家庭无法兼顾，而自己大部分的时间都放在了工作上，因而委屈了家人。三岁的女儿总是见不到爸爸，平时也只能在电话里和孩子简单地沟通一下。但好在爱人和父母都十分支持他，有了来自家庭的支持，更像是有了一个强有力的精神支柱，他在前进的道路上热情漫溢。

俞水带领的花集网公司已经于2015年10月29日正式在“新三板”挂牌，成了中国互联网鲜花的第一股，但他的目标远不止如此。在“新三板”上市的公司进行的是协议交易，并且交易额度也是有限制的，而俞水的目标则是带领公司进入可以自由交易的IPO市场，通过努力改变中国花卉行业目前相对于欧美国家的落后状态，带动中国整个花卉行业的发展。

俞水的故事给了我们满满的正能量，时刻激励着我们勇往直前，找到适合的伙伴。我们要调整好自己的心态，掌握自己人生的罗盘，追梦路上必定乘风破浪。

采访记者：顾　蔚

登高处　望远方

虞双双
YUSHUANGSHUANG

杭州师范大学钱江学院播音与主持艺术专业 2006 届毕业生。现任上虞市广电总台新闻频道副总监。

平凡人生不凡梦

还记得当初，我们为了实现上大学这个梦想，十年寒窗磨一剑。那些刻骨铭心的日子，如今仍旧历历在目。在那收获的日子里，我们深刻地理解到，通过自己的努力完成一件事情是多么有意义。栉风沐雨，我们一同走过；风雨同舟，我们携手成长。我希望我的大学生活也能过得如此有意义，不枉费青春。

钱江学院虽是一所三本院校，但这丝毫不妨碍钱江学子的工作能力的培养，相反，钱江学子更接地气，做事更加踏实，这有助于每一位学子更好地融入社会。

在我上大学期间正好遇到“非典”，印象深刻的是，同学们都只能待在教室朝着各自的目标努力有序地学习，还有一个小插曲——我们不能出门购买水果，所以每天都很期待老师从外面带来水果……一边学习，一边与老师同学温馨相处，我就这样简单纯粹地度过了我的大学四年。

常听人赞颂大学，说是怎样的无拘无束、海阔天空，但是，对我而言，大学并不是这样。因为在这四年大学中，我一直朝着目标努力，一直在学习。包括现在的我，在毕业了多年以后，依旧重新拾起知识，考上了研究生，学习的脚步也一直没有停下。因为在我看来，无论处于哪个年龄、地位，我们都需要汲取更多的知识。没有哪个年龄就定位终身，我们需要一辈子去学习使自己进步，只有多读书，我们才能找到属于自己的理想生活。

也许，所谓的无拘无束的大学生活，只是指没有了繁重的作业，没有了从早到晚满满的课，没有了老师逼迫的自习……可是，与此同时，我们的课程也变得更难了，不是吗？没有了老师的监督，我们又是否自觉了呢？如果没有将专业学好，我们的理想又该怎么办呢？其实，正是这样的自由，大学对我们的自身要求变得更高了，需要我们更努力地去学习、奋进。

大学是我们每一个人梦想的殿堂，为了来到这个殿堂我们经历了风风雨雨。既然跨进了这道门槛，那么我们就在这梦想的殿堂里尽情地挥洒个性吧。

如果说人生是一本书的话，那么大学无疑是我阅读过的最精彩的一页。尽管我觉得大学的生活并不轻松，反而很辛苦，可是，我依然愿意享受地去品读其中的字字句句，用深情去朗诵这首青春的诗——我的大学。

大学生活是多姿多彩的，需要我们去把握和深入体会。有人说："平凡的大学生有着相同的平凡，而不平凡的大学生却有着各自的辉煌。"你可以选择平凡，却不可以选择平庸；可以的话，相信谁都想不平凡。最后，为学弟学妹送上一句话："路漫漫其修远兮，吾将上下而求索。"是的，送给我自己，也与大家共勉。

吾将上下而求索

第一次见到虞双双，是在迎新晚会上。她作为优秀校友代表向大一新生进行演讲，有着恬静但不缺气场的声音，甜美的长相。四年的大学生活，她并没有荒废时光，而是有序地完成着目标，把生活过得很充实。她是一个很有主见，很上进的人，明白自己要什么，所以一直在抓住机会并付诸努力。

步入稳定工作之后，她也没有停止学习，在毕业几年后毅然决然地重拾课本，参加全国性研究生考试。她认为没有一个年龄阶段或工作定位是一生的，学习是一件终身的事，一辈子都应该在进步。只有一直学习才能看到更大的世界，你看到过那个更大的世界，才会有目标去努力。

2009 年 7 月虞双双接受一次主持任务，拿到最后一稿的主持台本时，已经是直播当天的凌晨。当时她因重感冒发高烧在医院挂点滴，加之直播前一天大雨，没有进行彩排，而她还是克服压力，圆满完成这次直播任务。因为努力和坚持，她才一步一步地走出自己的精彩。

虞双双向自己的学弟学妹们表示，年轻人应该有一个积极向上的心态，我们应该对社会抱有期待，对自己的未来有一个规划。如她一般，在自己工作领域有了一个稳定的地位，还不断地向更高的方向努力，仍在大学的学子们也需要对未来有一个蓝图。

采访记者：李　扬、姜伊莎

勤积累　重实践

张　埕
ZHANGCHENG

杭州师范大学钱江学院市场营销专业2010届毕业生。现工作于萧山区妇联。

积　淀

不知不觉中,我已经离开大学许多年了。当年的老校区已经不在,那四年的记忆也开始变得有些模糊。四年青春,我用它换来自己的梦想,用它奋斗出光明未来。

大学生活在我紧张又兴奋的心情中开始了。学期伊始,社团等组织免不了招新,而我也恰好有幸进入了学生会工作。在那里,我学到了许多至今受用的东西。在学生会工作期间,我第一次接触到了一些重大活动的前期策划工作,例如迎新文艺会演、跳蚤市场等。这些活动流程看似并不复杂,但我参与其中之后才体会到其中的不易。策划过程中，反复修改策划书，布置场地，安排人员……这些工作都给了我极大的考验。这不仅考验我工作能力，还考验了我与人交流的能力。这些活动的组织策划所积累的经验都对我如今的工作产生了极大的帮助，让我能在一些工作中事半功倍。学生会等社团组织的工作还拓宽了我的朋友圈，让我交到了更多的好朋友。大学生活，不应该仅限于寝室内的几位同学，而是要接触更多的人，接近社会，走向社会。大学时期的实践经验的积累、人脉的积累是今后工作的奠基石，能够帮助你在工作中取得更大的成就。

在即将毕业的时候，我参加了浙江省公务员考试，被杭州市萧山区浦阳镇人民政府录用，成了一名公务员。在考试之前，我拼命地复习了整整一个月，每天看书做题，几乎没有放松的时候。而公务员考试仅靠这一个月的努力也是远远不够的，大学期间知识的积累和拓展也是很重要的。关心国家时事和国际政治，阅读大量书籍报纸对公务员考试有着很大的帮助，我也在这方面早有准备，做到了笔试的时候游刃有余。所以，一旦有明确的目标和想法时，就要付出十二分的努力去积累，成功只给有准备的人。

工作几年以来，我最大的感触就是做任何事情都要细致。如今，我的工作涉及财务统计、统筹协调、文字材料等，这些工作不得有半点差错，否则可能导致严重的后果。而工作细致的习惯也不是几天可以养成的，要靠不断的积累与实践。大学时，在学生会工作期间，每次活动对我都有很大的帮助。许多工作稍有不慎就会使活动失败，也正是这一次次的历练，促使我养成了工作细致的习惯，并保持至今。

只有时常积累沉淀自我，不断寻找机会历练自己，收获知识和经验，才能在这样一个人才辈出的社会中有立足之地，才能实现自己的理想和目标。

完善

清澈明亮的大眼，始终带着甜甜的笑。回忆当年的青葱岁月，她说，大学四年是她人生中最精彩的四年。所谓精彩，并不是收获多少物质，而是有了自己明确的定位和人生追求，找到了自己的目标。这四年，她一点点完善自我，提高自身修养，不断追求完美。在她的印象中，大学不是一个玩乐享受的地方，而是一个从校园过渡到社会的过程，只有在这几年中勤奋积累，积极实践，才能在走出校园后不迷茫。当谈及如今的工作和大学所学习的专业有什么关系时，张埕说："市场营销专业从表面看来与我现在的工作似乎完全没有关系，其实不然。当年在大学里学习的管理学，对我如今的领导工作有着很大的帮助；当年营销专业课程让我在待人接物方面做得比别人更出色。很多课程在当时看来似乎无用，但学习这些理论的目的是让我们更好地用于实践，将知识融于工作和生活，这才是大学学习最终的目的。所以，重视平时的课程学习，在潜移默化之下，会有巨大收获。"

如今，张埕就职于萧山区妇联。作为政府部门的一名工作人员，全心全意为人民服务是宗旨，是她工作时的自我要求，她时时刻刻以这个标准来严格要求自己，专心细致地对待工作，专业耐心地对待群众，为社会的建设贡献一已之力。

张埕将自己多年的工作生活经验分享给了学弟学妹，她说："在学习文化课的同时要多参与学生会或者社团活动，最好是能参与到前期的筹备策划阶段，那样学到东西会更多。作为技术型人才，更加要学好理论课程，重视实践训练。大学期间，还要培养自己的一项兴趣专长，每个单位都喜欢有一技之长的人。"

埕，即富足。张埕用她精神世界的富足激励着每一位钱江学子更加努力地积累经验，更多地学习知识，找到自己人生的奋斗方向，勇往直前！

采访记者：周骅祺

善于发现　把握机会

张　昊
ZHANGHAO

杭州师范大学钱江学院社会体育指导与管理专业2005届毕业生。现任杭州墨客文化有限公司经理。

青春总会给你各种可能

在钱江学院走过大学这条路，我记得，有“山气日夕佳，飞鸟相与还”的乐趣；有“绿树村边合，青山郭外斜”的美丽；有“一水护田将绿绕，两山排闼送青来”的清秀。更重要的是这条路上还有我与我的母校同学，在同一条路上，我们说说笑笑，早已成一道风景。

我在踏进大学校园之前，一直猜想大学的生活是如何的美好。在进入大学后，我与同学们一起上课、一起吃饭、一起在田径场上奔跑……四年过去，我一点都不后悔来到钱江学院，回想起母校时光，我时常默默感念。

2001 年，我初入大学校园，大学给我的第一印象就是相对轻松的学习氛围和可以任意支配时间的自由性。钱江学院是一所设立时间不长的独立本科院校，虽说没有浙大那样璀璨的历史，也没有光环下的压力，但学校更侧重于学生自身发展需要，因材施教，更注重于专业技能和处事能力的培养，制定了更适合我们的教学方法。也正是这样的教学模式，让我在之后的工作、创业中更加清楚地知道自己能做什么，怎么才能做好。

我初入学校时就担任了班里的团支书，遗憾的是，我的懵懂使我在这一年里没有为班级做出多大的贡献。当时也没有考虑太多，只是觉得自己尽力即可。后来发现我所学的专业在社会上并不是特别热门，以至于自己很迷茫，也正是因为这样，我才开始探索自己前进的道路。在大一的那一年，我几乎做过了所有可以兼职的工作，发传单、做餐厅服务员……为的不是赚钱，而是为了能接触更多的人，积累更多的生存经验。

当然，在不断地摸索和实践中，我对创业跃跃欲试。当时发生了一件麻烦的事，最终却也成了自己的一个机遇。当时，我在训练中脚踝受了伤，日常训练都无法参加，非常沮丧。这时候，无意中，我的轮滑老师和我聊天时说起培训班的事，于是我萌发了一个念头——开展各类培训班，并且在大三开始着手做这些事。最开始的时候开办了轮滑培训班，大四开始创业时与杭州其他高校开展职业技能培训，如教师资格证、普通话证等。我的事业慢慢起步，自己也乐在其中。

大学四年给我留下了美好的回忆，也为我走好以后的道路提供了很大的帮助。我在大学时从事各行各业，为的是积累更多的经验，让自己的社会经历丰富一点，这样看到的东西也会多一点，能看到别人看不到的东西。在大学中一定要多实践才会看到机会，不要怕苦，不要怕累，这些都是自己以后最珍贵的财富。

做一个有心的人

初见张昊，他留给我的第一印象是亲切。他穿着随性、态度亲切。在与他交谈的过程中，我发现在他和善的外表下，有着一颗坚定勇敢的心，他也是一个善于发现机会并且敢于拼搏的人。

他从事过许多职业，正是他善于挑战自己、成就自己的特质，使他在毕业时就成为全班第一个用自己的钱买车的人。在采访最后，张昊还对现在的90后提出了几点生活和学习方面的建议。他认为，相较于80后思想保守，踏实稳重，90后思维跳跃。思维跳跃善于思考固然是好，可是更要注重脚踏实地去实践，善于发现身边的人和事，要在诸多不同的行动中提升自己。学长对我说，现在社会竞争十分激烈，即将走上社会的我们可以先就业再择业，鼓励自主创业，但是无论就业、择业还是创业都应该留心观察，善于发现。只有不断去学习，才能成长并且获得更多成功的机会。我相信这也是他在钱江学院多年学习的感悟。其实有时候，机会就在看起来很不起眼的地方，需要坚强而细致的心去发现。

他说很感谢大学里那段人生经历。现在的他，收获了当初的梦想，拥有着幸福美满的家庭，对未来也充满了信心，更想做的是好好珍惜。只有踏踏实实，领悟过一路艰辛的人，才会明白生活的可贵。

每一种成功都不是一帆风顺的，只有那些经受住了现实打磨的东西才可以被称为“梦想”。成功往往不是一种结果，而是一个过程。

采访记者：潘宇超

勤为径 踏实行

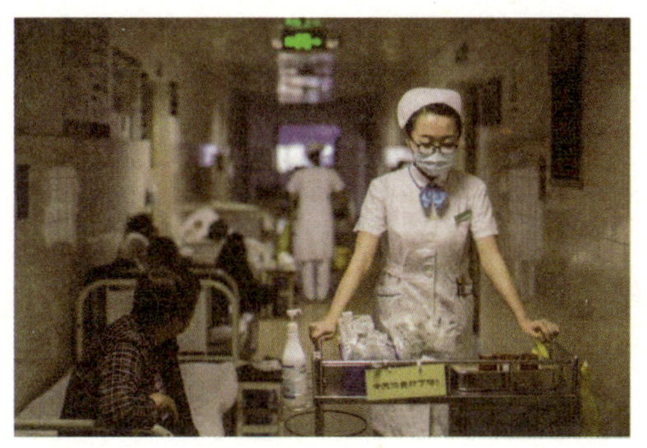

张 吉
ZHANGJI

杭州师范大学钱江学院护理学专业2012届毕业生。现为宁海县第一医院三病区护师、医院团委副书记。

关一门，开一窗

键盘敲敲打打，光标不停闪烁，可是我始终停留在开头，因为不知道如何从头述说，不知道用怎样的文字或是辞藻来形容这个改变我人生轨迹的大学。人生不能重来，我们在这条单行线上仿佛很少回头看看，回忆曾经那深深浅浅的脚印。脑海里席卷而来的记忆不停地拍打着已经沉寂很久的心，我很清楚地记得那是2008年9月4日……

高考结束并没有让我如释重负，发挥重大失误让我从名列前茅跌到一败涂地。别人的暑假是欢乐的，而我的暑假真的比噩梦还让人感觉窒息，自责、愧疚、害怕……所有负面的情绪压得我快透不过气。我拿着自己最后的“骄傲”坐在了高考复读班里，那年正是高三书本改革的一年，几乎没有人选择复读。看着陌生的书本，望着身边难以融入的同学，我是绝望的，可是，我别无选择，因为9月4日已经过了大学报名的时间了。

我的梦想一直是成为一名英语老师，所有的高考志愿都选报了师范类英语专业，可是服从专业调剂，让我被钱江学院护理专业录取了。巨大的专业落差，还有对于护士固有的辛苦印象，让我选择了复读。我本以为，我的命运就这样尘埃落定了，可母亲的一番话点醒了我："女儿，这样的复读你开心吗？只要努力，任何一个职业都可以做得很好，我们还有机会，明天是最后一天！"就因为这样一句话，我似乎瞬间清醒，准备好入学的一切资料和行李。

胆小、不善交际的性格，让我害怕接触陌生环境，可大学却让我有了彻底改变自己的机会。大学让我学会了自强！第一次远离家人，所有的事情都必须一人承担，高考失利的愧疚感让我逼迫自己去认真学习专业课程。大一的第一学期，当别人还在庆幸课程还算轻松时，我却把自己停驻在寝室、教室、图书馆，三点一线，整整一学期，我把自己关闭在一个高压的环境里。文一路 222 号，那么繁华的地段，我竟没时间去细细观赏。全系第一，特等奖学金，那一年，我终于让压抑在心底的那股委屈得到了释放。在这里，我终于找回了久违的骄傲；在这里，我开始发现了自己的强大。

大学让我学会了自信！学姐告诉我，大学除了读书，还有更重大的一件事就是参加活动。当时的我连大声讲话都不敢，更别说加入学生会，参加社团。也许还是那股对家人的亏欠感吧，我逼迫自己参加了一切有关语言交际类的社团，辩论协会、英语协会等。我报名参加了每一次医学系组织的演讲、辩论、表演各项比赛。从最开始的胆战心惊，到后来渐渐喜欢在讲台上畅所欲言，是大学给了我成长的舞台，教会了我自信地面对所有未知的挑战。

大学让我学会了自爱！从最初的刻意压抑自己，到后来的释放自己，接受护理专业，这个过程我用了将近三年的时间。从害怕临床，到老师带着我们接触临床，我从一个娇生惯养的孩子，成长为一个可以扛得住委屈，干得了体力活的女汉子。回到家乡工作后才发现，学校给予我的是源源不断的能量，扎实的专业知识，过硬的技术操作，让我瞬间在工作中获得了巨大的优势。我们的班主任常常念叨着，让分散在各处的"天使"好好照顾自己。我想说，其实我学会了爱自己，开导自己，不再让愧疚束缚自己。

这就是我的大学，诉不尽，谈不完……

慢慢护理路，勤径且踏行

言笑晏晏，眉眼温柔，一身白衣，张吉就像一个真正的天使。

张吉坦言，虽然护理是一项辛苦的工作，但她却从中获得巨大的成就感。真理都来源于实践。她认为自己还有很多东西需要沉淀和积累。没有人可以随随便便成功，这需要一个过程，在这个过程中，可能遭遇挫折，遭遇失败，但这些都是沉淀。其次，为人处世也很重要。医患关系取决于双方的态度，细心的护理和满意的服务是她的基本原则，微笑则是她磨平双方交流中尖锐棱角的秘方。同事之间温言婉语，互相理解，灵活处理，不仅做语言的巨人，更做行动的巨人。最后，在护理的职业生涯中，她更是努力地扩大自己的交际圈，锻炼沟通和协调能力。

“作为医院的团委副书记，良好的政治素质、良好的组织创新能力等都是必须具备的。”张吉娓娓道来她在医院的成长，“我喜欢充实的生活，经常参加品管圈活动，查阅大量专业文献，每次 QCC 都能获得奖项。但也会经历各种团日工作、主持活动、临床护理冲突的时候，压力最大时甚至抱着我们护士长哭，当然哪怕忙到没有休息时间，我也一定要坚持完成，这是责任。”

张吉回忆起时光辗转中，从青涩稚嫩到成熟稳重、昂首挺胸的蜕变。大学整整四年，她在这个小小的社会成长，学会独自完善地处理事情，学会换位思考、推己及人，学会直视他人的眼睛，不逃避，也学会策略思考正面迎战，这些扎实的积累都成为如今她创造自己大舞台的雄厚资本。她可以落落大方地站在红色幕布前，主持各种大大小小的医院文艺会演、文化节等。因为热爱那个充满自信的自己，所以勤勤恳恳、踏踏实实做最好的自己。

工作已经四年，这四年张吉用自强、自信、自爱，一步步朝着自己想要的目标前进，依旧带着大学里的那股子拼劲儿。她说，也许不能像其他校友那般成功创业或是在某个领域成绩突出，但她真诚地选择了护理工作，真诚地感谢母校，让她从一个不敢开口交际的孩子，变成如今以语言沟通为特长的护理工作者！

漫漫护理路，勤为径，踏实行。

采访记者：陆飞颖

踏实肯干　把握机遇

张伟峰
ZHANGWEIFENG

杭州师范大学钱江学院社会体育指导与管理专业2004届毕业生。现任杭州青少年活动中心团委书记、体育部负责人。

不知者无畏

我的大学，和大多普通人一样。一样地进校园，一样地上课，一样地实践。不一样的是我的选择，在专项训练与学生工作上的选择。

大学的时候，我担任过班长、学院体育部部长、校团委书记助理等职，在这些工作中我学到了很多，认识了很多志同道合的朋友。我在大学中学到许多为人处世的方法，重要的是能力也得到锻炼和提升。

体育生走上工作岗位后，不擅长文职工作，经常大大咧咧，很少肯安静坐下来思考问题。我在大学生活学习期间领悟了这些，所以我为之努力，要做到更多人做不到的事，这样才会比别人更加优秀，在以后的竞争中也更有优势。

大学刚开始我和其他的同学一样，懵懂无知，当时担任了班长，觉得能为别人奉献是无比开心的事。后来加入了学生会组织，那么多的学生工作经历告诉我，一个人应该更加全面地发展，尽可能多地经历。后来，我还担任了体育部部长、校团委书记助理等职务。

当时，我游泳不错，游泳老师建议我去游泳队，参加校外比赛。我犹豫了很久，最终还是选择了学生会工作，因为我热爱学生工作，愿意为之努力，喜欢大家齐心协力工作的氛围。有人会问我："你喜欢游泳，也爱学生会工作，为什么不两样都做呢？"我的回答是："专注于做好一件事，更重要。"在学生会工作的那几年我非常开心，虽然说失去了在游泳队训练比赛的机会，但是要懂舍得，我失去了一些，必然也会得到一些。

现在有不少人在毕业后会觉得迷茫。在迷茫的时候应该想一想自己到底想做什么：选择一个行业，要了解它的产业前景；想当老师的，要加强自身的能力；想自主创业的，去做一些与创业有关的事。关键是做好自己，这样才能不断提升。

第一次见到张伟峰，是在市民中心游泳馆实践的时候，当时的困惑是为何他如此年轻就已经是馆长了。

在与他的交谈中，我经常会问到这样的问题：你对现在的学子毕业后的就业创业有何看法？他说得很实在：就业创业最重要的是创新加踏实肯干。在日常的工作学习中应该多与别人交流，每次做完事都要思考，这样才会在工作学习中不断进步，自己的成长也会快很多。

张伟峰还给我们一些建议：做任何事情都要用心，要多花时间不断努力，这样才会比别人优秀；面对各种诱惑，要记住自己的初心，不要轻易改变；在学校里多经历一些实践工作，这是将来踏上社会前一个很重要的锻炼机会。

在这次访谈中，他始终认为服务社会是现代大学生身上所缺少的责任。作为一名大学生,应该具备基础的服务社会的意愿和热情,在自己的青春年华中留下一些服务社会的印记,也让自己以后能够更好地适应社会。

这样的一个他,是我们的榜样学长。愿他永葆初心,乐观地去面对自己的生活工作,去面对整个世界。

采访记者:潘宇超

我的路，我来走

章益江
ZHANGYIJIANG

杭州师范大学钱江学院电子商务专业2011届毕业生。现创办经营绍兴兴万业贸易有限公司。

清晰目标，无悔青春

徐徐微风，漫漫微光，盛夏的炽热蒸出一片青草香。我拉着行李箱来到钱江，开启一段平凡又不平凡的旅程，就像这个夏天一样，燥热却又沁人心脾，热切并且难以忘怀。

说实话，我的大学和你们的大学，其实并没有什么特别的与众不同之处，如果说有，那就是个人目标上的差异了。大一时的我也是无比彷徨又无助，该吃的吃，该喝的喝，该玩的玩，看起来无比潇洒却总觉得缺失了一番人生体验。直到大二临近结束，具有了充分理论知识的我才渐渐清楚了自己的方向——创业。这是一条多有人走却少有人成功的荆棘道路，然而我选择了它，直到这时候我的人生才开始拥有天翻地覆的变化。所以我想最先告诉你的是：明确目标很重要！因为接下来的事情就会水到渠成，自然而然。

如今已经是“大众创业，万众创新”的时代，而当时的我只是想趁青春，追场梦！大一大二时我常去参加些创业大赛，例如挑战杯。经历得多了，经验自然丰富，虽然也曾想过在学校开一个文印室，后来调查发现不可行，就换了别的思路。经过不断的项目调研，我在大二下学期开始进行国际金融贸易方向的创业，建立了外贸包装类的第一个厂。有梦不能停歇，大三下学期我又开了自己的第一个外贸公司，经历过酸甜苦辣，我的梦想也在不断壮大，不停生根发芽。大四后经营这两个厂大概两年的时间，我又开始不甘于此，开拓了建筑方面的商机。直到前年，我又开了一家小规模的印染厂。

推动我前进的因素有很多，其中自然不乏部门社团的历练。大一有幸加入了分院外联部，我的人际交往与为人处世方面能力大大提升。此外也加入了就业与创业发展协会，这使得我开始拥有创业的概念与兴趣。大二继续留任外联部部长与就创协会外联部部长，这又使得我的管理能力大大增强，与外界的接触也越来越多，因此我想要的未来也越加清晰。大三担任了就创协会的主席，总鼓励成员们自己创业，遇到问题就积极帮助，这也让我自身更加完善了。

让我印象最深刻的是，2008 年四川地震时，余卉老师带领我们团队八人毅然前去援助、学习及生活，这些宝贵而又难忘的经历最终成就了我们的师生情。

作为学长最想告诉你们的是：要想方设法尽早明确自己的方向考证，此外我也老生常谈，学习真的非常重要！像会计、英语，这些知识的积累日后必定发挥大作用。但也绝对不是死记硬背，一定要理论结合实践，就像我在日后的工作中了解到 TT 付款操作起来更加安全，信用社反而不现实一样。最后，约上三五好友，多出去走走总是没错的。愿你们都能拥有无悔的青春！

明确前方，坚定跨步

着一身笔挺西服，章益江言语谈笑间充满蓬勃朝气，溢满生生不息。他不觉得自己有什么特别之处，因为他自始至终都只是追随本心，做自己想做的事，走自己想走的路，结识想结识的人，过自己想过的生活而已。

喜欢探索，喜欢挖掘自己的想法，这帮助他一步步走向创业之路，并使他终身受益。章益江经过大一、大二两年关于国际贸易与会计学等知识的积累，愈加明白自己未来的方向，于是毫不迟疑地在大二下学期就开办自己的第一个外贸包装厂。一切自然不是一帆风顺的，此举起初曾遭到父母的反对，他们在章益江的坚持下才有所松动，答应若是成功便任他自己打拼，若是失败则回来听从家里的安排。这是一个只许成功不许失败的约定，于是章益江带着 20 万元资金与一辆面包车开始了他的创业生涯。准备厂房就花费了 12 万元，于是购买旧设备开始慢慢生产运营，开始时的惨淡并没有挫败他，最终也守得云开见月明。规模开始变大，设备开始添置，就这样白手起家，到如今早已规模有成。自己选择的路，就算是跪着也要把它走完。

大学里有时候需要独处，有时候也离不开团队间的互帮互助。章益江对此感受最深的就是他的班集体，默契又融洽的环境下，大家共同学习成长为更优秀的人。然后就是他的部门了，在外联部从干事到部长再到学生会主席，章益江一直在不断磨炼、不断强大，曾组织几个干事进行文三路西餐厅的策划活动，最后收获团队合作的丰硕果实，这是另一番甜味。

对于章益江来说，大学时光无比闪亮。他说："前期可以迷茫，但是要尽早明确方向，决定自己是要考证、考研、创业，还是出国。还有，学习不能落下，理论知识绝对比你想象的要有用些，当然最重要的还是用实践检验，最后就是靠坚持。"是的，要坚信自己的选择并且坚持到底。

他一路走来，看过万紫千红，也扛过狂风暴雨，经历过世界瞬息万变，脚步却永远坚定不移！他的路，他来走！

采访记者：林钇岐

正青春　趁年华

赵利娜
ZHAOLINA

杭州师范大学钱江学院旅游管理专业 2013 届毕业生。现任杭州黄龙饭店酒店宾客关系主任。工作至今，她接待过希腊总理、吉尔吉斯斯坦总理、苏丹总统等多个国家的重要领导人，并担任贵宾住店期间的贴身管家。

当下，最美

还记得那个夏天，那段被考卷无限拉长的高中生活终于结束了，我也在那个盛夏的尾巴进入钱江学院，开始了我人生新的征程。

在开学前夕，我突然接到学校让我担任所在班级班长的通知。这个消息来得让我有些措手不及，但不知不觉间我将这份工作坚持了四年。担任班长，辛苦一定是有的，让我印象深刻的是那年刚开学，令人生畏的禽流感正在肆虐，我既要传达学校的各种指示，还要照顾班级里的同学，最害怕的是有同学被隔离，当时的心理压力也许我一辈子都不会忘记。几年的班干部经验让我学会了与人为善，懂得了奉献。起初接手班长工作的我并没什么特长，幸运的是有了身边的朋友、同学的帮助，工作变得相对简单，我也从中收获了许多可贵又纯粹的友情。班级的同学来自天南地北，脾气各不相同，沟通和融入，让我学会了站在他们的角度思考。这种经验对我如今的酒店工作有着非常重要的帮助。

大学里，让我难以忘怀的是朱渊深老师。能够遇见朱老师真是我的幸运，而朱老师遇到我是她的“不幸”。曾经我非常走运“抢到”朱老师作为我的毕业论文指导老师，但也是因为论文，我给老师添了不少麻烦。幸运的是，她总是十分有耐心地帮我解决问题，帮助我顺利完成了毕业论文。如今我入职黄龙饭店，也负责朱老师安排的实习同学的培训工作。朱老师不仅是我的良师，更是我的益友。

如今离开学校也有几年了，每每回忆，心中涌起的不仅是愉悦，还有怀念与不舍。尽管现在的生活绚烂光鲜，身边也人来人往，但我始终想念大学那段纯粹的时光。所以我想对在学校生活的学弟学妹们说，韶光易逝，“劝君惜取少年时，有花堪折直须折，莫待无花空折枝”。也许世间的光怪陆离总是吸引着你们的目光，而未来未知的坎坷让你们惴惴不安，但大学时的青春正是枝头上绽放的花儿，不要在花朵零落时才去感叹把握不及。多多去想想你们要的是什么，好好珍惜在校的日子，以后的路和困难，待你们真正独立地面对社会时再考虑吧！

承担

一身整齐的黑色职业套装，恰到好处的妆容和始终笔挺的脊背，体现了赵利娜的专业与成熟；而微笑时弯起的眸子，聊天时调皮的语气也流露出她的未脱的稚气和活力。

实习期满后，她选择留在黄龙饭店继续自己的职业生涯。短短几年的时间里，她已经成为黄龙饭店的酒店宾客关系主任，在宾客接待方面的能力得到领导和同事们的高度认可。在工作的这段时间，她接待过希腊总理、吉尔吉斯斯坦总理、苏丹总统等多国重要领导人，并担任各位贵宾住店期间的贴身管家，负责他们在黄龙饭店的饮食起居。她提到，面对各国政要时每个细节都不可有疏忽，此时的自己不仅代表着酒店，还是代表我们国家服务业的形象去接待领导人。尽管工作上的压力不可避免，但她的身边还有一群与她共事的同事陪伴，这份沉重的工作也就变得轻松快乐不少。在接触了形形色色的住客后，她还总结出工作中与人交流的两点关键："一是效率，宾客们都希望能够在我们这儿得到服务，解决问题，所以有效率地解决是一大关键；二是尊重，时刻记住我是酒店的代表，要站在宾客的立场看问题，保持对他们的尊重。"也就是秉承着这两个关键，赵利娜才能够自如应对各种情况，带给宾客们最满意的服务。

但是，欲戴王冠，必承其重，享受工作带来荣耀的背后，往往还要承受着这份职业的心酸。赵利娜表示，在工作中学到的便是"坚忍"。虽然大多的宾客都是十分礼貌的，但免不了碰到一些胡搅蛮缠的客人，从事服务行业的她，即使心里有着万分的气愤也不能将一分显露于外表，只得一直忍着。但谦让不等于妥协，赵利娜认为每一位酒店工作者不仅代表了酒店的形象，也代表了酒店的利益和尊严，在任何情况下都要维护自己的立场和尊严。

回想起大四时的实习经历，数月的时间短暂但却意义非凡。赵利娜坦言自己在实习期间并没有过多的压力，"因为好奇心能战胜一切"。她说，刚刚开始实习时没有老师在身边指导常常会感到孤立无援，也会受到工作人员严厉的批评。但对于实习生来说，一切都是新的，十足的好奇心会激励着自己不断去探索。赵利娜还提醒各位即将进入实习期的"准实习生"，实习中非常重要的一点便是正式将自己当作酒店的一员，不要以旁观者的态度去工作，这样才能离自己的目标更近一步。

对于自己未来的职业规划，赵利娜认为应该好好把握青春，不懈努力，勤勤恳恳工作，为宾客们提供更加舒心的服务，不愧对自己曾经的努力。"除此之外，还要做一些女生应该做的事情。"说起这些，赵利娜便笑弯了眼，"希望可以多抽一些时间陪陪父母，也可以找到可以照顾自己的人，找到一个适合的归宿！"

她正青春，轻扬笑脸挺直脊梁朝前看；她趁年华，肆意挥洒热情成就更高的自己。尘世的纷扰和世间的喧嚣扰不了她的飒爽。希望赵利娜永葆初心，不忘旧路，也愿钱江学子们以赵利娜为榜样，以谦和的姿态去温柔对待这个世界。

采访记者：朱方宇

在历练中前行

郑　π
ZHENG π

杭州师范大学钱江学院法学专业 2009 届毕业生。现为华东政法大学科学研究院助理研究员、华东政法大学法学博士、荷兰莱顿大学（Leiden University）访问学者。

学着改变生活

回忆渐渐涌入脑海，时间如回潮，渐渐平息。

大四的时候，感觉时间过得特别快，似乎比前三年都快，身边弥漫起各奔东西的味道。毕业前收拾寝室时，许多看过或没看过的书籍资料，是去是留，几秒钟内也就决定了。翻阅自己曾经写下的批注和笔记时，有些内容已经不太记得了，于是会有种“怅然若失”的感觉。整理东西的速度也就渐渐慢下来，偶尔会想起一些往事，更多的时候只能带着不太情愿的感觉，继续把一些资料和书本归入“不再保留”。这多少是件有些无奈的事，但在我们日后的生活和经历中，类似于毕业离校这样的时刻，都是十分典型的境遇。在这样的境遇中，自己尽管很清楚仍然有许许多多事务和心愿未能得到合适的安放，却不得不在有限的时间中做出判断和决策。我希望这不是一个太糟的譬喻。

大三的时候，我参加过一些学生评优活动，其中一个环节是上台演讲。虽然从大一到大三，我已经上台演讲过很多次，在学生会活动和其他校园文化活动中也到台上锻炼过很多次，但当时走上讲台时，仍然非常紧张。有些人说这是兴奋，不是紧张。我觉得兴奋固然不假，紧张也是货真价实。好在演讲时舌头没打结，听众离得远估计也看不太清楚实情。如今我上台演讲似乎已经不太会紧张了，失去了那种面对挑战时既紧张又兴奋的感觉，也是遗憾。

大二的时候，我跟队友辩论赛训练时，被比我年长的几位前辈轮番"抨击"，毫无招架之力。当时有种黔驴技穷之感，几次训练之后，我依然觉得很受挫，但有次聊天时前辈无意中说："你学习和模仿能力很强啊，居然会用我们的风格来对付我们！"不论前辈的评价是否属实，之后我都开始"有意识地"学习其他辩手的辩论技巧。我体会到，在与他人的交流中，"收获"并不一定以你预想的方式到来，火花与启发往往会在不经意间产生，然后折回自己的意识。我很珍惜这样的机运。

大一的时候，期末考试复习阶段大家会互相传阅听课笔记，主要是为了防止遗漏考点之类。我记得有几门课我的笔记被借去复印传阅，我暗自担心：我万一记错了什么或是少记了什么，岂不是给人添乱？之后，我强迫自己上课更加认真地记笔记，防止出错，有点儿哭笑不得。当时有些不需要做笔记的课程，我也会尽量多写笔记。一方面是为了通过快速听记，训练自己上课集中注意力；二来有点儿强迫症，既然其他课程要记笔记，索性所有课程都记笔记算了。后来，记笔记的习惯渐渐断了，偶尔也用笔记本电脑写笔记，但不再是原来的感觉了。

最后，我想借用维特根斯坦的一句话和大家分享："所有的好学说都是无用的，你应该改变你的生活。"

有着特别名字的他

郑 π——其实第一次看到他的名字时，我浓浓的好奇就被引发了。采访前听系里的老师们谈及他，都说郑 π 学长是一位风云人物。不仅如此，他还是图书馆的亮点，是中文系女生心目中的男神，是一位擅长演讲、辩论、学习的法学生。A4纸上简单的介绍里也有着惊人的履历，有着这样一个特别的名字的人，背后又有怎样特别的故事？我带着好奇而又忐忑的心情，开始了这次采访。

正派——这是我看到郑π照片时的第一感觉。和他的名字一样，这位长着一张学霸的脸，戴着一副没有任何修饰的眼镜的学长，干净而清秀。作为每年送走的莘莘学子中的一名，郑π已然成了一个老师、后辈眼中有所建树的优秀校友。离开母校多年后的今天，回忆起自己的求学经历时，他表示大学生涯帮助自己确定了未来的职业方向，在大学期间所积淀的专业基础、知识储备、工作能力，锻炼出来的待人接物、为人处世之理也成为之后的事业发展的基础。

另类——吃饭快，走路快，说话更快；闲暇少，睡眠少；口才好，学习好。郑π说自己在大学期间考试前也会彻夜不眠，跟室友一起熬夜背书到天明。大学时的郑π也许在同学眼中是个另类，而如今的他依旧认为带着热情投入生活是很重要的。留意他人"具体的"学习工作方法和与自身不同的思路、想法和创意，省思自己"具体的"学习生活，积累自己的经验，珍视自己的感受，走自己的路。

朴实——在校期间，郑π担任过学生会主席。这样的工作锻炼了承受力和意志力，迫使他主动换位思考，寻求更好的问题解决方案，帮助他发现之前并未意识到的问题，理解他人的难处。毕业后，郑π继续读研、读博，之后又出国深造，然后回到学校参加工作。"我不知道'习惯'算不算一种体会或感悟？养成认真工作和不断自我提升的习惯，似乎也不错。如果你想奋斗，去脚踏实地地奋斗便是了。"我不禁感慨，这位朴实得如尘的学长让我明白了什么叫作"优秀是一种习惯"，只要脚踏实地一步一个脚印，总能达到自己的期许。一步步走来，郑π先生坚持着自己朴实和严谨，逐渐成熟，不停提升着自己的高度。

积极——不论是事业工作还是家庭生活，郑π都抱着积极向上的态度。"记得有一次我的父亲对我说：'人要跟自己比，比之前的自己进步了一点，就不错。'若能坚持如此，已经十分不易。"采访的末尾，郑π也留下了自己对母校和学弟学妹的深情寄语："我很感谢母校给了我一段丰富、充实而又愉快的大学时光，我不仅从中习得了十分受用的知识与技能，还结识了许多才华横溢的良师益友，更收获了宝贵的为人处世之理。我希望各位同学能够始终带着热情与期待投入学习和生活，也祝愿你们能够拥有美好快乐的大学时光！"

采访记者：陈乐乐

守住初心　勇立潮头

郑　迪
ZHENGDI

杭州师范大学钱江学院广播电视编导专业2012届毕业生。现任丽水市景宁畲族自治县文化广电新闻出版局办公室主任。

学习始终是第一位的

年轻就会对新鲜的事物充满着迷之好奇。倥偬逝去的时光，仔细一数，会有不一样的风景。

大一刚进校，作为新生班长，我提前来到学校，承担了许多迎新工作，早早地熟悉了校园生活和学生会工作。大学伊始，我自荐到学校音控室工作，协助完成了许多重大演出活动。后来又在分院宣传部、办公室任职，锻炼了自己的组织协调能力。大三时，我担任了新闻传播分院学生会执行主席和学生第四党支部书记。大四期间，我获得国家奖学金以及校级优秀毕业生的称号。

文一路校区，学风、教风淳朴，承载着百年师大的精炼积淀，在这里学习和生活总感觉有一种精神力量在支撑激励着我砥砺前行。在这个学术和知识的殿堂中，我学到最重要的东西就是贴近实际的专业知识，严谨认真的工作态度，勤奋刻苦的工作作风，追求卓越的争先精神，甘于奉献的意志品质。

学校对编导专业开设的课程进行了精心设置，丰富的学科门类，小课的教学模式，外聘资深教师讲学等做法对我们专业的启蒙和日后的学习受益匪浅。专业课程的老师经历丰富、专业过硬，对于我们的学习具有很强的指导性。课堂学习和操作实践相结合，为我们创造了很多锻炼机会。特别是“挑战自我”等实践平台，让我们在模拟环境中，发挥专业特长，充分展示自己。

记得刚来到学校的我，对于社团活动总是热情高涨，没有处理好活动和学习的关系，学业有所懈怠。几次考试下来，成绩并不理想。仔细分析后，我慢慢调整重心，重新分配时间，要求自己在抓好学习的基础上，再去更好地完成团学工作。此后，我渐渐明白，在学校里，你首先是一名学生，不论你能参与多少社团，拥有多少学生干部职务，你的首要任务是学习。唯有这样，到毕业之际，你才能够顺利找到心中理想的工作，不背离最初的梦想。

回忆起在母校四年的学习生活，对我影响深刻的人和事有许多。陈南明老师教授广播电视技术等课程，他亲自带领我们外拍、实训，指导我们的论文。一个年逾花甲的老师为工作、事业、学生的未来殚精竭虑、不辞辛劳，让我非常钦佩和感动。是他丰富的教学经验，高超的教学水平，对广播电视行业长远发展的解读，以及对基层工作的深入分析让我坚定地在毕业后从事广播电视行业。还有我的班主任和辅导员老师，走近学生，是我们思想上的领路人，成长历程上的铺路人，生活上的知心人，他们对我们的关心体现在我们的每一个成长细节中，让我至今都难以忘怀。感谢每一位在大学四年给予我指导和帮助的师长，在这里向他们表达最由衷的感谢。

敢做勇立潮头的弄潮儿

大学四年的专业课学习教会了他摄影、摄像、后期制作等专业技能，给在文广部门工作的郑迪很大的帮助。他为我们讲述了一个在工作中的“小插曲”。在工作的第二年，县里正组织申报国家级非物质文化遗产项目——畲族婚俗。其中，项目需要拍摄完整婚俗纪录片作为申报辅助材料，拍摄过程历时两天，申报团队聘请了专业的摄像师来协助完成。畲族婚礼当天有对歌、盘歌的习俗，由于在场新人双方歌手众多，以至于缺少机位捕捉全场热闹景象，正好摄像是郑迪的专业课程，他立即向领导请缨，完整地拍摄下对歌全过程，保证了整个项目申报的时间和进度。他说，这件事，很好地体现了专业课程的学习对于日后工作所起到的帮助。他觉得自己很幸运，能够继续在专业对口的广电领域工作。在文广出版局，他工作起来可以更快上手，更好地融入工作氛围。

如今毕业已经四年多，四载青春峥嵘仿佛就发生在昨天。自 2012 年毕业后通过公务员招录进入文广出版局工作以来，郑迪先后从事非遗传承保护、文化市场审批管理、党建团建、纪律审查等相关工作。几年的文广工作，让他对这个行业也有着更深切的感受和思考。他说，新技术新应用创新媒体传播方式，新媒体时代，是读图时代、视频时代，打造“智慧融媒体”，占领信息传播制高点，我们广电人大有可为。弘扬主旋律，传播正能量，讲好中国故事，传播好中国声音是当下我们广电人的当务之急。今年以来，习近平总书记对中央新闻媒体单位的旋风式调研以及在中国文联、中国作协的重要讲话精神极大鼓舞了我们基层广电人在理念创新、手段创新、基层工作创新上的自信心和积极性。

在采访的最后，郑迪说道，人生就像钱江潮水，学弟学妹就像钱江潮水的后起之秀。有高峰有低谷，有湍急也有平静，有远山险峰的阻挡，也有和风细雨的轻拂。即便蜿蜒崎岖，但只要拥有奔腾入海的目标、永不停歇的信念，定能一往无前、勇立潮头！选择自己所爱的，爱自己所选择的。

守住初心，在自己喜欢的领域里，散着光，发着热。在母校的四年，表现足够优秀；在工作中的四年，他依然勇往直前。

采访记者：诸梦婷

奔跑不停　前进不止

周常银
ZHOUCHANGYIN

杭州师范大学钱江学院电子商务专业2010届毕业生。现任工商银行奉化支行市场营销部副经理。

辛耕方获果

如今看到奔跑跃动的身影，缀满绿意的枝丫，漫天飘荡的流云，天真自然的微笑，我就会不自觉想起在钱江经管度过的四载青春年少。因为太美好，所以无时无刻不想念那些俏面容，怀念那段俏时光。

转眼又至一年秋时，我只知辛勤耕种后方能手捧累累硕果。谈及大学时光，似是斑驳却又清晰，还能够想起那些灯下学习经济类知识的时光，是这些努力让我有了如今就业的技能；还能够忆起那些团学及社会实践的奔波，是这些磨炼奠定了我职业发展的基石。如今在人们眼中，我是年轻的中层干部、业务骨干，但在我看来，我只是一个每天汗流浃背，为生活拼搏的人。一分耕耘一分收获，这个道理一直通用，我也一直坚信。

大学，仍重在学，用心去学习专业知识，学习自我管理，学习时间分配，学习人际交往，学习各方面有益于你的能力，这样方能无悔恨。平日各位专业老师精彩的授课令我获益匪浅，那种通过自己的拼搏努力获得奖学金的感觉也令我更加斗志昂扬。当然，我所说的学习绝不是单纯的纸上谈兵。部门、组织、社团，以及各类比赛也将我打磨得更加精致。其中最使我满足的，是在我积累力量的道路中，我遇到了人生中的另一半。何其有幸，能找到另一个人一同学习、一同进步、一同成长。

除了这些拼搏的汗水萦绕心头，那些年陪伴我的人们也令我难忘怀，充满感激。在此特别感谢那些年给予我关心和帮助的老师们，当我在学生会工作遇到难题时，在电商竞赛遇到瓶颈时，在生活中陷入迷茫困惑时，是他们指导并指引我走出困境。他们或严厉，或慈祥，但他们对于我的教导，都让我铭记于心，是他们让我明白大学的意义何在，奋斗的意义何在。

于我而言，大学最重要的意义就是明确方向。我清楚地知道从事金融行业一直是我的梦想，所以我努力、我奋斗，到如今梦想成真。你问我成就感从何而来？就是从你一步步靠近目标时得来。我如今就为自己能够通过自身的专业知识为他人提供优质的金融服务而感到自豪。

我想要告诉学弟学妹的是：在进入大学后就要有个目标，起码是大学的目标，明白自己在大学到底想干些什么。不管是学习专业知识还是锻炼工作能力，一定要为之努力。不要平淡无奇的大学生活，千万不要辜负人生中最美好的一段青春。如果你现在不明白，那么从现在开始就认真想想：若干年以后，你该怎么样回望你的大学生活？

志阔方行远

每当回想起在母校的经历，他的脑海中便会浮现出那个曾经青春热血、无所畏惧的自己。作为学生会主席，他曾亲自讨论、谋划、筹备过大大小小各种活动，其中最令周常银自豪难忘的是参与“财富人生创业计划大赛”的组织与创办，这无疑极大程度地锻炼了他。一转眼，他已经是两个可爱孩子的父亲。忆往昔，周常银最感慨的就是：大学，那是多么美好的一段时光，值得用一生去慢慢回忆。

周常银说："大学生涯中的各类活动对我的帮助很大。我的团队感、荣誉感、自信心、组织力、行动力、生命力及经验值，皆来源于它们。这些活动让我更加成熟，让我在日后工作中变得沉稳！"事实证明，行动比等待更有收获。

他说，如今回想起那段埋头苦练的时光，总会觉得温馨而有意义，老师们在讲台上的奕奕神采总能给予他无穷的力量与决心。周常银的热情与努力，不仅使他学习了专业知识，还使他收获了走向社会的勇气与能力。

成长并不只是单打独斗。寒风冷雨，有人陪他沐浴；酷暑炎夏，有人陪他淌汗。在工作或是比赛遇到难题时，是老师们的巧妙点拨与耐心教导使得他灵感突发、斗志昂扬，是同伴们的不离不弃与团结合作使得他不感孤单、愈走愈远。"真心感谢那些年陪伴我成长的老师与伙伴，他们是我永远的良师与益友。"周常银如是说。

对于充实而精彩的大学生活，周常银有所遗憾却并无悔恨，他建议道："在进入大学后就要有个目标，起码是大学的目标，明白自己在大学到底想干些什么，然后为之奋斗。哪怕是谈一场轰轰烈烈的爱情，也不要平淡无奇的大学生活，不要辜负最美好的一段青春。"

虽尘世繁华，庆目标明确，愿奔跑不停；虽安逸诱人，幸志向远大，将前进不止！

采访记者：林钇岐

简单却不平凡

周　俊
ZHOUJUN

杭州师范大学钱江学院法学专业2012届毕业生。现任德清县城管执法局法制科副科长。

在文一路222号的我们

平静的思绪就像静静的湖面，一经轻轻地触动，便泛起了无限的涟漪。感谢母校的活动，为我打开了一扇回忆之门，让我又一次走向了那个温暖而美好的地方——我的大学。文一路222号，在这一个够“2”的地方，我度过了青春时代最美好的时光。校区面积不大，但地理位置优越，城市交通便捷，文化积淀丰厚，你待得越久便会越喜欢这个地方——钱江学院。

记忆中，大一的自己没能尽快完成角色转变，略显碌碌无为，尽管顺利进入学生会，也参加了不少社团活动，但总是难以找到努力过后的充实感和成就感。值得庆幸的是，我遇到了人生中最要好的一帮朋友，并在大一时建立了深厚的友谊。

时间很快，转眼便是大二，这一年有我最丰富多彩的回忆。这一整个学年里，我几乎主持了法学分院大大小小的所有活动，也参加了院、校组织的多类文体比赛，并获得了学院“我心目中的好老师”演讲比赛一等奖，校“北极星”朗诵比赛三等奖的不错成绩。当然，作为一名人学学子，学业总是第一位的。教室里时不时能听到我向老师请教，与同学交流的声音；图书馆阅览室内总能看到我徜徉书海的身影。虽说勤奋学习不应以物质奖励为目的，但当自己拿到沉甸甸的一等奖学金时，心情还是非常之美丽的。

忙忙碌碌的大二一晃而过，大三匆匆而至。这一年对法学学子来说至关重要，因为即将迎战有着“中国第一考”之称的国家司法考试。虽在闲暇之余我还是会参加分院组织的活动，但随着战鼓的敲响，我将主要的精力和大部分的时间放在了备战司考上。让我印象深刻的是，大三第二个学期，在图书馆的任一楼层，都有我们法学学子埋头苦读、凝神备考的身影。功夫不负有心人，在极为浓厚的备考氛围下，2008 级法学学子的司考通过率创了当时之最，我也很荣幸地为它做出了一份小小的贡献。

在这儿，我要将当时邵燕芬老师送给我们的一句话转送给学弟学妹：“大学期间，是你准备任何考试的最佳阶段，当你踏上社会，再也无法将精力和时间如此集中地投入某项考试了。”时间还是那么快，不知不觉中我们成了校园中最老的一批学子。即将踏上社会，面临就业选择，不日与师友分别……一切都来得那么猝不及防却又理所当然。同学们都在为自己的未来忙碌着、打拼着，校园里某个角落一下子安静了下来。等它再次热闹，已是我们与可爱的同学、可敬的老师、难忘的大学依依惜别之时。

大学的四年很短，一眨眼的工夫大家就各奔东西；大学的四年很长，很多美好的回忆会历久弥新。作为一名并不优秀的学长，我想告诉在校的学弟学妹：要珍惜美好的大学时光，去把握青春，历练自身，在专业学习上拼搏收获，在组织工作中交流进步，在社团活动中锻炼成长。最后，衷心地祝愿大家拥有一份美好的大学回忆和一段无悔的青春时光……

简单也快乐

周俊给我的第一印象是随和且友善的，他认真仔细地回答我的每一个问题。在城管执法局工作的他，没有预想中的那么严肃刻板。

说起当初选择法学专业的原因，他直言是因为对我国的法治化进程充满信心，相信法学方面的人才将会有广阔的发展前景。朴实的想法，直接的话语，让我感觉到他的真实。毕业后，周俊和大多数法学生一样，去了律所，但半年后便转战城管执法系统。究其原因，如他自己所说，简单地不值一提："感觉自己的性格更适合当公务员，平淡即美好。"我本以为这种时候，他应会大谈理想抱负，这种简单真诚不造作的回答却让我一时间不知如何是好。而他现在的工作也将他的优势充分发挥，他擅长演讲和主持，在学校时便被誉为"文法第一男主持"，凭借该项特长，他在单位主持活动，代表单位去县、市参加各种比赛并获得多项荣誉。

目前，周俊主要负责局里规范性文件的审核，行政执法案件的指导和审查，法律知识的培训，行政复议和诉讼的处理等工作，听起来日复一日烦琐乏味，而他却乐在其中。他说："一分耕耘，一分收获。"勤勤恳恳地去工作，就能收获不少，像审核文件培养了他的细心与耐心；法律知识的培训使他温故而知新，提高了自身法律素养；而处理行政复议、诉讼则为营造良好法治环境做出了自己贡献。加之常常出去比赛，他觉得工作生活十分充实，良好的工作态度，使他获得了德清县城管执法系统"作风建设标兵""执法办案能手"等多项荣誉。而问起他对之前的职业律师的看法，他认为毕业不久的年轻律师做不到选案子，所以常常会被人误解"金钱至上"，但其实只要在接到案子后遵守职业道德，不愧对自己的良心，依法办案，就能不断历练和成长。从简单的话语中，可以看出他作为一个法律人的操守。

谈及未来，周俊依旧回答得简单真实。他说，生活上可以概括为六个字：健康、平安、顺利。而关于家人，他则自豪地表示自己常伴左右，体贴孝顺，能做到这个他很开心。对于工作，能把手头的每一样工作认真完成，无愧于心就好。当我问及在校大学生是否应该对自己未来的职业做一个规划时，他说适当地对自己的未来做点职业规划是好的，这样确定目标后能让自己避免迷失方向，做到有的放矢，但也不能规划得太过详尽，潜意识里会非朝着规划好的路径走不可，反倒陷于囹圄而不能变通了。

面对快乐与磨难都能淡定从容，他不断沉淀和增添人生的厚度。希望钱江学子都能如周俊一般，以谦和的态度对待这个世界，积极乐观，笑对生活。

采访记者：吴婉瑾

做最好的自己

周珊珊
ZHOUSHANSHAN

杭州师范大学钱江学院英语专业2011届毕业生。现任温州肯恩大学高级翻译。

过去是百尝不厌的糖果

耳畔依旧江风起，散了头发，落了黄花。

身旁时常鸟吱呀，唤起一梦，荡天涯。

似乎空气中还弥漫着钱江的味道，熟悉而又亲近。同学们争相探讨的话语仿佛还在耳旁回响，又好似置身于情人坡的小路上，拾着书本，琅琅书声萦绕身边。大学生活是一段无法抹去的记忆，它见证了我的成长，使我遇见最好的自己。

刚入大学时，印象最深刻的就是站在图书馆前的大广场中心，抬头仰望着巨大的图书馆的场景，那真的是浩瀚的知识海洋，我所拥有的，显得如此渺小。那时候便在心底种下了一粒种子，尽全力让这里的一部分化为自己的财富。于是，图书馆便成了我的第二个家，在那里，我浑身充满了正能量。藏书丰富，每当读完一本书，我总有深刻的领悟，对人生有了些许思考，对自己的目标也日渐明确。在图书馆，学习氛围浓厚，静得下心，沉得住气，完全地投入自己的世界。此时此刻，图书馆的模样依旧清晰，我感激那个给予我无限力量的地方！

上课期间，外院的老师年轻又有活力，总是以饱满的热情传授知识。印象深刻的是几位专业老师都能即时地根据当下时事，将英语与生活密切地相联系，培养了大家对英语学习的浓厚兴趣。老师风趣幽默又独特的教学方式，更是极大地鼓舞着同学们学习英语的热情。我也被他们这份对工作的认真所感染，不由得向他们看齐。

身边的同学亦是我大学生活不可缺少的一部分。偶尔的一声问候使我不觉孤单，生病时的一份关心使我备感温暖，跑步时的一句鼓励使我力量倍增。满满的真心诚意使我们走进彼此的世界，走过旷野，经过乐园，最终回到自己的世界，却彼此留下了深刻的印迹。

准备考研的日子里，许多同学都已经在各自的实习单位实习了。看到他们努力的生活状态，我偶尔会动摇，却不忘初心。远方的梦，远处的理想，总是催促着我前进的步伐。如今回想人生中那样宝贵的一段时期，那样的饱满状态，怀念而又向往！

大家都说过去被学习这个“怪物”逼得太紧了，到了大学应该好好放松，而我认为大学反而需要更加抓紧学习。大学不会像初高中那样备受束缚，这个时候就需要自己合理地安排时间，靠的是自己！我也感恩一直努力的自己，没有荒废自己的大学生活，做到了最好的自己！

未来是不断追逐的光

电话的另一头传来礼貌又不失亲切的声音，随着电波也能感受到她的温柔。那日奔赴午间约定的小采访途中，也因着她的一句“中饭吃了吗？我等你们一起吃”而增添了些许暖意。

初次碰面，微微一笑，举止间透露着一丝优雅。正如她在大学期间做班长时一样，周珊珊做事井井有条，在采访前提前将自己的想法列在本子上，以便高效地交流。她说：“一件事情你投入了一万个小时，你就会成为这个方面的专家，你的兴趣所在能够很大地拓宽你的发展道路。”她的道路正是她一步一个脚印，踏踏实实，全身心地投入而获得的！

毕业后，周珊珊考取上海交通大学继续读研深造。她提到有些人可能在考试方面就是有天赋，上了考场就能发挥自如。然而机会总是留给有准备的人，并非平白无故地降临在某个人身上。虽然在温州肯恩大学的工作时间不长，但她觉得工作起来就应该全身心投入，这样才会学习到更多。她教导我们最重要的是要做好自己最基本的工作，当遇到不懂的问题就应虚心向他人请教。同时，需要注重自己处理事情的方式，事务的优先度应理智地去判断与选择。

如今随着英语的普及，有许多大学生选择出国深造，她指出：英语作为一种工具，对英语专业的学生来说不仅要扎实英语的基本功，更要做好两手准备，开拓自己其他方面或专业的特长，以培养并提升个人能力。

欢声笑语中透露着周珊珊那份对工作的热爱和对专业的执着沉浸，她的人生正如她对待问题的态度，井井有条，清晰明了。热爱、努力、规划、实践，这才是生活该有的模样。

采访记者：吴安琪

不忘初心　方得始终

朱丹锦
ZHUDANJIN

杭州师范大学钱江学院护理学专业 2009 届毕业生。现就职于浙江省立同德医院。

抹不去的回忆

大学，一个神圣又美丽的地方，那里充满着友情、师情、爱情以及许多美好的事物……

在钱江学院的四年，令我印象最深刻的就是老师和同学们。在生活方面，辅导员和班主任会时常和我们进行心灵的交流；在学习方面，专业课的老师们亦是尽职尽责，总是很耐心地替我解答疑问，让我备感温暖。

四年的大学生活中，我曾担任过实践部部长、红十字协会会长。在这期间，每完成一件事，对我来说都是一次成长。我也喜欢图书馆安静的气氛，我喜欢在里面学习看书，喜欢迎面而来的书香味，喜欢结识一些志同道合的朋友，更是喜欢这种充实也不失乐趣的大学生活。“书中自有颜如玉，书中自有黄金屋。”读书学习的同时，我也会参加社会实践。人不能仅限于书本，需要跨出第一步，不断地去尝试和挑战。一方面，这是对自己的历练，利于提高道德品质；另一方面，也是为社会贡献一份力量,温暖周围的人。所以,我一直觉得自己很幸运能够来到钱江学院,在这里学习和生活是我人生中一段抹不去的美好回忆。当然也感谢钱江,让我能够一直相信自己,相信未来,勇敢前进!

在我看来,大学的时光是一段激情四射的青春,不要有太多的顾虑,做好自己最重要。光阴似箭,要时刻提醒自己,明确目标;要及时抓住机会,勇于尝试。记住,不要过多地抱怨,生活是自己的,好好珍惜吧。

要记住,自己想要的一切,就要由自己去创造。人生中总会有一股力量不断地涌现,大概就是这股力量支撑着,给予我们勇气和信心,让我们义无反顾,走向辉煌。

不忘初心

一身白大褂,轻盈的步伐,眼前的女子神清气爽、端庄大方。聊天时的微笑,更是给人以亲切感,像是一个邻家姐姐,温柔可爱。

大学毕业后,朱丹锦就一直留在浙江省立同德医院针灸康复科工作。在工作中,她善于独立思考,分析问题,解决问题;善于与人沟通,能够经受住各种挫折的考验,保持一种乐观积极的心态去对待工作。

2011 年,朱丹锦开始心理咨询师的培训。2012 年,她选择在职就读香港大学心理学研究院。经过努力,朱丹锦取得了临床心理学硕士学位。同时,她也不断进行关于心理咨询方面的实践。在科室里成立了心理咨询中心,每周安排固定时间为患者进行免费的心理咨询,关注患者的心理状况。她也会利用自己的休息时间在临床心理科门诊学习。业余时间,她也会参加杭州青少年发展中心的电话心理咨询工作,希望能够帮助更多的青少年,让他们可以健康快乐地成长。

在工作中,朱丹锦总结出两个关键:一是学习。每一个人,每一样事物,没有最好,只有更好,不能以一种高傲的姿态对待任何事物,每时每刻都要去学习,获取更多自己所没有的知识与经验,让自己更加强大,更加完美。二是感恩。在工作中,要懂得感恩,感恩提供帮助与机会的人,感恩带来快乐的人。在生活中,也要懂得去感恩，感恩父母，感恩爱人，感恩朋友，正是因为他们的出现，才会有现在美好的一切。

休息日，朱丹锦更愿意去陪伴家人，和妈妈说说暖心的话，做一顿简单的饭菜。哪怕时光易逝，家永远是我们爱的港湾，是可以让人放下保护自己的盔甲的地方，是可以解除一切疲惫的乐园。

对于未来的职业规划，朱丹锦有自己的想法。她觉得应该趁年轻，放手拼搏。要培养更高的慎独修养，更强的责任感与奉献精神，以更加好的精神面貌去面对工作。或许在这个城市雨林，只想着做捕食者或不做被捕食者，都会兽化人们的本心。所以，别焦躁，按着原来的路，慢慢地走向黎明。

静观其变，是她的一种能力；顺其自然，是她的一种幸福。愿不舍当下，愿记得梦想，愿朱丹锦会一直这么勇敢、这么美丽地走下去，不忘初心。也希望钱江学子能够以朱丹锦为榜样，大步地前进吧！

采访记者：韩佳迈

无创业　不青春

朱　希
ZHUXI

杭州师范大学钱江学院计算机科学与技术专业2007届毕业生。现任网易浙江、网易湖北、网易湖南总裁。

感谢有你，伴我成长

即使工作多年，我也依旧忘不了我的大学生活。当年，计算机科学技术可以算是一个新兴的技术，我也为能成为计算机产业的产业预备军中的一员而兴奋着。那时的我青春年少，总觉得应当在我四年大学生活中施展一番才华。从古荡湾校区搬迁到文一路校区，我也从一个不懂事的孩子成长为一个不懂事的青年。但我庆幸遇到了人生最好的几位导师，每一位老师都让我领悟了人生的勇气；我也庆幸遇到了几位此生难忘、志同道合的好友，我们相互帮助，相互竞争，我们的生活充满斗志，总是那么朝气蓬勃。

刚刚踏入这个校园，陌生而又兴奋，总觉得自己从此有了一双隐形的翅膀，可以在这个新的天地中翱翔，为这没有束缚的生活窃喜。因为我是个极度偏科的学生，所以在校的这段时间我的成绩不算优秀。刚进入校园，我就加入了ECC计算机协会，不久我就有幸成了计算机协会的会长。当时压力巨大，不知从何下手，幸好有一群志同道合的同学协助我。在他们的帮助下,我们一起管理协会。校园中与导师们的沟通,也使得我在之后的工作中形成了与客户共同探讨、钻研的习惯。每天工作 16 个小时,让我永远比别人多了一倍的经验。慢慢地,协会会员发展至 2 万余名,甚至覆盖到了周边校园。这让我有了一些成就感,也就有了往长远发展的想法。

大三我们在导师的帮助下进行创业,几个同学共同努力开创了爱来客科技有限公司。现在看来当初的创业就如过家家一般,即使损失高达千万,依旧不后悔。这次“疯狂”的创业,也让我积累了许多经验,于我而言,是一笔宝贵的财富。

我的大学就是踏上社会的第一课。遇到好的校园、好的导师、好的同学,着实是我的幸运。虽然其间遇到了常人无法想象的挫折,但是这第一课让我收获受益终生的道理——人生需要勇气!

我没有华丽的辞藻,对母校想要表达的也太多太多,归而言之,唯“感恩”二字。

创业之路，勇往直前

他没有小说里霸道总裁的高贵冷艳,脸上总是挂着温和的笑容。初次见面,一时竟难以将他与“网易三省总裁”这个身份联系在一起。然而,所有的荣誉都掩藏不住他温文尔雅的气质,他就是现任网易浙江、网易湖北、网易湖南总裁——朱希。采访之中,他并没有处于高位者的冷酷决绝,反而以温文尔雅的态度让人如沐春风。

他的大学并不单调,各种实习填满了他的生活。从大二开始就在杭州颐高数码广场打工。说起当时实习的成果,他颇为自豪地说,他在颐高数码广场卖的电脑总数排名全颐高第一。回想彼时,他依旧无法忘怀那份巨大的快乐。大三实习时,他不再局限于卖电脑了,他开始在阿里巴巴支付宝中心工作,并担任运营经理助理。与此同时,他开始了他人生中的首次创业。然而毕业一年后,打击随之而来——创业失败,亏损高达上千万。谈起这段令人不堪回首的经历,朱希的脸上并没有想象中的凝重,甚至有一些云淡风轻的味道。可见他不仅从那场打击之中走出，更是从中吸取了不少经验。这让他变得更加的成熟，使他不再是初入社会的懵懂小青年。他重新振作，在2009年成为腾讯宁波公司电商副总经理，2012年成为腾讯浙江公司总经理，2015年成为网易浙江总裁，2016年荣升网易在浙江、湖北、湖南的总裁。以当今社会的就业状况而言，朱希的升职速度不可谓不快，在短短几年时间内从一个无名小辈成长为网易三省总裁。

说起当初创业失败时的困难，他表示，人的性格决定了他对事情的看法。曾经创业的失败，直接的经济损失让他一度陷入低谷。由于他的家庭是个工薪阶层的家庭，没有强大的经济实力，于他而言，这是较为困难的一段时间。然而他认为没有困难是无法克服的，任何事情都困难，但任何事情又都不困难。他相信"人定胜天"，所以只要有勇气去做，就无所谓困难与否。他终生不会忘记人生的这么一段低谷的时光。

而当谈起在工作中所获得的最高荣誉时，他笑道："一般是给别人发荣誉了，我这种岗位比较惨，压力最大，荣誉却没有。"在经历过一般人无法承受的创业失败后，荣誉或许对他早已没有太多的意义，同事的认可与信任才被他视为至上的勉励。

"书到用时方恨少。"他以此回答了大学中的知识对毕业后生活、工作的帮助与影响的问题。他认为，没有无用的学科，倘若觉得一门学科没有用处，那是因为没有用到，当你用到的时候就会懊悔不已，觉得曾经浪费了太多学习时间。虽然现在他的工作非常忙碌，但他依旧会抽出时间来学习，以弥补曾经留下来的遗憾，也通过接触更多新的知识来充实自己。

即使现今已位居总裁之位，他仍放不下创业的想法。他表示，他最终还是会回归到创业之路。他把每个岗位都当作创业，都当成是自己的事业。或许就是因为这样的心态，他才有着不断创业拼搏的勇气。

朱希的青春写满着"创业"二字。成功也好，失败也罢，在他的心目中，创业才是真正属于自己的归宿。无创业，不青春。希望朱希能在勇气的支撑下，创造属于自己的王国。也希望钱江的学子，如朱希一般，笑谈失败，看淡荣誉，以独有的姿态指点属于自己的江山。

采访记者：金健强

三十而立，立哪里？

邹国军
ZOUGUOJUN

杭州师范大学钱江学院电子商务专业2005届毕业生。现任杭州青拾餐饮管理有限公司总经理。

立，准则

每当回忆起大学许多过往，总是充满了美好。

我把自己定义为“文科班的理科生”，所以我没有局限在只有“13名”男生的文科班，我还会和理科班的一些好兄弟一起玩，玩足球、篮球、排球。

我的大学不但美好，还很精致。在那片绿色的足球场，我激情四射；在那个热闹的舞蹈训练室，我挥洒青春。睿智的班主任，是我萌生创业想法的启蒙者；开朗美丽的辅导员老师，让我学会如何在艰难的职业生涯中加强团队合作。

我和很多大学生一样，都是大学里的一只小蚂蚁，虽然很小，但自我意识强大。每个人都有很多关于大学生活的五味杂陈的回忆，其中有让我咀嚼到甜味的回忆。

单纯而有所积累的大学生活，培养了我一种知人善交的直觉。这种直觉坚定而自信，这种本真的直觉奠定了创业的自主精神，也是我“三十而立，立哪里”的缘由。“三十而立，立哪里?”立自我，一个努力提升的自我，一个积极向上的自我，一个有目标，保持理性的自我；更要立一个有行为准则，不做损人之点滴，善良的自我!

我的大学朴素浅白，但其意悠远，是一个让我慢慢融入城市的地方，一个让我有缘认识良师益友的地方，一个让我学会如何适应社会的地方。

立，信念

满脸的络腮胡子，和井井有条的办公室显得格格不入，但最终还是明白了他留胡子的原因。

在杭州联华华商集团的就职生涯中，他学会如何做人。做一个适应商业社会的人，要谦卑而自信，这是他职业生涯的第一站，他以学习者身份坚持了七年。在度过“七年之痒”后，他去了杭州当地一家房地产公司，两年的时间里，用“老板”的心态去打工，学会如何做事，要高效并有执行力。

高薪未能拖住这个已过三十但怀揣着创业梦的男人，2015 年他毅然决然辞职，开始饮食行业的创业之路，创建了“杭州青拾”。9 个月内完成 6 家中餐的筹备和开业工作，其中的坎坷和磨难已经在他的预料之中，但他表述得淡定从容。他说现在做传统实体行业很难，但也是一个契机，并坚信只要付出就会有回报。

在他创建的小型且有一定规模的餐饮公司里，贴了很醒目的六个字：“简单”“信任”“高效”。他解释，三个词是个闭环，要达到高效，必须遵循简单的做事风格和加强团队信任，如果没有形成高效，是因为把事情处理得太复杂，没有进行授权和发挥团队的主观能动性。

在和他聊到大学的时候，他突然就变成了一个大男孩。他说他是大学里周围同学的开心果，我说能不能用大智若愚去形容，他说那时可能是真的愚，但是因为这个，他很受周围同学喜欢。

从生活中脱离出来，聊工作的时候，感觉他是个非常自信的人。他侃侃而谈，现在选择创业是基于长时间的学习、社会阅历的积累、对事业的激情和付出努力的坚持。学习、工作、生活，这三者也将会是他在创业路上永恒的话题。他在学习、工作、生活中找到平衡，期待有更大的突破。

采访记者：钱　钰

后　记

历时一年多的努力，凝聚着广大校友对母校深情厚谊的《我的大学我的校友》文集终于和大家见面了！

大学生活是人一生中最美好、最值得回忆的时光，青葱岁月但点燃梦想，记忆模糊却挥之不去。重温大学时代的天真烂漫，追忆自强不息的钱江精神，激发同窗情谊、感念母校恩情，这也正是编写本书的初衷。我们希望本书能为校友与母校之间架起情感沟通的桥梁，让更多的校友借此驻足回望、抚今追昔、不忘初心，努力开拓人生新境界；同时也让广大在校同学可以从中感受校史沿革，学习优秀校友事迹，不断展现钱江学子的新风采。

在杭州师范大学即将迎来110周年华诞之际，杭州师范大学钱江学院出版了这本校友文集，入选文稿的“我的大学”部分由校友亲自撰写或口述整理完成；“我的校友”部分由在校学生采编完成。来自各个时期的近百名校友感怀求学经历、师生情谊，真诚讲述了钱江学子自己的故事：既有古荡湾校区时的豆蔻年华，也有文一路校区时的流金岁月，更有钱塘江畔的绽放青春……校友们用最真切的语言和视角，勾勒出了各自的心路历程，向我们坦诚人生感悟，勉励学弟学妹们立志修身、奋发有为。文集里没有过多的华丽辞藻，但却字字饱含真情，是从校友们的视角对钱江学院十八年办学历史变迁的见证，也是两万余名筑梦远航的钱江学子对母校的一份献礼！

自本书编写工作启动以来，得到了刘金华院长和学院党政班子、各分院、部门和校友们的大力支持，成立编委会。短短三个多月时间，征集了120余篇文稿，30余万字。为更好地完成编写工作，本书由郑生勇担任主编，王忠平、周旋担任副主编，学院校友办、学工部和各分院党总支负责人，就全书的征稿、审稿、编排、信息核对等每一环节都进行了细致的工作安排。本书编写过程中，得到了杭州师范大学校长、钱江学院董事长杜卫教授，杭州师范大学党委副书记、校友总会会长王利琳教授，杭州师范大学副校长何俊教授的悉心指导和大力支持，何校长在百忙中为本书作序。本书还得到了钱江学院大学生通讯社同学们的积极配合，为本书增色添彩。在此，一并向大家表示衷心的感谢！

限于篇幅，我们对征稿中部分内容进行了割舍，敬请谅解。鉴于编写水平和时间所限，本书中定会有许多疏漏和不当之处，恳请校友和读者朋友批评指正！

编委会

二〇一七年六月